U0870955

Jin Baozhu

漫娱图书
SINCE BOOKS

Shen Mu

下一辈子吧，
下一辈子长命百岁，无灾无难，
当一个普通人，
不被人伤害，也不去伤害他人。

我本以为我是女主角

喵太郎◆著

Revenge Queen

长江出版社 CHANGJIANGPRESS 漫娱图书

目录 Contents

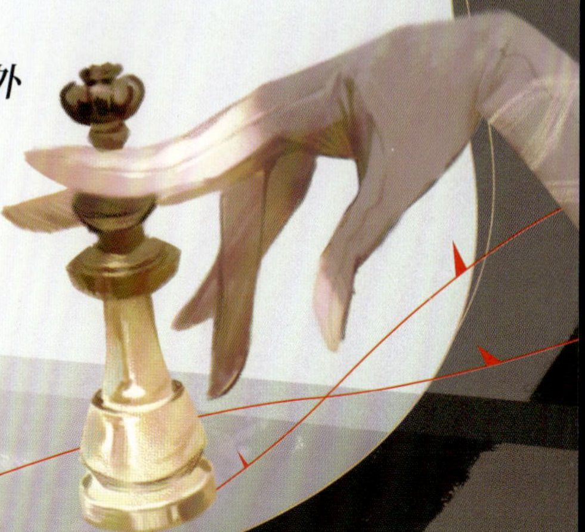

只有这一世他们才有相爱的可能，
只有这一世他们才是宿命般的恋人。

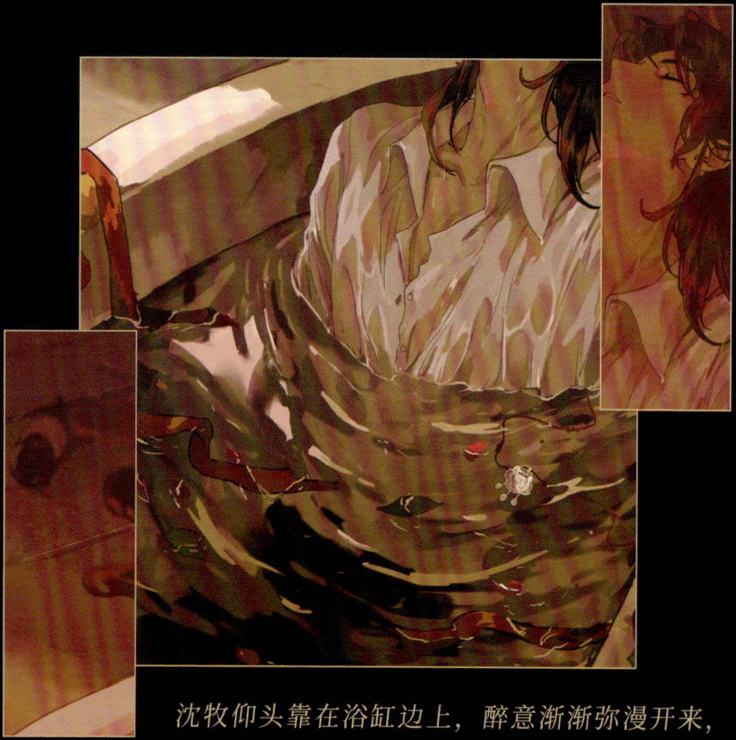

沈牧仰头靠在浴缸边上，醉意渐渐弥漫开来，
不知怎的，他好像看见了金宝珠的脸。

Revenge Queen

Chapter 01 噩梦初醒

我原以为自己是女主角。

至少在金楚涵出现之前，我一直这么觉得。

谁让我从小肤白貌美、聪慧好学、家世显赫、受亲人宠爱，几乎这世间所有的美好都聚集在我身上了。

我顺风顺水地过了二十年。可直到这一天，我才知道，原来我过去所拥有的一切美好，都是为日后的凄惨处境做铺垫。

毕竟一个普通的瓷碗被摔碎，只不过是嘈杂人群中的一声响罢了。可若是一块精心打理的水晶被砸碎，变作人人可践踏的玩意儿，那该是多让人唏嘘议论的场面。

而我就是那块即将被摔碎的水晶。

其实仔细想想，一切大概早有征兆。

父母突然早出晚归，神情变得郁郁寡欢，偶尔望见我时眼眶甚至泛红；一向疼爱我的哥哥，突然开始变得有些疏离冷淡。只是那个时候我一心都扑在顾泽言身上，没有察觉。

想来那段时间顾泽言对我突如其来的好态度，大概是因为他早就知晓他的心上人金楚涵的真实身份，因而对我产生了最后那点微末的怜惜。

多可笑，青梅竹马二十年，换来的不过是心知肚明的可怜。

人人都以为我是因为顾泽言爱上金楚涵才会讨厌她。

其实不是，我第一次见她，就讨厌她。

诚然，我欣赏她出身贫苦却勤奋努力，但我讨厌她身上那股子目中无人的劲儿，特别是当她面对我们这些拥有好出身的人，却总是用居高临下的态度审视我们时。

“你们不过是出生在罗马，有什么值得骄傲的？我是靠着自己的努力来到罗马。”

就是这句话吸引了顾泽言，也换来了我哥哥的赞赏。

但我讨厌这句话。

我出身好是我的福气，我从未有过一刻的懈怠。我勤学好读，连行走姿态都一遍一遍地训练到最优雅为止。我数十年如一日地编织着金袍，只为让自己配得上这份福气。

可在金楚涵的眼里，我拥有的一切都是靠出身庇护，我所有的努力都在她轻飘飘的一句话下化为泡影。

但除了我之外，没有人这么想。

她仿佛开在悬崖上摇曳的小白花，深深地吸引着所有人的目光，就连与我青梅竹马的顾泽言也是如此。

我与他从出生时，名字就被摆放在了一起。

我们是彼此儿时最亲密的玩伴，一起走入青春期，感受着成长的快乐。我们用陪伴浇灌着心中的芽苗，只等着这棵小芽长大开花，便能采摘。

可是当金楚涵出现后，这棵芽苗便被一脚踩烂了。

那个在舞会上拒绝所有人，永远把第一支舞留给我的男孩；那个只为我拉响小提琴，永远为我独奏的男孩；那个因为我心血来潮，永远会推掉所有安排陪我去海边散步的男孩……不见了。

他的眼睛再也看不到我，他的安排中我再也不是首位。

他只给我留下了一句话——“我只拿你当妹妹。”

仿佛过去二十年的生活不过是一场幻梦，仿佛儿时两家定下的婚约变成了孩童间的戏言，

我与他突然成了点到为止的陌生人。

我怎么能接受？我怎么会接受！

我开始试图想方设法地把我的男孩夺回来，却换来他一次比一次冰冷的态度。到最后所有人都在指责我，就连曾经总爱拿我跟顾泽言打趣的哥哥对我也只有一句：“你怎么这么蛮横，不懂事。”

好像一场群体失忆，无人记得我与顾泽言青梅竹马的那些年，无人记得我本该是顾泽言的未婚妻。

金楚涵顶替了我的位置出现在顾泽言的身边。

她是贵族大学唯一破格录取进来的贫困生，成绩优秀、清丽倔强，有钱有势、总是不可一世的小少爷姿态桀骜，却只为她一人弯腰。

偶像剧般的爱情被人们传颂到每个角落。

一夜之间，我仿佛成了那个格格不入的局外人。

我不明白到底是哪里出了错，我陪了顾泽言二十年，我以为我们之间的感情坚不可破。

不过三个月，仅仅三个月，什么都没了。

爱情没了，现在我的家也没了。他们告诉我，我不是他们的亲生女儿，金楚涵才是。

二十年前因为一场突如其来的大暴雨，整个城市沦陷在灾难中。混乱的医院里，两个孕妇同时生产，两个女婴在那场暴雨中交换了人生。

我看着父母抱着金楚涵哭得失态，一遍遍说对不起；哥哥站在金楚涵身边红着眼眶，一双手悬在她的头顶上，颤抖着想落下，却又局促地收起；顾泽言像个骑士一般守护在她身旁，脸上满是悲喜交加的欣慰。

好像有什么东西从我的身体里被狠狠扯走，穿堂风呼啸而过，全是寒意。

我控制不住向前走了几步，哥哥第一个注意到了我，他神色一变，迎上前挡住了金楚涵的身影，脸上带着陌生的警惕：“宝珠，你想干什么？”

宝珠，我叫金宝珠。因为我是爸妈最疼爱的珍宝，这个名字带着敌意从我的家人嘴里出现的那一刻，我突然觉得有些可笑。我张了张嘴，却一句话都说不出来了。

我想干什么？我什么都没干，我根本不知道为什么我的人生在一夜之间被颠覆了。

顾泽言皱紧了眉，最疼爱我的父母脸上也带着尴尬的神色。

一场其乐融融的家宴，我像是根鱼刺一样突然扎进了所有人的嗓子里。

“宝珠，事情你应该都知道了。楚涵才是我们真正的女儿，却因为我们的疏忽漂泊在外受了二十年的苦，我们都对不起她，我希望你以后好好对她！”

“金宝珠，你享受了楚涵二十年的人生，这是你欠她的。我与你之间的婚约也是假的，与我定下婚约的应该是楚涵！你以后不要再纠缠我了！”

“宝珠，你也不小了，该懂事了。虽然你的亲生父母前几年就相继去世了，但你是在金家长大的，我们还是一家人，希望你以后不要再为难楚涵了。”

太陌生了，眼前的每一个人都太陌生了。

我走过来不是想找麻烦，我只是想得到一句——“你还好吗？”

金楚涵是受害者，难道我就有错？我什么也不知道，我以为眼前的这些人就是我的血亲挚爱。

就算是想丢弃一只捡来的小狗，也该摸摸它再扔不是吗？

可他们警惕的神色、责怪的语气，让我似乎变成了路边碍事的野狗，只要踢一脚就得连滚带爬地离开。好像有人扼住了我的喉咙，让我喘不上气来。

一片混乱的嗡鸣中，我听见一个突兀的声音。

“恭喜宿主完成副线任务！接下来请努力攻略顾泽言和金成一吧！”

我们全家已经搬家一周了。

以前的房子是郊区的半山别墅，金楚涵觉得离学校太远不方便，爸爸便在第二天就安排了举家搬迁。我们搬到了离学校不远的独栋小院，所有的装修陈列都是按照金楚涵的喜好布置的。

家里的粤菜厨子不见了，因为金楚涵爱吃湘菜；家里的猫也被送走了，因为金楚涵对猫毛过敏。

可是，我最爱吃粤菜，猫是我养了三年的，别墅里有我精心打理好几年的玻璃花房。

但我什么也没说，连一句质问都没有。

因为我发现了金楚涵的秘密。

那天，当那个天真的声音响起时，我的脑海里立马跳出两个字——系统。紧接着，我的脑袋里出现了一堆本不属于我的信息，它们像是被人硬生生填塞进去的一样。

我知道了金楚涵的身份。

她是从另一个空间来的，像她这类人被称为宿主。他们以灵魂的姿态来到这世界上的某具身体里，完成任务。

系统是帮助她的存在，如同打游戏时的外挂，它会发布一系列任务给宿主，宿主完成任务就可以获得很多奖励。

我不知道为什么我的脑海中会出现这些陌生的东西。我尝试过上网搜索，但是一无所获，仅仅搜出来一堆穿越小说，而且都没有关于系统跟任务的字眼，于是我决定先静观其变。

当金楚涵吃粤菜时，我听见了她跟系统交流“菜好吃”的声音，

当金楚涵吃粤菜时，我听见了她跟系统交流“菜好吃”的声音，可下一刻她却微微皱了皱眉。她现在就是掉根头发，所有人都要打起十二分精神。这一皱眉，全家人都拉响了警报。

金楚涵表面说着“没关系菜很好吃”，咽下去的每一口却都充满了勉强。

爸爸立马站起来让保姆把菜撤掉，哥哥拿起手机开始找餐厅，妈妈则小心询问着金楚涵爱吃的口味。

我就像是在看一场话剧。金楚涵面露苦涩的笑容，她用平静的语气说：“没关系，我以前吃的都是最便宜的盒饭，我不挑的，能吃到这样的美食我已经很高兴了。”此时，这场戏迎来了高潮。

妈妈捂着嘴，悄悄地撇过头去，她强忍着泪水，憋到浑身发颤。爸爸僵着身子坐在椅子上，许久才伸出手拍了拍妈妈颤抖的身躯，长长地叹了口气。哥哥温声安抚金楚涵，小心地询问着：“爱吃辣吗？吃甜吗？”

他们如同在对着一朵蒲公英说话，连呼吸都放轻了。

而我像一个观众，落座在旁。

眼看着大家确认了金楚涵的口味，爸爸当机立断辞掉家里的粤菜厨子，要换成湘菜厨子，我终于有些忍耐不住了。

可下一秒，我又闭紧了嘴。

因为金楚涵问了一句：“但是宝珠不是很爱吃粤菜吗？就这么把厨子换了，不合适吧。”

所有人的目光突然聚集到了我这个观众身上。

妈妈脸上出现了点懊悔。爸爸跟哥哥对视了一眼，两人的神色都带着些后知后觉的尴尬。

我看懂了他们的意思——他们刚才忘记了我的存在。

还没等人开口，金楚涵突然抬头看了所有人一圈，带着些失落说道：“没关系的，宝珠都在这个家里生活了这么多年，很多东西都已经成了习惯，一时半会儿很难改的。大家都能陪着宝珠吃粤菜，我也可以适应的。”

“宿主这番话说得太绝了！我都要心疼你这个小可怜了！”

“拜托，我以前虽然不红，但好歹也是戏剧学院出来的。等着吧，金宝珠性子那么傲，肯定受不了，马上就要发脾气了！”

这几句话交替着，好像将我视线里的金楚涵撕成了两半，一半是楚楚可怜的灰姑娘，一半是恶毒嚣张的皇后。

只可惜，能看到两面的只有我，其他人都只会为了灰姑娘落泪。

我又一次看到了亲人脸上的不满与心疼。

他们不满于我多享受了他们二十年的宠溺，心疼金楚涵少享受了他们二十年的疼爱。

“宝珠，楚涵不爱吃粤菜，家里以后换成湘菜厨子吧。你看爸爸妈妈以前也不爱吃粤菜，为了你不也都学着吃了，你也得学着心疼妹妹。”

是的，她是我的妹妹。明明我跟金楚涵是同年同月同日同时出生的，但是他们让金楚涵给我当妹妹。

因为姐姐要让着妹妹。

他们对金楚涵的疼爱蔓延到了每一个不起眼的细节。

我理解他们觉得对这个失散多年的女儿亏欠太多，但是为什么这份亏欠要拿我去填补？

我宁愿当初他们直接告诉我——你走吧，你不是我们的女儿。痛痛快快落一刀，总好过一边说着“舍不得”“会把你留下来当成一家人”，一边却拿钝刀子一点点割断我跟他们之间的情分。

我望着金楚涵那双明亮的眼睛，如同咽下碎玻璃一般，咽下了内心翻腾的情绪，露出一个笑容：“爸爸和妈妈说得对，楚涵爱吃湘菜我们就换成湘菜厨子吧。”

大家的表情开始回温，慈爱和谐的话剧又重新开幕。

我尽职地做好观众的角色。

耳边传来金楚涵跟系统嘀嘀咕咕的声音，全是对我指指点点的话语。他们指责我怎么转性了，变得这么窝囊，居然不生气，害他们损失了可以在金家人面前刷好感的机会，没办法成功推进任务进度。

是的，任务。

有了顾泽言还不够，他们还要去攻略我的哥哥，金家的养子，金成一。而我的存在就是他们最大的阻碍，所以他们要赶走我。

当我第一次听到金楚涵跟系统交流这个任务的时候，恶心无助的情绪刺激得我阵阵发抖。

哥哥是爸爸至交好友的独子，他刚出生没多久，家里就发生了巨变。他的亲生父亲将好不容易护下来的家产跟幼子都托付给了爸爸后，便追随在变故中惨死的妻子而去。金家当年远没有现在这么厉害，就是因为得了他父亲的这份助力，才一路扶摇直上有了今天的地位。

虽然没有血缘关系，但这么多年在大家的心里，他就是金家的亲子。

妈妈常说，哥哥虽然不是从她肚子里生出来的孩子，却是上天交给她最棒的礼物，是上天为她选择的缘分。在哥哥十八岁的时候，爸爸更是毫不藏私地将继承人的位子给了哥哥。哥哥也无比珍惜这段缘分，上敬父母，下疼妹妹，永远都怕自己给的不够多。当金楚涵的真实身份揭露后，他比谁都心疼这个一直流落在外的妹妹。可如今这个妹妹却在背后想要将这个爱护她的哥哥也变成攻略对象。

恶心，太恶心了！他们占用了金楚涵的身体，却从来没有把自己当成金楚涵，他们只是借了这个躯壳来满足自己的私欲。他们只是想着，如果可以跟英俊温柔的养兄开展一段情缘，会有多么刺激。

假如那个自强自立的女孩，那个寒窗苦读十八年的真正的金楚涵，得知自己在进入梦寐以求的大学前，会被外来人侵占身体去做这些恶心事，她大概宁愿被大火焚烧到灰飞烟灭，也不愿意留下任何痕迹。

湘菜馆的服务员上门送来了丰盛的餐点，我拿着筷子吃了一些，含笑看着他们围着金楚涵询问口味。

就算大家都忘了我爱吃粤菜是因为有严重的胃病也没关系，就算大家不记得过去二十年里其乐融融的日子也没关系。只要我还记得，我就不会让这个女人毁了这个家。

今天是金楚涵的生日。

爸爸和妈妈包下了城中最豪华的酒店，整个城市的LED大屏都播放着他们对金楚涵的生日祝贺，放不完的烟花、铺满鲜花的红毯、记者的长枪短炮以及各界名流人士的到来，金家用财富向所有人宣告着金楚涵的存在。

我站在人群中，看着金楚涵挽着顾泽言款款走来，所有人都为他们让路。我听到那两个熟悉的声音叽叽喳喳地讨论着身上礼服的价格，讨论珠宝有多么奢华。

这个外来者上辈子是个不入流的小明星，好不容易过上了豪门的生活，却又为了维持自强倔强的形象一直强忍着兴奋。如今她终于能借着生日的名头大肆满足对金钱的欲望，内心兴奋极了，一刻不停地跟系统说着话。

我甚至还听到了他们对我的评价。

“系统你看！金宝珠真的穿了我挑剩下的那件礼服。这件礼服可是哥哥专门按照我的喜好定制的，我让她穿，她还真乖乖地穿了，也不知道穿着我挑剩下的衣服还高不高兴！”

“她八成是在心里嫉妒宿主呢！她穿那件衣服可没有宿主穿着好看。她以前还处处看不起宿主，现在被打脸了吧！”

“哼，我看见她就烦，一个假千金而已，装得比谁都清高。以前那么高傲，现在不还是为了留在金家，乖乖地装傻充愣，讨我欢心。我早晚把她赶走，还想跟我抢顾泽言！做梦！”

有那么几个瞬间，我很想把裙边的纱扯下来，狠狠地塞进金楚涵的嘴里，但多年来的修养制止了我。在这样的场合中，我的一举一动都要恰到好处。金家地位显赫，我作为金家的女儿，绝对不能让金家蒙羞的状况出现。

即便我现在已经不是他们的掌上明珠了，但刻在骨子里的习惯还是改不了。我带着完美的微笑目送着他们这对金童玉女走入宴会中心，适时地跟身边人一起表达了几句对金楚涵的赞美后，我才转身离开，找了个角落坐下。

今天的主角不是我，我自然要避开风头，绝对不给金楚涵任何可以借机发挥的机会。

可总有那么几个人是不识趣的。

“啧啧啧，金宝珠你也有今天，你打扮成这样，是在学金楚涵吗？还真是东施效颦。”

于涵，我的高中同学，曾经也是顾泽言的追求者，在当众告白被顾泽言拒绝后，她总是喜欢找我麻烦。我真是搞不懂这种女人，即便没有我的存在，难道顾泽言就会选择她吗？

当众不给面子、说话难听的人是顾泽言，她不记他的仇却处处看我不顺眼。

“于涵，好久不见。”我礼貌地微笑。

“金宝珠你脸皮还真厚，我要是你，都不敢出门见人。自己的未婚夫被抢走了，连大小姐的位置都是人家的。我还听说你以前很不喜欢金楚涵，怎么样？被自己讨厌的人踩在头顶的滋味好不好？”

于涵微微弯下腰，往前半倾着身子，瞪大了眼睛，死死打量着我脸上的每一寸皮肤。她的脸上带着压抑不住的快意笑容，看起来有些狰狞，像是遇到受伤狮子的鬣狗。

我在心里劝自己，一定记住于涵这张狰狞的脸，绝对不要在金楚涵面前露出这样不堪的姿态。

“于涵。”我温声细语开口道，“请保持你的社交礼仪，那么多双眼睛盯着呢。你知道的事情，别人不知道吗？你看谁跟你一样按捺不住跑过来落井下石了？金家都没开口对我说什么，你先忍不住了，你这是在打金家的脸。你难道生怕别人不知道你恶毒小气，上不得台面吗？”

我笑得温柔，满意地看着于涵脸上涌起恼怒，却又在下一秒不得不强压下去。最终她勉强挤出一个温和的笑容，站直了身子，做出只是来跟我寒暄的姿态，然后匆忙离开。

我拔尖了整整二十年，看不惯我的人多了去了，各种各样的风言风语我听过不少。但我不在乎，只要不是我在意的人，不管说什么都伤害不了我。

我甚至还很喜欢看这些人在我面前气得跳脚，却又拿我无可奈何。

远远地，我看到金楚涵对着顾泽言耳语了一番。顾泽言看向我，神情有些犹豫。片刻后，顾泽言走了过来。他在我面前站定的那一刻，我恍惚间以为回到了过去，仿佛下一秒他就会伸出手邀请我跳第一支舞。

“金宝珠，楚涵想叫你过去一起切蛋糕。她说今天也是你的生日，应该一起庆祝。”

金宝珠，他以前不是这么叫我的。

他总是喜欢叫我阿宝，尾音会拖长一点儿，就像是这两个字在他舌尖滚动一圈，沾满了眷恋后才舍得吐出来。

“好啊。”我回答得干脆，心中却忍不住失望。

大家都忙着欣赏主角，已经没人记得我这个配角的生日了。我站起身，擦肩而过的那一刻，顾泽言下意识地往旁边让了一下，似乎生怕跟我沾上一点儿关系。

我突然想起过去的一件小事。

高中时，有个转学生很喜欢顾泽言，一看到顾泽言就黏上来，那副旁若无人的姿态，好像站在旁边的我不过是个背景板。顾泽言从来都不搭理她，连衣角都不让她碰一下。有一次我跟顾泽言在走廊说话，那个女生笑着喊他的名字，雀跃着像小鹿一样跑过来，伸出手想拽顾泽言的袖子。顾泽言就像现在这样闪开了，连看都没看她一眼，顺势抓住我的手腕，拉着我离开了走廊。

我并不记得那个女生当时是什么表情，我只记得那个时候我望着顾泽言的侧脸，心中涌起阵阵甜蜜。

那时的我从未想到过会有如今的日子。

我近乎自虐般在心里把他躲避的画面缓慢地拉长、放大。我把那些苦楚积累成水，一遍遍浇在过去的感情中，祈求着早日舍掉所有的怀念。我脚下的每一步都要走得优雅，要让所有人都看到——我，金宝珠，面对旧爱时平静且无畏的姿态。

聚光灯打在金楚涵身上，她站在三层蛋糕边上，像个娇嫩的豌豆公主，一点儿曾经受苦的痕迹都看不到。

我知道这是道具的作用，我听到过他们的交流。

金宝珠跟顾泽言的感情进度突飞猛进，系统给了她任务奖励，她用来兑换了一个名为“优雅光环”的道具。我勤练了十几年的仪态，金楚涵仅凭借一个道具便全部拥有了。

我不甘心，我不会认输。

在所有人的注视下，我跟金楚涵握着一模一样的蛋糕刀准备切蛋糕。歌舞升平中，我听到了金楚涵的声音。

“系统！就是现在！用道具混淆金宝珠的视线，让她手上的刀朝着我的手切下去！对了，别忘了把我的痛觉降低！”

我猛地停住手中的动作，冷汗在一瞬间爬满了后背。

道具原来还能作用在别人的身上！

“怎么了？”金楚涵清甜的声音带着关怀，在我耳边响起。

我知道我突然的停顿一定会引起大家的注意，说不定顾泽言他们现在正万分紧张地猜测我是不是要给金楚涵难堪。可我不敢动，我视线中只有松软甜美的蛋糕，但这一刀切下去可能就会满是鲜血。

“宿主，她怎么不动了？这个道具的有效时间就三分钟，你赶紧让她切！别浪费了！”

系统焦急的声音传来，瞬间像是给我吃了颗定心丸，我有了主意。我抬起头笑看着金楚涵：“你看我这记性，光顾着高兴了，切蛋糕前的祝福语都忘了说。”

“妹妹，”我盯着金楚涵的眼睛，从中捕捉到了一丝慌张，我像是嗜血的动物，猎物的慌乱让我感到了愉悦，声音也染上了几分兴奋，“我们是同年同月同日生的，我想这是上天赐给我们的缘分，谢谢你让我又多了一个家人，生日快乐。”

“我也很高兴，姐姐，我们快切蛋糕吧。”金楚涵有些急了。

“不着急，我还有些话想说。”我的手臂已经因为绷得过紧而开始酸涩。我小幅度地转了转身子，紧紧捏着蛋糕刀，象征性地看了圈围在身边的亲人，摆好姿势，以便在场的媒体记者们都可以拍到漂亮的画面，然后用感恩的语气消耗着金楚涵的耐心。

“爸爸妈妈，最近我们家里发生了很多事情，但是今天我们一家人能够聚在这里，我很高兴，我希望以后每一年我们一家人都能像现在这样幸福。不如这个蛋糕我们一起切吧。”

“好！好！宝珠，你这么说，爸爸妈妈很欣慰，你跟楚涵都是我们的好女儿！”

爸爸妈妈走上前虚虚地给了我跟金楚涵一个拥抱，哥哥站到中间跟爸爸一起握住了金楚涵手中的蛋糕刀，而妈妈握住了我的手。伴随着系统哀号“时间到了”的声音，酒液倾注至香槟塔中的每一个酒杯，彩带在身后炸开，我笑着跟大家一起切下了蛋糕。

切完蛋糕我从一片喜气中退场，这才发现手心全是汗。是我低估了系统的能力，能做到这种地步简直像神一般。

神……这个字像是被火烧红的石子，在我的脑子里跳来跳去。

“我就是神，操纵你们这些家伙的神！”

这是我熟悉的声音，却又没有一贯的烂漫语气，只剩高傲。这声音不是在我耳边响起，而是在我的脑子里响起的。像是从记忆里钻出的漏网之鱼，一瞬间惊得我汗毛直立。

为什么，为什么会出现这句话？还有之前关于系统跟宿主的记忆，这是属于我的吗？为什么在此之前我一点印象都没有？

是谁跟我说的这句话，是系统吗？

我拼命地翻找着我至今为止的记忆，想要找到一点蛛丝马迹，却什么都想不起来。

我只能隐隐感觉到有什么东西飘在心头，像层雾一样，只要吹散这片雾就能看清楚，我却无法靠近。

未知的东西永远是最恐怖的。

眼前奢靡的宴会场景在这一刻变得不真实起来。我如坠冰窟，突然发觉好像有一只手正悬在所有人的头顶。我万分惊恐，恨不得立刻逃离这个让我毛骨悚然的外来人，却又不敢轻举妄动。我留神听着她跟系统的每一句话，反复咀嚼，就像是要再找出一颗烧红的石子。

“这个该死的金宝珠害我白白浪费了一个道具！系统，有没有什么道具能够直接除掉她！”

“有的哦，高级道具欲蛊。”

“欲蛊？这是什么？听起来跟我兑换的欲望很像啊。”

“不一样，欲望是用在宿主身上，以此提高宿主的魅力值的，而欲蛊是专门用来对付妨碍宿主的人的。只不过这个道具的兑换积分比较高，而且需要一定的使用条件，宿主现在暂时无法使用。”

“什么？不能用你还告诉我，这不是吊我胃口吗？你变坏了哦。”

“宿主不要着急，我们任务的重心还是在攻略对象上，只有从攻略对象上获得足够多的积分，宿主才能获得更多的道具。宿主现在的累计积分有四千八百分，要不要看看可以兑换什么新道具？”

不知道是不是心理作用，现在再听系统的声音，我觉得系统仿佛是披着正常人皮囊的恶魔，正在诱导被它选中的人打开潘多拉魔盒。

金楚涵坐在米白沙发上，似乎在听身边的顾泽言与人攀谈，但只要细细看去，就会发现她的眼神空洞地聚集在虚空中的某一点上。我猜她大概是在看系统给她展示的道具，系统则在一旁向她事无巨细地介绍着每一样道具的信息。听起来，她是打算借着今天的宴会进一步攻略顾泽言。

不可自控地，我脑海中也浮现出顾泽言与金楚涵在一起时的情景。那画面如此真实，仿佛我曾亲眼看见过千次万次一般。我强迫自己不去想这些事，凝神分析系统说出的每句话。

这个系统拥有许多道具，道具可用来帮助外来人攻略对象或者铲除异己。道具需要积分去兑换，积分是攻略对象得到的奖励。

这简直就是一个闭环。

核心点都围绕着攻略指定对象，外来人可以通过这个循环的闭环得到诸如美丽、受人追捧之类的东西。那这个系统能得到什么呢？兑换用的积分吗？所以它才一直积极劝说这个外来者努力地赚积分兑换道具。

它要用这些积分做什么呢？

能量转换。我突然想起一种可能性，就像人吃了饭才能活，汽车需要燃料才能跑，假设这个系统就像是电子宠物一样的存在，它肯定需要能源才能开启并保持运行，积分极有可能就是这个能源。

因为这是目前我唯一已知的它所渴求的东西。

我的心跳因为这个猜测开始加速。我像是刚偷到珠宝的小偷，因害怕被发现而紧张。如果我的猜测是真的，那么阻止这个外来者继续获取积分，是不是就能影响到系统的存在？

这个外来人打算今晚彻底攻略顾泽言，系统便在展示道具时提到了一个关键——只要金楚涵成功与顾泽言有了亲密接触，这个对象就等于被攻略成功，之后她便不需要再费力气去刷好感度，通过每一次的接触即可获得少量积分，积分还可根据接触次数累积。如果代入我刚才的推测，那么顾泽言岂不是就等同于系统的一个充电桩了吗?

我必须阻止这件事!

这个系统绝对不是善类，如果不想办法把它除掉，它以后肯定不会放过我。今晚我绝对不能让这两个人有机会独处。但顾泽言现在看我如同洪水猛兽，我只能从金楚涵那边下手。

可为了避免金楚涵又想出什么办法陷害我，我不能跟她独处，必须再找到一个人。

我飞快地将能想到的所有人选都在心里过了一遍，最后把目标锁定在哥哥身上。

有了人选，接下来就是找一个好借口。思虑片刻，我有了主意。我走到正在与人攀谈的哥哥的附近，等他们结束了正在聊的话题后适时插入，将哥哥叫了过来。

“怎么了，宝珠?”哥哥脸上的神色很柔和，我猜是因为他对我今天的表现很满意。在金楚涵过去一次次的陷害下，大家都觉得我很厌恶金楚涵，处处跟她作对。哥哥一直在为此事头疼，想尽办法周旋，希望能让我跟金楚涵和平共处。如今见了我们携手切蛋糕的和谐，他自然心情大好。

我拿出过去在哥哥面前撒娇的状态，仿佛我们还是亲密无间的兄妹，那些隔阂从未发生过一般:“哥哥，今天是楚涵在我们家过的第一个生日，难得大家都这么高兴，一会儿宴会散了我们去落星园玩吧。”

哥哥的表情惊讶了一瞬:“你要带楚涵去落星园?”

“是啊，楚涵现在是我的妹妹，我自然也想把好东西都分享给她。”我笑得灿烂。

有那么一瞬间我觉得很悲哀。我虽然在外会维持住好形象，但在家人面前永远是那个娇纵的小姑娘，可现在面对他们，我也戴上了假面具。

我自然明白哥哥为什么会这么惊讶，因为只有他最清楚落星园对我的意义。

落星园的名字是我取的。哥哥有一次跟朋友去野营，发现那里的星空美得像是近在咫尺一般。为了给我一个惊喜，哥哥花了大价钱在山里买下一片荒田，盖了一栋小屋，就像是格林童话里神秘森林中的居所。从此以后，每年生日哥哥都会带我去那座小屋，度过属于我们兄妹俩的温馨时光。那是属于我跟哥哥两个人的秘密基地，甚至连顾泽言都不知道它的存在。

现在为了找到最合适、最恰当的借口，我亲手把这个秘密捧了出来。不过已经不重要了。在哥哥一次次因为金楚涵向我投来失望的目光后，那就只是一个普通的屋子了。

“宝珠，你能这么想，哥哥真的很高兴。你跟楚涵都是我的好妹妹，忘掉以前那些不愉快吧，我们一家人以后好好地过日子。”

他温和的话语却像针尖一样朝我扎下来。我明白只有对金楚涵做出接纳的姿态，才能换来亲人曾经的友好态度。虽然我早就清楚这一点，但每一次被这个认知刺伤的痛楚都是崭新如初的。没关系，我会把所有的痛苦化成悬梁的发、椅上的锥。

我问哥哥，能不能只有我们兄妹三人一起去，不要带顾泽言，以后这就是我们三个人共同的秘密基地了。哥哥没有异议地答应下来，带着我去找金楚涵。她正跟顾泽言坐在一起说着悄悄话，两人间的气氛甜腻得要命。

我当着金楚涵的面，用手肘轻顶了一下哥哥，对着他眨了眨眼，才对金楚涵说道：“妹妹，哥哥有事情要跟你说。”

我做足了亲密一家人的戏码。金楚涵不明所以地跟着哥哥到另一边去说话，一时间只剩下我与顾泽言，一坐一立。

顾泽言的目光在金楚涵的背影上流连了好一会儿才转向我。他的眼神如同突然结冰的河，带着刺骨的寒意审视着我，良久后他开口：“你变了很多。”

我没有看他，只是带着笑容远远注视着攀谈的两人，任谁看，都会觉得我是真心实意地接纳了金楚涵。

“我原以为你是绝对不会接受楚涵的。今天金家为了金楚涵大办生日宴，却把同为寿星的你给忽略了。按你的性格，虽然会为了保持体面出席，但不会和楚涵如此亲密。”

见我没有说话，顾泽言自顾自地说着：“金宝珠，你到底在打什么主意？”

他如临大敌的模样突然让我感觉到了一阵快意。我用余光瞥了他一眼：“顾泽言，你跟金楚涵在一起开心吗？”

“当然开心。”提到金楚涵，顾泽言的语气都沾上了温柔，“跟她在一起的每一天对我来说都很幸福。”

是吗？那跟我在一起的二十年还真是苦了你。

我觉得可笑。

可笑我痴迷了这么多年的男人却被这个外来人迷得猪油蒙了心。

可笑我之前居然还不死心，纠缠着想要挽回，真是丢尽了脸。

“那真是要恭喜你们了。”

恭喜你深爱的女人只是拿你当任务，恭喜你深爱的女人还一直窥伺着其他男人。

你的福气还在后头呢。

见哥哥跟金楚涵沟通完走了过来，我撇下顾泽言迎上前，欢天喜地地催促他们早点出发。

一路上，金楚涵跟系统抱怨今晚错失良机的声音仿佛交响乐一般在我耳边响起，让我心情大好。

金楚涵越生气，我就越高兴。

甚至于到了落星园后，听到金楚涵跟系统说以前我在金家受尽宠爱，现在却成了没人稀罕的剩菜剩饭的嘲笑话，我都不生气了。

我听出了她声音里的酸意。

我想我的心理状态有可能有些扭曲了，金楚涵身上传来任何一点儿酸气都能让我兴奋。

不着急，你们想让我进地狱，我也要咬住你们一起拖下来。

哥哥在路上就吩咐人把落星园重新布置了一番。

这里摆满了金楚涵喜欢的向日葵，满屋的彩带气球都是金楚涵喜欢的粉紫色。

哥哥一向这样细心体贴，仿佛她是这个世界上最珍贵的公主，他愿意把所有的美好都捧到她面前。过去二十年我就是这样被他用爱浇灌着长大，整整二十年。所以即便我与他不再是亲兄妹，且日渐疏远，我也不会眼看他沦为玩物。

面对着这用心的一切，金楚涵却有几分心不在焉。哥哥以为她是舟车劳顿过来有些累了，我却清楚她还是记挂着今晚的计划。

当听到她跟系统商量要不要给顾泽言悄悄发信息，让他也过来时，我当着她的面问哥哥："难得有机会，干脆我们今晚在客厅打地铺一起睡吧。以前爸爸妈妈不在家的时候，都是哥哥在我房间打地铺陪我聊天，哄我睡觉。楚涵这些年都不在，留下了很多缺憾，我们应该好好弥补。而且她刚回来不久，好多事情我们都互不了解，正好一起谈谈心。"

"这是个好主意啊！"哥哥眼睛都亮了。

听到金楚涵愤怒咒骂的声音响起时，我差点忍不住要笑出声。她平时面对哥哥时，总是一副仿佛迷茫羊羔找到归宿般依恋的姿态，自然不会轻易拒绝哥哥的请求。

只是我的好心情不过片刻就被打破了，因为我听到了系统通报的声音。

"宿主，攻略对象金成一刚刚对您的好感度上升了三点，现在是百分之七十三。顾泽言对宿主的好感度现在是百分之百，我们随时有机会可以拿下他，现在先趁这个机会好好攻略金成一吧！"

我的笑容淡了几分，只能在心里宽慰自己：没关系，才百分之七十三，还有机会。现在最要紧的是验证我的猜想，即系统才是最大的阻碍。只有了解清楚系统的弱点，我才能更好地对付他们。

想砍掉大树总不能一斧子劈倒。

看着金楚涵殷勤地要去帮哥哥收拾被褥，我本想也跟上去帮忙，却突然想起来在这个屋子里还有一样东西。

既然这个伊甸园已经被我舍弃，那就不应该把那个东西继续留在这里了。

我借口去花园里透透气，避开这两人，独自找到院子里的樱花树。这棵树是我十五岁那年，也是哥哥第一次带我来时，我们两个亲手种下的。因为我喜欢樱花，所以哥哥特地从国外空运来一棵樱花树苗，平时我们不在时，都有人专门照料。这棵树下埋着一个盒子，是后来我瞒着哥哥自己偷偷来埋的。盒子埋得不深，我拿花园里的小铁锹铲了几下就挖到了。

这是个棕色的小牛皮盒，巴掌大小，被塑料纸包着，是我十岁时跟哥哥在伦敦过暑假的时候买的。那时哥哥扔下保姆，独自带着我出去玩，我在一个商店橱窗里看到了这个小牛皮盒。它半敞着，里面摆着一个很精致的水晶小人，我一眼就喜欢上了。

哥哥想要掏钱买给我，可这个时候我们才发现，钱包跟手机不知道什么时候被人偷走了。我本想着算了吧，下次再买，可老板说这个是孤品古董，就这一个。哥哥怕会被别人捷足先登，忙问老板借电话，想让保姆带着钱来找我们，电话那头却没人接。

那时候哥哥也才十三岁，半大的孩子急红了脸，思来想去一把将手腕上的手表撸了下来，抵押给了老板。可那是哥哥最喜欢的一块手表。后来保姆带着我们又去把表赎了回来，但我永远都记得，哥哥捧着这个牛皮盒告诉我："宝珠，你喜欢的东西哥哥都会买给你，你高兴，哥哥就高兴。"

他的眼睛那么那么的亮，我后来每一次想起来，都会觉得整个人像是被融化的巧克力包裹住一样。

所以当我第一次知道金楚涵的真实身份时，哥哥眼中那些为了金楚涵而存在的试探之意，如箭般刺穿了我的心。那个时候，我明明只需要一个关怀的微笑就可以敞开怀抱的。

忆起的往事密密麻麻，像张渔网网住了我，将我拖进水里。

我强迫自己不去想，连忙打开箱子，取出里面的一对项链。

项链是银色的细链，穿着吊坠。一个吊坠是穿着裙子的小公主，另一个吊坠是穿着燕尾服的小王子。

这是我十六岁那年亲手做的项链，透着一份独有的傻气。

当时我特地找人学了一个冬季的课程，学习怎么烧银、怎么浇模、怎么打磨，后来伤了好几根手指，废了好几块银才做出来这对成品。

我把它放进这个珍贵的小皮盒，想着等我二十岁生日的时候送给哥哥。别人家都是十八岁成年，我是二十岁，因为爸爸妈妈说希望我多做几年小朋友。

但是现在，我想应该没人会在意这件事了。

我把项链放进口袋，把小皮盒重新埋了回去，整理了下衣服准备回去。可刚走出两步，我犹豫了一下，又转回樱花树下。

我拿出口袋里的项链，樱花树枝条轻垂，像一个欲张未张的怀抱半掩住了我的身躯。我小心翼翼地拿起公主的那一根项链又放下，沉默了半天，抓住王子项链轻轻地戴了起来。第一次搭扣没扣上的时候，我才发现不知道什么时候，我连呼吸都几乎停住了，手一直在颤。像做贼一样。

金楚涵已经出现在我的生活中四个月了，我从来没有掉过一滴眼泪。我是金宝珠，我是这个世界上最宝贵的珍宝，他们想让我蒙尘，我偏要发亮。

我不要哭，更不要像现在这样藏在大树的阴影里，哭得喉咙都在痉挛却不敢出声。

我哆哆嗦嗦地扣着搭扣，一下扣不上那就再扣一下，不知道是第几次，“啪嗒”一声，项链搭扣合上，却有什么东西在我脑海中裂开，记忆铺天盖地地涌出来。

我想起来了。我什么都想起来了。

我是金宝珠，却又不是金宝珠，我是一次次被摧毁又被重建的残缺灵魂，是系统嘴里小世界的一个配角。我作为金家的女儿顺风顺水地过了二十年，我拥有一切的美好，直到二十岁这年戛然而止。

因为金楚涵出现了。

她是金楚涵却又不是，她只是一个容器，承载着一个个外来人的灵魂。她会夺走我的一切，像猫抓老鼠一般把我的美好一点点撕碎在我面前，逼我发疯，逼我嫉妒，看我搞不懂为什么生活会突然变成脱轨的火车，看我声嘶力竭地想拉住这列火车，一遍遍在金楚涵的名字下撞得头破血流。直至我失去高傲，失去自尊，心神破碎在某个深夜，被拉入真正的噩梦。

而我也会被困在那场噩梦里，变成一只可怜虫，直至二十二岁那年死在那个痛苦的夜晚。随后，我会再次苏醒，在那个暴雨夜第一次睁眼，第一次号哭，再度失去一切记忆。

不知道轮回了多少次，上一次，在我死去的那个夜晚，我变成了游魂。我亲眼看着我的身体，被人推入了垃圾场的处理器，化作了一片尘泥。

我像是浑浑噩噩的傻子突然被人拍了下天灵盖，不敢相信记忆里那个心甘情愿堕落的人是我。

明明都已经死了，我却那么冷。

我不知道在这个垃圾场飘荡了多久，可能是因为我死在了这里，所以进入了“地缚”状态，哪儿也去不了。

我本以为我会慢慢消散在这个肮脏的地方。可金楚涵出现了，她带着顾泽言，坐着像火一样绚烂的红色跑车来到这个地方。

那是我第一次听到系统的声音。

我看见金楚涵面带羞涩地依偎在顾泽言的怀里，仿佛清晨的露珠一样，脸上笑着，却在心里跟系统说着最恶毒的话。

“系统，那个金宝珠就是死在这儿的吧？嘻嘻，不知道她的鬼魂会不会看到顾泽言，不知道她是不是已经气得要死了。”

“宿主，这个世界是没有鬼的，她早死了，宿主真是越来越坏了呢。”

原来她不是金楚涵，原来她是来自异界的灵魂，为了攻略而来。原来我会变成这样，是因为在我最脆弱悲伤的时候被他们种入了“欲蛊”。系统诱惑着外来人用大量积分换取道具，用来看我这个一直自恃清高的讨厌鬼变成最可悲的样子。

那时我想不通为什么这些外来人会恶毒到这种地步，后来我才渐渐明白，因为在她们心里，她们是凌驾于我们之上的。

像是上帝俯视脚下的生命，那生命轻得像微尘，谁会在意一粒微尘呢?

从那天开始，我的灵魂就一直跟在金楚涵身边。她和系统似乎感觉不到我，我却逐渐看到了他们真正的模样。

就像打游戏，我们所有人都是游戏里的NPC（非玩家角色）。外来人像是一个个前来通关的玩家，在系统这个外挂（游戏中的作弊程序）的帮助下如鱼得水。我的青梅竹马顾泽言，顾家继承人，是优质攻略对象一号；我的哥哥金成一，金家大少爷，是优质攻略对象二号；还有三号、四号、五号，无一例外都是站在金字塔顶端的男人。

金楚涵体内的外来人会接近他们每一个人，在系统的帮助下刷他们的好感，再用好感换来的积分去兑换道具。仪态不够优雅，兑换优雅光环；模样不够美丽，兑换美颜滤镜；声音不够好听，兑换悦耳声效；不懂琴棋书画，兑换大师记忆。

只要有系统在，她可以变成每个攻略对象心中的完美女神。只要好感度刷满，她就可以跟男人完成亲密接触，之后这些攻略对象就会跟我一样变成被完全支配的木偶，眼里除了这个外来人再也看不到任何东西。

我本以为他们也是中了道具的效力才会这样，但是我渐渐发现并不是的，他们更像是游戏中的默认设置。

后来我懂了，这大概是系统动的手脚。

因为这样攻略对象就能成为充电桩，源源不断地为外来人提供积分，积分就能源源不断地供养系统。这些攻略对象到最后会像闻到肉味的饥饿野狗一样围绕在外来人身边。

没有骄傲尊严。

我还看到顾泽言跟哥哥一起围着外来人打转。不，他们不是顾泽言，也不是我的哥哥，他们都是金楚涵的傀儡，而我不过是他们脚下一颗硌脚的石头罢了。

在外来人来到这个世界前，我是顾泽言的未婚妻，是金成一最宠爱的妹妹，是金家的掌上明珠。她们要顶替我的位置，就必须要将我踢走。但我又怎么会心甘情愿被代替呢？我会挣扎，我会反抗，可她们要的就是这个。

只是简单的代替怎么能行呢？那样无法抹除我曾存在的痕迹。她们要的是成为所有人心中的独一无二。所以她们要我破碎，要我疯癫，要我从红玫瑰变成蚊子血，要所有人心里那些曾经美好的痕迹变成一想起就觉得厌烦的伤疤。

她们不会觉得自己有错，因为她们自觉高我一等。

上位者不会在意下位者的喜怒哀乐。哪怕施下的是雷霆之怒，下位者也要当成布施甘露，有一点儿不满就是不识好歹，被乱棍打死都是应该。

我从长久获得的只言片语中拼凑出我离开后的故事。

金楚涵是万人追捧的豪门贵女，她与顾泽言订了婚。

不知道又过了几年，我的意识已经很模糊了，很多时候都浑浑噩噩，偶尔才会清醒。当我再一次听到声音、睁开眼的时候，是在落星园，是金楚涵跟金成一最喜欢待的地方。

大概是看厌了这里的景色，金楚涵找人把花园推了重建。在工人推倒那棵樱花树时，一个盒子露了出来，我花了好一会儿才认出那个盒子是什么。金楚涵打开盒子，拿出那两根项链，拖长声音念着项链上的名字，脸上带着怪异的笑容。

我早已模糊的记忆突然鲜亮了起来。我看见金楚涵拿着项链在金成一面前晃着，嘟着嘴撒娇道："哼，我不高兴了。"

我看见金成一宠溺地笑着，捏了捏金楚涵的脸："提她干什么？我都不知道有这两根项链，一会儿我让人扔了它，别不开心了。"

真奇怪，我以为鬼是不会疼的。我的魂魄在那一刻突然就散了。

距我想起一切已经三天了。这三天我借口生病闭门不出，厚重的窗帘隔绝了屋外的阳光，也隔绝了我的活力，我感到了前所未有的挫败。

我以为我已经领略到了系统的神奇，却万万没想到它的能力超出了我的想象。

我们所有人都像是它手中的棋子。

我以为他们的出现是我人生中的一次意外，却没想到会是我人生中的常态。我不知道该怎么办，但我不能什么都不做，因为我已经知道了坐以待毙的下场是什么。我没有想到做一个普通人、平凡地度过一生都成了奢望。

门口响起了敲门声，我疲惫地闭上眼睛，装作熟睡的模样。厚重的羊毛地毯踩上去听不见脚步声，但我能感觉到落在身上的视线。我不知道来人是谁，我只感觉有人久久地注视着我。

"系统，你让我来看金宝珠干吗？她有什么问题？我下午还要跟泽言出去呢。"

"前几天在落星园的时候，我感觉到金宝珠身上出现了能量波动，我有点不放心，所以让你过来看她一眼。"

"能量波动？那是什么？"

"其实也不是什么大事。因为我们毕竟不是小世界的人，属于强行进入了这个世界，当我们靠近小世界的主要角色时，有时候就会引起小世界的一些能量波动。我刚刚扫描了她一下，没发现什么异常。”

“这样啊，那这些东西会影响我做任务吗？”

“影响？当然不会！宿主请放心吧，有我在，什么也影响不了你。既然检查没什么问题，我们就走吧。宿主不是还约了顾泽言吗？今天要努力将他拿下哦！”

关门声响起，等屋里安静了好一会儿，我才敢睁开眼睛，这才发现自己已经出了一身的虚汗。

“我就是神，操纵你们的神。”

系统刚才那轻蔑高傲的语气又让我想起之前脑海中响起的这句话。可翻遍前世记忆我都不记得曾听到系统说过这句话。但是这句话却那么真实，真实得像是镌刻在我的灵魂中一样，

每一个字裹挟的不屑傲慢都让我浑身发麻。

不能再这样下去了，不然还没等被他们折磨疯，我自己就要疯了。

在床上躺了几天，我连手脚都发软。我在床边呆坐了片刻，走到阳台拉开窗帘，推开窗户。突然亮起的光让我忍不住眯了眯眼睛，窗外的新鲜空气涌进来，我缓缓吐出一口压抑的浊气。

风裹着花园的芬芳迎面吹来，阳光带着久违的暖意驱散了隔世的阴寒。活着的感觉真好，好到让我想落泪。

我真的好想活下去，哪怕只是每天晒一晒太阳。

有一股冲动突然升起。逃吧，逃得远远的，隐姓埋名也许还能活下去。

这一瞬间我的情绪像是泄洪的大坝，我整个人都被这突然涌起的冲动吞没了。

我恨不得现在就从窗口一跃而下，有多远跑多远。可不过一瞬，这个念头便被风吹散了。

这一次逃了，那下一次呢？下下一次呢？我放眼望去，这天这地好像都变成了一个巨大的牢笼，狠狠地困住了我。

花园传来了说话声，是哥哥在送金楚涵出门。金楚涵一副叽叽

喳喳的欢悦姿态，像是枝头的雀鸟，在阳光下跳跃着鲜活气息。我听见系统的通报。

“金成一对宿主的好感上升两点，现在是百分之八十一哦！请宿主再接再厉！”

我静静看了好一会儿，直到二人的身影在视线中消失不见。有一些东西也随着他们的离开从我身体中剥离出去。

我关上窗户，从梳妆台找到了修眉刀，捏着它来到浴室。小小的刀片薄得像张纸，落下的时候也像羽毛，却无比锋利。

我用它在事先准备好的血包上割了一下，再赶紧扯了条毛巾摁上去。

我收拾好一切，戴上墨镜出了卧室，情态匆忙，恰好在客厅遇到送完金楚涵回来的哥哥：“宝珠，你不是身体不舒服吗？怎么出来了？这是要去哪儿？”

我慌张低头掩饰自己的神色，欲盖弥彰地半捂住手提包，装出强作平静却带着哭过痕迹的声音：“没，没什么……我有点事情要出去。”做完这一套动作，我低头绕开哥哥，往外跑去。我听见哥哥在身后喊我的声音，脚步声阵阵响起。

“嘶……”我浑身颤了一下，却又立马僵住身子不敢再动，濡湿感透过薄且吸水力强的纯棉布料透了出来。

“你怎么了？你胳膊怎么了？”哥哥一把松开我，我听到了他声音里的忧心。

我抬头望了他一眼，又迅速别过头去，借着身体转动的幅度正好让包里露出的那一角毛巾彻底落到他的视线里：“没什么，我有点事要出去。”

“没事？你是不是受伤了，你这包里是什么？”

他往前想靠近我，我就连连后退，如同被拉扯的风筝线：“真的没什么，我先出去了。”

我像在舞会上落跑的灰姑娘，匆忙地甩脱王子的纠缠，找到了带我离开的马车。后视镜里哥哥的身影渐渐模糊，我却笑了起来。

外来人以为我不过是个被惯坏的蠢货，以为我真的不懂那些弯弯绕绕的手段。但他们可别忘了，我身在上流社会，见惯了那些人削尖了脑袋也想钻进来的模样。

我怎么会不懂，我只是不甘示弱。哪怕心里疼得要流血，我也要昂起头绝对不流一滴泪；哪怕心里根本接受不了被抛弃，我也不会趴在地上苦苦挽留，就算被逼到极点，我也只会声嘶力竭地质问。

就连这一世，哪怕已经知道了金楚涵的真实身份，我还是宁愿维持着体面苦苦周旋，寻找金楚涵的弱点，也绝不会哭着诉说我心里的苦楚。

但现在的我不同了。

我一路开车，找了几家心理诊所，不看病，只要名片。我在车上用签字笔把每张名片的上的地址和电话都划烂，狰狞的痕迹写满了主人的纠结。随后我把这叠名片都收到包里，开车回家。

一进门，保姆便迎了上来，我没有理她，呆呆地在客厅站了好一会儿，才机械般地把包摘下来递给保姆，让她把我的包扔掉。

做完这一切我缓慢地走回了房间，直到关上门后才长舒了一口气。我在赌，赌我对哥哥的了解。他发现我的不对劲后，一定会询问家里的保姆发生了什么事，会嘱咐保姆留意我的动向。

这个包，还有我刚才的模样，保姆一定会告诉哥哥。他们会发现包中白色内衬上的血迹，和一沓被划掉地址电话的心理医生的名片。

我主动提出去落星园，却一回来就病了好几天。我突遭横变却不闹不问，乖巧听话地过完了这段日子。我过去二十年的骄傲在这一刻被放下，我要让他们都知道我的痛苦、我的隐忍。我不能再当这场戏里的配角了，我必须要跟金楚涵去争。

我只有先站在聚光灯下，才有告诉众人另一束光有多不堪的资格。

Chapter 02 旧仇新谋

当哥哥带着一个新朋友约我去喝咖啡的时候，我知道，鱼上钩了。

新朋友是个三十岁左右的女性，长相普通，浑身却散发着一股亲和力。哥哥借口离开，留下时间让我们两个独处。这几天我没日没夜地阅读心理学书籍，就是在等这一刻。这样我才能在哥哥找来假扮普通人的心理医生面前，扮演一个明明心理已经出现严重问题却不肯面对、一心为家人着想的女孩。

这场会话结束后的第二天黄昏，我孤身一人在花园里等来了端着牛奶跟甜品的哥哥："宝珠，你最近是不是有点不开心？有什么事情你可以跟哥哥说的。"

迎着哥哥试探的目光，我一如往常地笑着，胳膊肘顶着桌子，伸手去拿牛奶，动作间衣袖被扯下来一块，露出了特意伪装成伤口的痕迹。

"宝珠！"这一次再被他抓住手的我没有逃。

"宝珠，你，你这是干什么……到底怎么了？"

他的神情看起来很痛心，声音很急切，但我始终忘不了那句"提她干什么”。

我垂下眼睛，在玻璃桌子上看到了苍白悲哀的倒影。这一刻我四溢的悲伤是真的。

哥哥开始低声安慰我，试图让我敞开心扉。我本已经想好了每一句话该怎么说，每一个姿态该怎么做，可张开嘴的时候，说出的却是另一番话：“哥哥，当初你知道了金楚涵真正身份的时候，我能理解你一时无法面对，但是为什么你要那么防范我？”

他的脸上闪过了尴尬的神色，紧接着涌上来的却是沉默。过了好一会儿，他才用复杂的眼神注视着我，对我说：“你也知道，那时候你很不喜欢楚涵，处处跟她作对。突然一下发生这样的事情，我担心你因为不能接受，跟她产生矛盾。”

“哥哥，我们从小一起长大，你难道不了解我吗？你什么时候见我无缘无故去针对一个人了？我当初跟她作对，是因为顾泽言，我跟顾泽言的感情你是知道的啊！她横刀夺爱难道我不该有情绪吗？”

我的声音越来越急促，恍惚间好像回到了那个垃圾场。下雨的时候，雨点落到铁皮屋顶会有密密麻麻如同跺脚一般的声音。

“你应该明白我最重视的就是家庭，金楚涵变成了我们家的人，我既然知道是我占了她的婚约，她跟顾泽言又情投意合，我不是不明事理的人，只要她不来欺负我，我是不会去伤害她的！难道我们过去的二十年都是假的吗？你不是一向最了解我的吗？为什么会这样……”

“宝珠，我……”他犹疑着说不出话来，像是在思考却又想不通。他的脸突然在我的视线中变得重叠起来，急切的、疯狂的、冷漠的……所有的一切最后凝成了陌生的脸，是自从金楚涵出现后便变得陌生了的脸。

“你那时候只想到了金楚涵的心情吧……”我的情绪垮了下来。

其实用理智来思考，当时的哥哥，已经跟金楚涵认识有段时日了，在金楚涵的攻略下对她已经有了很大的好感度。这个时候突然得知这个他很欣赏的姑娘，是他失散多年、一直在外受苦的妹妹，他怎么能忍得住喷涌而出的疼惜之情。

而我不理解的是，为什么所有的东西在一夜之间离我而去。我没有做错什么，却连一句安慰都没得到，我沉浸在情绪的沼泽里被外来人引导着一头钻入了牛角尖。

或许我当初应该理智一点儿，但感情又怎么能用理智来衡量呢？

感情是水与火，是明与暗，是一切的矛盾体困在一起，被熬得黏稠、拉扯不清。

“宝珠，你也知道楚涵这么多年受了太多的苦，哥哥实在是……”哥哥开始跟我解释。

我静静地看了他一会儿，早已排演好的角色再次一点点爬入了我的身躯，我想起了我应该说出的台词。我掐着手心突然开始流泪，将这场戏拉回正轨。

我告诉他，我不是怨恨他，我只是太爱他们了，我深爱着我的家人们，可是大家突然都离我而去。我每一天晚上都在做噩梦，梦见被抛弃，我只能拼命地讨好金楚涵，以此希望被他们多看一眼。

半真半假的心声混杂在一起，这场戏我唱得声泪俱下、肝肠寸断。我胳膊上的伤痕像是熊熊燃烧的火痕，顺着胳膊烧到了哥哥的身上，让他坐立难安：“宝珠，对不起，都是哥哥的错，是哥哥忽略了你。”

当他把我拥入怀中，在我耳边哽咽出声时，我知道这场赌上二十年感情的戏码完美开幕了。从这天开始，哥哥对我的关怀达到了顶峰，比金楚涵出现之前更胜。

好像回到了孩童时期，我时时刻刻黏着哥哥。他陪我去海边散步，带我去小时候的游乐场，陪我一起做蛋糕。金楚涵见哥哥整日被我缠住，也想加入进来，但已经被心理医生耳提面命过的哥哥怕她会刺激到我，找理由拒绝了她。

被扫了兴的金楚涵并没有理会系统催促她抓紧刷好感度的话，

转头投向了顾泽言的怀抱。

我知道他们两个前些日子刚刚完成了亲密接触，现在正是蜜里调油的时候，也是对哥哥攻略最松懈的时候。我等的就是这个时机，不然她要是多花几次心思，被过往感情激发出愧疚感的哥哥还不知道能坚持多久。

哥哥现在对外来人的好感度是百分之八十一，已经对攻略一事了如指掌的我很清楚，这个攻略度如果放在其他攻略对象身上，就是喜欢并很在意的程度。但是如果放在哥哥身上就不一样了，这个程度的好感度对他来说仅仅只是兄长对妹妹的喜欢。一切都来得及阻止。

上一次哥哥被攻略的时候，外来人对着哥哥提起顾泽言时都是懵懂的状态，借着这个基础，她无所顾忌地进行着任务。我不知道系统是否教过这些外来人什么，还是系统就喜欢挑选同一类型的宿主，上一次的外来人跟现在的外来人都一样，在外面总是一副自立自强的倔强模样，对着攻略对象又变成了不谙世事的小兔子。

特别是在哥哥面前，她变得越发肆无忌惮。她撒着娇让他去温牛奶，再端着牛奶杯，一边咬着吸管一边跟哥哥说话，瞪着眼睛满脸无辜，好像只是不懂事的天真。

看到这一幕，我都忍不住拍手叫好。但这一次我绝对不会给他们机会。

我坐在客厅跟哥哥下国际象棋，金楚涵在房间里挑衣服，我听见了她跟系统讨论的声音。

明天她要跟顾泽言出去约会，她准备给顾泽言惊喜。只是惊喜总要人多才热闹，要让谁去给他们庆贺呢？

我摩挲着棋子，凝视着棋盘，棋盘上的棋子突然间都有了名字。让哥哥去太危险，他现在正是对金楚涵呵护有加的时候；让爸爸妈妈去的话，就算真的有什么，他们也会为了宝贝女儿帮着遮掩，而我去就太过刻意了。我举着棋子悬在棋盘上面，许久，我终于抬起手指推掉了棋盘上的一颗棋子，将自己的子落了下去。

这颗被推掉的棋子叫于涵。她是顾泽言的追求者，认识金楚涵并嫉妒着她，谁都知道她跟我关系恶劣，还有比她更合适的人选吗？

于涵是音乐学院拉大提琴的，平时会在剧团演出。但今天剧团的节目单中并没有她的演出剧目，全被外地来的一个音乐剧演员的剧目排满了。不过我听说，于涵最要好的朋友非常喜欢这个音乐剧演员，只要是他的演出，她每场都会来看，不厌其烦。

于是我跟哥哥提出想去散散步，散步的时候我们路过了那家剧院。剧院门口摆满了海报，我盯着那几张海报多看了一会儿，哥哥便在旁边问我要不要买票进去看看。

一切顺理成章。我虽然没跟于涵的好朋友打过交道，但我认识那个盘旋在于涵身侧总是对我怒目而视的人。

演出结束，我兴致很高，上台献了花，与那人在台上擦肩而过。我知道她一定会认出我，就像丑小鸭可以在一片白羽中一眼认出哪根是天鹅的羽毛，因为太在意了。

献完花，我跟哥哥说想去趟洗手间。我进了洗手间，选了一个小隔间，拿出了手机开始说话。这是心理医生的建议，让我在想倾诉却又不愿开口的时候，可以对着手机录下语音。

“我今天跟哥哥来看了演出，但我还是开心不起来，因为我不小心听到楚涵说，明天晚上要去温泉民宿跟泽言约会。那间民宿是以前我跟泽言去过的无言民宿，不知道他们会不会订我们之前住过的橘红小院，楚涵还说她要给泽言一个惊喜。虽然我不知道惊喜是什么，但我有预感，只要过了明晚他们两个人就任谁都无法分开了。”

说到这儿我啜泣了两声，我闻到隔壁传来了熟悉的香水味，混杂着洗手间里芬芳剂的气味，显得格外刺鼻。这是我与那人擦肩而过时从她身上传来过的味道。

“楚涵是我的妹妹，我只能衷心祝愿他们幸福。而且楚涵不想这件事被人知道，我也不知道该不该跟哥哥说。算了，泽言本来就应该是楚涵的未婚夫，我应该成全他们。”

飘来的香水味越发浓郁，我都怀疑她是不是直接趴在了隔板上。这女人的父亲是于涵家公司的高管，她从高中起就是于涵的千里眼、顺风耳，事事以于涵为先，非常忠心。刚才那些话她一定会一字不落地告诉于涵。

于涵这么多年都对顾泽言念念不忘，她总以为只要除掉我，顾泽言就一定会爱上她，这几乎成了她的执念。可现在突然冒出一个金楚涵，短短几个月内就把顾泽言迷得神魂颠倒，她怎么可能甘心。更何况我一直是她感情路上最大的敌人，她又处处不如我，憋了这么多年就是憋着一口气想赢过我，要不然上次在生日宴会上也不会那么迫不及待。

现在她知道我不仅输了，还输得彻底，她肯定用尽手段也要往上爬，去证明她比我强。至于那个外来人，以她恶劣的性子，当知道她订了我跟顾泽言曾经去过的温泉民宿时，我就明白她在打什么主意，她绝对会去橘红小院。

我用哭腔又录了几句对金楚涵的祝福才停下，仔细把录音存好，离开了洗手间。我不知道于涵知道这个消息后会做出什么，但是我相信她不会让我失望。她曾是我的对手，我们互相都很了解。

于涵的父亲这些年没少在外面惹事，但不管怎么搞，于涵母女都牢牢把住家门，连只蝴蝶都飞不进去。这些耍手段、玩弄心机的事情，她最擅长了。

而我只需要当一个旁观者就够了。

第二天一大早金楚涵就出了门，整晚没有回来，说跟几个朋友一起去泡温泉。结果午夜刚过，网络上突然爆出一个八卦，标题夺人眼球，任谁看了都得点开这则八卦里的视频看看究竟发生了什么事。

我很满意于涵的聪明，没有选择正规的媒体，避开了被第一时间公关的风险。她直接爆料给营销号自媒体，掩去两人的身份信息，就连视频里她都没有喊出金楚涵跟顾泽言的名字，只是喊了声“你们两个怎么在这里”。

这一点金楚涵是不会明白的，当所有人进了一个圈，并在这个圈子外垒上高墙台阶，那么他们就不会多在乎外面的风言风语，因为那影响不了这个圈。我们只在乎圈内人的看法，圈子里的名声完了才是真的完了。

从一开始于涵的目的就不是让金楚涵的丑闻人尽皆知，而是让圈子里所有认识金楚涵的人知道这件事就够了。

圈子里自有一套消息流通的路子。

视频里拍摄者破门而入的那一刻，两人一闪而过的身影虽模糊但足够说明一切，迅速逼近的镜头正好给金楚涵那张错愕的脸拍了个大特写。等她惊呼着躲开，顾泽言怒不可遏抄起烟灰缸砸过来时，镜头还不慌不忙地把屋内的环境扫了个遍。

看来于涵找的是专业“狗仔”，这镜头捕捉的料够足，只是不知道她是怎么做到这一步的。不管是顾家还是金家，可都不是于涵能够随意践踏的，如果没有一个合理的借口，于家肯定要有麻烦。

不等天亮，整件事情的原貌便跟那剥了壳的鸡蛋一样显露了出来。

据说于涵这次就是带着亲妈一起去找亲爹的，结果要找的人提前闻着味了想跑，又怕被堵在门口，思来想去想出个馊主意——塞钱给民宿的服务生，把自己留宿院子的院牌跟旁边的橘红小院掉了个个儿。

于是等于涵母女带着人悄悄摸进院子，一脚踹开房门时，惊的不是这人，却是那对鸳鸯。本来惹了野鸳鸯跑了就算了，偏偏她们带了一个不入流的小记者，想着震震外面那些人。

结果这下好了，本该拍的没拍到，倒让这个“狗仔”拍了个大新闻。“狗仔”可是认识金楚涵的，豪门抱错孩子这么大的新闻他当初可没少掺和。若是别的“狗仔”可能还得掂量掂量，能不能往外发，但这个“狗仔”可不一般。他可是个不嫌事大的主，只要能有热度，什么料都敢爆，跟那苍蝇一样，见缝就钻，要不然于涵母女也不会找他。

这套避重就轻的爆料手法也是他一贯爱用的，等有人反应过来要公关也晚了，消息都流出去了。这可真是个啼笑皆非、阴差阳错的好故事。果然姜还是老的辣，要是单凭于涵肯定不会把这事办得那么滴水不漏，肯定还有于涵妈妈的手笔。

既帮宝贝女儿把金楚涵整得鸡飞狗跳，还铲除了麻烦。到时候金家跟顾家找她们问责，直接把原本要拍的那人推出去。门牌是外人换的，于涵母女只是处理家务事，发现不对后也直接道歉离开，还当着顾泽言的面让“狗仔”把摄像机交出来了。

谁也没想到这个“狗仔”还藏了一个隐形胸针式摄像头在身上，又是出了名的没下限，直接把这事捅了出去。

至于为什么那个人会突然跑到这个民宿去泡温泉，还正好住在橘红小院的隔壁，那门牌是不是真是她想办法换的，就都不为人知了。也许跟我路过剧场多看两眼海报，哥哥就买了票一样，她也正好听见什么或者看见什么才突发奇想了呢?

总之于涵母女既然敢这么安排就说明不怕人查。就算回头真查出来是于涵故意设局，这火也烧不着我。我这几天本来就有跟哥哥出去散步的习惯，那天于涵根本不在剧院，我看的是音乐剧演员的海报，票是哥哥主动提出要去买的。更不要说我跟于涵的好朋友一点儿也不熟悉，话都没说过，就算碰上了谁会想到那么多呢?

我不过是运气不好被人偷听了，翻开我的录音，听到的也都是我的祝福。一切都跟我没关系，是于涵她们起了歹心。我跟那个靠着系统才跟我平起平坐的女人可不同，她喜欢拿软刀子磨人，而我就喜欢“借刀杀人”，不留痕迹。

晚上闹得那么厉害，早上一家人脸色都不好看。

妈妈的眼睛哭得像个核桃，爸爸沉着脸在书房打电话，哥哥坐在沙发上一句话不说。我当然知道他们接受不了，虽然顾泽言追金楚涵追得紧，但金楚涵私下里一提到顾泽言都是满脸害羞地说刚认识几个月，还想再接触接触试试。谁都以为他们两个还没彻底戳破那层窗户纸，结果突然得知真相是这样。

我一遍遍地安慰着妈妈："没关系，反正大家都知道我们金家跟顾家有婚约，干脆趁这个机会让他们订婚好了。未婚夫妇情难自禁，也是能理解的，回头再找公关澄清一下就好了。"

我熬了一整夜，脸色憔悴，嘴唇被我故意咬出了好几个口子，我要看起来比谁都憔悴，却又比谁都积极地祝福他们两个的婚姻。

妈妈似乎在这一刻终于想起我以前是多么喜欢顾泽言，她摸了摸我的脸，又哭了起来。

在金楚涵回来之前，我久违地享受到了全家人的关爱。只是这一次我的心里没有波澜，因为我已经不渴望了。

曾经我不懂，不懂为什么我深爱的父母突然变得陌生。因为不懂所以我不甘心，越不甘心我就越想拿回来。可当我想起一切以后突然觉得这些不重要了。

无论前世还是今生，他们对我的爱在金楚涵出现以后就好像变成了薄薄的一层冰。只要听闻几件我欺负金楚涵的事，这层薄冰就会被踩得粉碎。

就好像我依然不明白为什么在前世，哥哥跟顾泽言即使舍弃尊严也要维护金楚涵，我到现在也不明白我的父母为什么会变成这样。

我只能告诉自己他们已经不是我的挚爱了，他们都变成了傀儡。我给自己找了一个合适的借口，用这个借口挤压掉心里所有的不平，只有这样我才能好好地活下去。

直到中午，金楚涵才回来，哭得眼睛鼻子通红，顾泽言陪着她进了门。我一眼就发现金楚涵手上多了一个新钻戒，就是不知道是昨日的海誓山盟，还是今天的定情信物了。顾泽言当着我们全家的面直接跪下了，他满口都是抱歉，他说是他太爱楚涵了，所以他会承担起责任，而且他来之前已经跟楚涵求过婚了。

金楚涵低着头在一边小声啜泣，活像被谁欺负了。要不是场合不对我都要骂一句：装什么装，这事不是你情他愿的吗！

妈妈只顾着哭，爸爸和哥哥沉着脸没有表态。我走上前给金楚涵递了几张纸巾，拍了拍她一抽一抽的脊背，柔声说：“别哭了，爸爸妈妈也不是真的要怪你。实在是这件事太突然了，你之前跟我们提起顾泽言的时候都说只是朋友，现在一下搞成这样，大家肯定不能立马接受……”

顾泽言猛地扭头看了我一眼，金楚涵听了这句话哭得更厉害了，顾泽言脸上的错愕顿时化作心疼。我又扭头去低声劝爸爸妈妈，在我这个好姐姐的周旋下，他们终于平复了情绪，气氛从兴师问罪变成了家庭聚会。

在几番商量下，大家最终敲定解决方案。顾家要立刻出面，虽然那些视频新闻已经被公关掉了，但影响还在，必须要男方出来澄清双方是未婚夫妻关系，找几家好的公关公司，把网络舆论往甜美爱情故事的方向引导。订婚宴也必须提前到这个月办好，一定要弄得漂亮隆重，不能让外面的人看轻了楚涵。顾泽言一口答应下来。

事情处理好，爸爸看都不想看顾泽言，直接把人赶出了门，扭头去了书房。妈妈拉着金楚涵去房间里说话，只剩下哥哥跟我还留在客厅。哥哥从谈话开始就一直沉默，只有被询问意见的时候才会应两声。他半弯着身子坐在沙发上，低头盯着手指不知道在想什么。

我演了一上午的戏，脸都有点僵了，但只要一想到谈到订婚时，系统跟外来人气闷的样子就高兴。他们上一世的订婚因为怕刺激别人，所以办得要多低调就有多低调，生怕会影响后面攻略其他人，现在可都是反着来了。

好心情让我在疲劳中生出了更多的耐心，我装作“只以为哥哥是接受不了妹妹突然要嫁人”的模样上前劝解：“别担心了，就算楚涵嫁人了又怎么样，我们是一家人，是亲人，就算嫁人了她也是你的妹妹。

“顾泽言跟我们家那么熟，绝对不会亏待楚涵的，我知道你这个当哥哥的最心疼妹妹，舍不得她受到一点委屈，但是事情已经发生了，我们做亲人的只能好好安慰她，然后把影响降到最低。

“万幸这次闹出来的只是未婚男女间越界的小事，不会造成多恶劣的影响，要不然我估计楚涵跟爸妈都受不了打击。你看她刚才哭成什么样了，她一向在外面很要强，最受不了指指点点。

“哥哥，高兴一点儿，楚涵跟顾泽言那么相爱，我们该祝福他们的。”

我想我要是条蛇，趴在哥哥耳边说出这句话时，一定会吐出鲜红的芯子。

订婚宴上于涵也来了。她穿了件白色蒙纱长裙，手上戴了一个粉色的钻戒，看起来倒有些像新娘。

“金宝珠。”她妆容精致，可凑近了还是能看出她的疲态，似乎很久没睡好了，“我以为我会输在你手里。”

她没有看我，只是紧紧盯着高台上顾泽言跟金楚涵手挽手的身影。她似乎也不需要我回应，自顾自地说了下去：“我知道那天在剧院你是故意的，你肯定是设计好演给我听的，我不信你看不出这个金楚涵是个什么货色。你的心上人被这样的人抢走了，以你的性格就算跟他们打得头破血流也不会衷心祝福的，更不用说还在外面哭哭啼啼。我跟你斗了这么多年，这点我还是了解你的。”

她说到这儿笑了一下，却并不开心：“我也知道你为什么会选中我，就像我了解你一样，你也清楚，就算知道这是个陷阱，我也肯定会往里跳。”

她戴着钻戒的手翘着，像是在等待另一只手握住。粉色的钻戒，是顾泽言最喜欢的。他虽然长大后凶巴巴的，小时候却爱看些小女生的卡通片，比我还着迷。忘了是哪部卡通片里面的小新娘有一个又大又亮的粉色钻戒，他从那时候就记住了，一直说等结婚的时候也要用粉色的钻戒。今天是他的订婚礼，但戒指是蓝宝石的，因为金楚涵喜欢蓝宝石。但于涵却戴着粉色钻戒来了。

我知道上一世于涵的下场是什么，那时候我还活着。她没有因为金楚涵的出现放弃顾泽言，只是像扑火的飞蛾一样拼命去撞白炽灯的灯泡。由于她总是跟金楚涵作对，最终惹怒了金顾两家。

为了保全被金顾两家疯狂报复的于氏企业，于涵的父亲舍弃了于涵。

其实她本来不用落到这个下场的。我和她都是知道的，再爱那个男人，有些底线都是不能破的。因为牵一发而动全身，越是站得高，越要慎重。所以这些年了，不管是明争还是暗斗，我们两个都没动过真格。只可惜到最后我跟她都在外来人的引导下变成了输红了眼的赌徒。

“于涵，忘了顾泽言吧。”

于涵没有回答我，台上的仪式已经进行到交换庚帖了。她眼睛红了，人群中的于涵妈妈也红了眼。于涵是为了一个不爱她的男人，于涵妈妈是为了一个不知道爱自己的女儿。其实于涵妈妈本来不需要去冒险的，但她为了于涵什么都肯做。

其实于涵不知道，从上一世开始我就很羡慕她，没有顾泽言又怎样，她还有一个那么爱她的人。但凡当初我有这么一个人在身边，就算根本听不到系统的对话，我也不会落到那样的下场。所以在知道顾泽言跟金楚涵已经合意了之前，我就找人拿到了关于于总的一些信息，以匿名方式交到了于涵妈妈手里。

台上的仪式走完了，我也该上台去给新人送上祝福了。

订婚礼结束后，我听了满满一耳朵系统跟金楚涵的抱怨。因为当金楚涵跟顾泽言在祝福声中拥吻时，哥哥对金楚涵的好感度下降了百分之五。

这种时候自然要趁热打铁了，第二天，我又给金楚涵带去了一个好消息——哥哥要出国了。

爸爸的企业集团在海外有一家分公司，业务拓展一直不太顺利，爸爸想从集团提个能手过去处理。我主动将这个消息透露给哥哥，鼓励哥哥去跟爸爸争取这个机会，也能锻炼一下自己的危机处理能力。

哥哥现在已经隐约察觉到自己对金楚涵的心思了。这对他来说是不可饶恕的，作为金家的养子，他时刻感怀着这份恩情，所以一直以守护者的姿态疼爱着金家的血脉，从前是我，现在是金楚涵。

可如今他却生出了如此心思，铺天盖地的惶恐跟自责让他这些日子坐立难安，日渐消瘦，外加他亲眼见证了金楚涵的订婚礼，心情简直落到了低谷。这个时候有合适的机会可以避开让他心慌意乱的人，他自然迫不及待。金楚涵哪里会愿意，在系统的催促下急切地想挽留哥哥。

我早就想到她会来这么一手，所以我昨晚在哥哥房间多留了半个小时。在那半个小时里，我向他不停地描述着我看到金楚涵跟顾泽言那么幸福，是多么由衷地为金楚涵开心。对现在的哥哥来说，金楚涵越幸福，他越觉得自己碍眼。所以一大早他就去了机场，连句再见都没有说。

金楚涵在房间里骂了整整一天，我在客厅里喝着咖啡听着她的心声津津有味。系统倒是一直没什么动静，金楚涵骂了一天它偶尔才回几句。

“系统，你怎么了？怎么今天对我爱答不理的？我都快气死了，你赶紧帮我想想办法！那个该死的于涵我一定要收拾她！你赶紧给我几个道具！快点！”

“宿主，以你现在的积分只能兑换几个低等道具。”

“怎么会这样？我的积分呢？我不是有几千积分吗！”

“宿主，那些积分都被你换来改造自己的身体了啊。”

“我这不也是为了抓牢顾泽言吗！而且你不是一直鼓励我多兑换道具，把自己打造得更有魅力，才能更吸引人！”

“我这也是为宿主考虑，你已经拿下了顾泽言，跟金成一进展也很顺利，顺理成章地就可以把他拿下，我也没想到会突然冒出于涵这档子事，金成一还被刺激得出国了。”

系统的声音听起来闷闷的，“顺理成章”四个字落到我耳朵里格外硌硬。

听听，多高傲的姿态啊，好像我们这些人在它的眼里都只是提线木偶，让我们做什么就做什么。也对，一次又一次的循环攻略，如果换成游戏的话，这对系统来说应该跟挂机副本（无须本人操作，自动模拟反应的游戏区域）差不多吧？它又怎么舍得多用心呢。

“那现在怎么办啊，系统你帮我想想办法，要不我也去国外找金成一？”

“你刚刚订婚，顾泽言肯定不会放你走的，他肯定会跟着你一起去国外。你一订婚金成一对你的好感度就迅速下降，这下还走了，你们俩要是再跟过去，可能会适得其反。唉，本来想着近水楼台先得月，才把金成一安排成第二号攻略对象的，现在搞成这样，只能提前攻略其他角色了。不管怎么样，宿主你要先赚多点积分才好做任务啊。”

“新角色啊？好啊！快给我介绍介绍是什么样的！”

“新角色的资料我发送给你了，你好好看看，里面他爱吃什么，爱穿什么颜色的衣服等所有的喜好都有。他叫沈牧，父亲是Q国人，母亲是Z国歌剧演员。他现在是一家科技公司的总经理，明面上是做电子产品的，但背地里还干着些见不得人的勾当。他现在还在国外，本来想着再过两个月，他回国的时候我再让你去接触，但现在这样，肯定是要让你们提前认识了。”

“哇，混血儿！这也太刺激了！他长得好帅啊，绿色眼睛真好看，系统，我感觉我要爱上他了！快点给我安排见面吧！”

“你跟顾泽言去国外旅游吧，等时候到了我把他的坐标位置给你，你去制造偶遇。”

沈牧。真是久违的名字。

金楚涵接触的那几个男人中，除了顾泽言跟哥哥，他是第三个我在活着的时候见过的，像野狼一样狠毒的男人。我上一世的死跟他脱不了干系。

那双恶心的绿色眼睛我永远不会忘记。

我本以为我已经能够平静地对待过去的记忆了，可当再见到沈牧名字的那一刻，我才发现我从没有平静下来，我只是用报复的快感短暂地麻痹了自己。

当听到系统跟金楚涵仔细地介绍着沈牧的过去、沈牧的喜好，一遍又一遍劝说金楚涵早点攻略掉沈牧时，我生出了一个大胆的想法——我要先一步见到沈牧，先一步让他爱上我。哪怕做不到，也要让他无法爱上金楚涵，阻止他贡献积分。这是我目前唯一的办法，想打败系统，就必须阻止它接收能量。

所以我先一步来到了Q国。虽然没有沈牧准确的坐标，但我知道他公司的地址。我就近租了一处公寓，接连几日装作找工作的样子在附近徘徊，终于在今天见到了沈牧。

只是我高估了自己。当沈牧在我视线中出现的那一刻，我内心的愤怒像是横冲直撞的风，想拦都拦不住。我勉强冷静下来，冲上去叫住了要踏入公司大门的沈牧：“沈牧！你记不记得小月牙？”

小月牙是沈牧一直在寻找的女孩，也是上一世外来人接触沈牧时借用的身份。当我喊出这三个字的时候，沈牧脸上的神情像是突然被赶出狼群的头狼——疑惑、不敢置信却又带着隐隐的期望。

我被带到了沈牧的办公室。这里像是野生动物博物馆，到处陈列着动物的标本。我坐在沙发上，脚下踩着的是一张白色羊皮地毯，对面的枯树盆景上立着一只金雕。沈牧背对着我，不知道在想什么，从我说出那句话起，他就一直没有开口。

他只是对着保镖挥了挥手，他们便把我带了上来。如此的默契，让我不禁猜测他们曾这样带了多少人上来过，又有多少人能安然无恙地离开。我的手心出了汗，大场面我见过很多，但是像沈牧这种喜怒无常的人，面对他的每一刻我都要做好最坏的打算。

沈牧突然抬起手摸了摸左边的耳朵，我调整了下视线看去，这才注意到他耳朵上戴了一个隐形的蓝牙耳机，似乎有人在跟他说话。

“金小姐。”他突然开了口，转过身望向我。我知道那个耳机里说的是什么了，是我的身份信息。从我见到沈牧到现在还不到半个小时，这些人的动作真够快的。

“沈先生。”我镇定下来，对上了沈牧的眼睛，露出了微笑，“看来你已经知道我是谁了，那我们打开天窗说亮话吧。”

沈牧没有说话，他走到一侧的沙发上落座：“看起来金小姐对我的事情也很了解。”

“谈不上了解，只是恰好知道如何了结沈先生的一桩遗憾。”

“哦？遗憾？金小姐不妨说来听听。”

沈牧微微眯了眯眼睛，抬起胳膊搭在了沙发上，手指一下一下地轻轻敲着扶手。我知道，沈牧做出这个动作是在考虑要不要对我动手。像是豺狼捕猎前露出獠牙，这个动作就是沈牧的捕猎信号，是他故意留下的习惯。

“你在找一个女人，她是N国人，有个名字叫小月牙，是你给她取的，虽然我不知道你们两个之间有什么纠葛，但我认识小月牙。”

其实我不认识小月牙，但我知道你们两个的过去。在你十四岁那年，你被一个犯罪团伙绑架，为了活下去，你抛弃了尊严，讨好着那些绑架犯。你在他们身边待了半年，遭受了数不尽的虐待羞辱才找机会逃出去。

小月牙是团伙中一个N国男人的孩子，才十岁，人刚比桌子高一点儿，像个仆人一样伺候着她的父亲和那些人渣。然而她却是你唯一的慰藉。她偷偷留下的几口热汤，塞给你的破旧但足够保暖的衣服，挨打时的几句求情，从箱子里偷出的止痛药，塞在枕头下的零钱，这些零零碎碎的事情像是每晚从漏缝木板顶透出的月光。

你管她叫小月牙，这是她第一次拥有了一个名字，而不是被人喊作一个语气词。

她卑微、瘦小，仿佛路边的泥，雨下大一点儿就会被冲散，可她偏偏把自己捏成了菩萨像。这个泥菩萨偷偷为你攒下了路费，帮你拖延了时间，让你跑出去寻找父母。你像是藤蔓回到了大树旁，天真的绿眼睛里只有对父母的思念还有对绑架者的仇恨。你重新缠绕了上去，拼命地扎根，在十九岁那年，你依靠的大树变成了灰烬，化作你脚下的养分。你不再是藤蔓，你长出了手脚，而那些绑匪也为他们犯下的罪行付出了代价。

你还想找到你的小月牙，这些年你一直在四处打探她的下落，可是这个世界太大了。

“我知道她的下落、她后来的人生，但是我不能保证一定能带你找到她。”因为她早就死了。

这些事都是我死后跟在金楚涵身边时得知的，通过断断续续的言语我拼凑出一个糟糕故事。

小小的泥菩萨没等到能帮她渡河的人便被踩烂，成了一抔泥土，名字却在死后被人冒用。那个人用这个名字来到了你身边，在系统的帮助下捏造了一个虚假的过去。她像是终于找到家的小猫一样依恋着你。等到她的笑容深深印入你的心扉，她便可以找一个借口把真实身份暴露出来。

你最痛恨背叛，可你的心早已被她俘获，你只能驱赶她。她声嘶力竭地宣扬着对你的爱，你捂着耳朵不想再受她的蛊惑，可她却用生命去证明。

当她为你挡下那颗子弹时，你也随之死去第二次。第一次是你被绑架的那个夜晚，这是第二次，你终于明白，你究竟有多渴望这样一个人出现在你的生命中。

你从野狼再次变成了被驯服的狗。

可你不知道的是，那颗子弹射过来时，已经被系统计算出了轨迹。她仅仅是用道具选择了一个会受伤但不会伤及性命的角度，以及用被降到最低的痛感来武装自己。

那一地的鲜血其实只是你一个人的痛。

我知道现在这个金楚涵也选择了一样的身份，准备来接近你，所以我要断了她的路。

“她已经死了。七年前就死了。”

当我说出这句话后，我被沈牧掐着脖子摁倒在柔软的地毯上，窒息感变成泪水涌上我的眼眶。泪眼模糊间，我看到枯树上站着的那只金雕飞了起来，落到了沈牧的一侧。它那双黄色的眼睛像是石头一样，从中迸射出的凉意似乎碰触到了我的肌肤。

“你撒谎！”沈牧的嗓子都哑了。我太痛了，好像喉骨都被捏碎了，喘不动气。我艰难地抬起胳膊，没有去扯沈牧掐在我脖子上的手，只是用尽残余力气狠狠地扇了他一个耳光。

清脆的声音让金雕再次起飞，翅膀挥舞间，沈牧松开了手。

新鲜的空气争先恐后地往我身体里挤，刺激得我几乎咳出血来。我花了很久才平静下来，顶着满眼的泪花看向沈牧。他半跪在羊皮地毯上，脸色很平静，但那平静好像是有人扯着他的脸皮抻开，显得紧绷绷的。

“你说实话，我就不动你。”他说话时嘴唇动的幅度很小，声音也很小，他是混血，很白，白得不正常，被我打过的地方渐渐浮出了红肿的痕迹，“说！”

好像有人突然扔来一颗石子打碎了瓷瓶，他的平静碎得那么突兀。他跳起来，从展柜后面摸出一把枪，大步上前，把枪狠狠地抵在我的额头上，那么用力，像是迎面给了我一击。

“我说的是实话。”我的嗓子被掐得像破锣一样，尽管使出了大力气，却只能发出一点儿刺耳的声音。

我知道他不是不信我，他只是接受不了。

他的枪没有上保险，一个在刀尖上舔血的人只要摸到枪，除非是不想动手，不然不会犯这个错误的。他其实就已经猜到她可能死了，但他不愿意面对。

他把她变成了真的月亮，就那样挂在天上，摸不到，碰不到，但是想念的时候抬头看看就能看到。这些年想浑水摸鱼换好处的人下场一个比一个惨，所以根本没人敢在他面前随便提起这三个字，更不用说把这个名字跟“死”字挂在一起。

其实金楚涵出现的时候，他真的没有怀疑过吗？他那么多疑。

我猜他可能调查了金楚涵，在系统的干扰下却查不出什么，就算在心里怀疑，他也选择了把金楚涵留在身边。他对小月牙的感情根本不是爱，也不是想报恩的缺憾，而是因为小月牙是他那点唯一残存的人性依恋。

他需要有这么一个存在提醒他，他是可以被人爱的。所以他愿意将错就错，因为回忆是会褪色的，他需要重新粉刷一次。

“沈牧……我没有骗你，我今天来找你，也不是为了用这个消息跟你换什么好处，我不是为你来的，我是为了小月牙来的。”

抵在我额头上的力度渐渐松了。我松了一口气，可下一秒，我看见沈牧单手将手中的枪掉了个方向，拿起枪托狠狠地冲我砸下来。

疯狗，真是只疯狗。

当我在地窖中醒来时，满脑子都是这句话。我感到了深深的懊恼，是我太想当然。自从回忆起以前的事情后，我在不知不觉中也把自己放在跟外来人一样的上帝视角上，自觉已清楚一切，可以部署好每一步，可我应该更加慎重一点儿的。我见到的沈牧都是在外来人身边的、已经戴上项圈的沈牧，却完全忘了这个时候无所顾忌的他有多疯狂。

我不知道在这个地窖中被关了多久，也许一天、两天，或是三天？这个地窖没有窗户，也没有钟表，我无法准确地判断时间，只有饥饿被黑暗缓慢地拉长。

在我要被脱水导致的虚弱击倒时，沈牧来了。当他背着光走进来的那一刻，我感到浑身都在战栗。我克制着想要扑向那片光的冲动，牙都要咬碎了。

我知道沈牧的目的。把人困在没有光没有食物没有水的空间里，可以在短时间内摧毁一个人的心智。

“三天了，你骨头倒是硬。”沈牧穿了双牛皮靴子，硬邦邦的鞋底踩在石子地上，“咚咚”的声音回荡在整个地窖，像是鼓声勒令着我的神经立起来，“我在这里关了不少人，能像你这么冷静的很少。在女人里，你是第一个。”

他手里拿着一个玻璃瓶，装着半瓶多的水，随着他的走动水轻轻晃着。我无法把眼睛从那瓶水上挪开。它在我的视线中被放大、被拉长，好像变成了一条河将要淹没我，而我迫不及待。

我很想站起来，但我实在是没力气了，能靠着墙半坐已经是我的极限了。沈牧顺着我的视线露出一个笑容，他拿着水走到我的面前，将水瓶举起，动作缓慢地拧开了瓶盖。瓶盖每转动一下的弧度都像是将我的视线拉出了丝，当最后一圈“咔吧”声响起时，我的脑子轰地一下乱了，克制不住地往前蹿了一下身子，可这冲动又在中途被我生生忍了下来，汗瞬间布满了我的全身。

“哦？”沈牧挑了挑眉，笑得更开心了，像是在捉弄蝴蝶的小孩子。他抬起手，水从我的头顶浇下来。我浑身的每一寸肌肤都好像突然长出了嘴，拼命地哭喊着，想要吸吮到一滴水。我却死死咬着舌头，咬出了一嘴的腥气。如果今天做出这个动作的是陌生人，我大概已经克制不住地张大了嘴，伸出舌头去追逐这道水线。

但这么做的人是沈牧。当理智被摧毁得只剩下本能时，我内心残留的全是对他的恨意，这恨意像是胶布一样封住了我的嘴。当水瓶被倒空的那一刻，我听见我身体内传来的号哭。

“有意思，哈哈哈哈，金小姐你可真有意思。”沈牧笑得有些失态。他扔掉瓶子弯下腰，抓住我的头发。他应该用足了力气，但我已经有些感觉不到疼了。他瞪大了眼睛望着我，像发现了新奇的玩具：“你真的是金宝珠？那个锦衣玉食的大小姐？你们这些女人不都娇嫩得像花一样吗？”

我有很多话想要说，但是我本就受伤的嗓子被干渴粘连住，只能发出“嘶嘶”的气声。

“要是个普通女人，我查起底细来可能还需要费点工夫，但你们这些名媛都恨不得把自己变成宝石的展览柜，我很容易就查到了你的一切。”他摸在我脸上的手很粗糙，满是茧子，“你有一个有意思的过去。按照老话来说，你就是只假扮太子的狸猫。我本来还在担心要是动了你，处理起来会很麻烦，但是现在你的亲人都围着真正的‘太子’呢，根本没什么人在意你的死活。”

我说不了话，只能死盯着他的眼睛。野生动物在打架之前，都会互相凝视对方的眼睛，谁先躲开谁就落了下风。我在他的眼睛里看到了很多东西。

我终于明白了，我走了步错棋。这个家伙早就知道小月牙死了，他肯定是查到了些什么，不管是今生还是前世。但他就是不认。

不仅不认，当外来人顶着小月牙的名字出现的时候，他就跟只好久没见到老鼠的猫一样，放任着一切，想看看她会耍什么把戏。

我身体上的虚弱反而使脑子无比地清明起来，像回光返照一样。从前在每一面中见过的沈牧在我眼前飞速地过了一遍，片段里他模样模糊，眼睛却亮得要命，亮得我能看清里面每一丝情绪。

他跟那些男人不同，他根本不是爱外来人爱得无法自拔，因为这种不能自拔而容忍了她的三心二意。恰恰相反，他是不够爱外来人，所以才容忍了一切。他根本不在乎外来人为什么给他挡子弹，他只需要“有人为他挡子弹”这件事。我甚至都开始怀疑那颗子弹是不是他找人射出的。

小月牙已经无法填补他内心越来越多的空虚了。他需要新的爱，一些让他这个行尸走肉的人能感觉到活着的爱。就算是假的也没关系，假的比真的更加鲜艳，更加难以褪色。

他未必不爱外来人，他只是更爱自己。他不是臣服于外来人，他只是放任自己沉溺在爱的假象中。可怜，太可怜了，他比那些乞求爱的男人更可怜。他的心里已经没有爱了。

我想我的怜悯大概是通过眼神泄露了出来。沈牧的脸一寸寸地冷了下去，眼眶开始爬上血丝。在他眼中那汪绿色要破碎的时候，我不顾仍被撕扯的头发，凑上前对着他的嘴唇亲了一下。

蜻蜓点水的一下。

那汪要破碎的绿色凝固住了。

这个亲吻恶心但痛快，像是踩踏着仇恨跳舞。

在昏过去前，我想：就算这步棋走错了，我也不会输的，棋局才刚刚开始。

沈牧把我带出了地窖，留在了身边。

他没有问我为什么要亲吻他，有没有别的目的，愿不愿意留下。

我也没有解释为什么要亲吻他，有没有别的目的，愿不愿意留下。

小月牙更是成了戛然而止的话题。

我能感觉到我们两个在互相较劲。说不出是在较什么劲，但我知道他有同样的感觉。我本来就有严重的胃病，又被饿了那么多天，险些要了我半条命，一连输了好几天液都缓不过劲，好像胃里揣满了酸水。

我出来前动了点手脚，只要金楚涵出境我就会接到信息。于是我得知，在我病恹恹的时候，金楚涵跟顾泽言也到了Q国。

说起来，我借口出来旅游散心，离开家已经有两周了，除了哥哥联系过我，金家其他人一点儿动静都没有。我本来应该为这种事情感到失落的，但现在我却只觉得松了口气。

哥哥在午餐的时候依惯例给我发来了问候的信息。

他离开已经有段日子了，我猜金楚涵肯定也在频繁地给他发消息，诉说着思念不舍，表达着期望他早日回来的情绪。所以我只要有空也会给他发信息，除了和他分享生活跟旅行的琐碎，更多的时候是告诉他，金楚涵跟顾泽言有多甜蜜，让他放心，不要记挂金楚涵。

一边是殷切的思念，一边是醒目的恩爱，像是锯子切割着哥哥脆弱的神经。

我回复哥哥信息时提到我来了Q国，哥哥那边“正在输入”的几个字起起落落了好几次才给我回复了一条信息。

“我听楚涵说，她也去了Q国，是跟你一起吗？”

“不是啊，我不知道，她也来了吗？那她应该是跟泽言一起，刚订婚所以想来个蜜月吧。”

那边再没有回复，我却借着他这句话大大方方地联系了金楚涵，跟她约了见面。

脖子上被掐过的青紫还没消，于是我用特效遮瑕膏盖住了痕迹。我特地戴了条丝巾，吞了一把止痛药，化了一个有气色的妆容，仔细对镜检查过后才放心地出了门。

我现在住在沈牧的别墅里。大概是因为小月牙的影响，这个别墅处处带着东南亚的气息，花园里全是热带植物。

沈牧站在一棵棕榈树下。一个胖乎乎的男性白人满脸哀求地不知跟沈牧说些什么，而沈牧拿着一把匕首削着苹果，笑眯眯地盯着男人。明晃晃的逗弄。

在他身边待的时间越长，我越觉得他像个变态。我可以从另一边出去，但见了他在，我便走了花园里的路。沈牧看见了，也没有问我要去哪儿，只是对着保镖翘了翘匕首，保镖便将那个哀求的男人带走了。男人撕心裂肺地哭喊，像鱼一样抽动着。

我不害怕，我只觉得沈牧恶心。

我知道沈牧一直在看我，可我只是抬起高跟鞋跨过那些肮脏，直接走出了花园。走出很远，我才摆脱掉沈牧的眼神带来的异样感。我感觉自己像是被满嘴血沫的狼舔了一口。

我来到金楚涵入住的酒店等她，她人还没到，我就先听到了系统的声音。

“宿主，这个金宝珠找你干吗？”

“估计是听到哥哥的话跑来看看吧。我可不信她说的不爱顾泽言这种话，你又不是没看到顾泽言在金家下跪时，她那张脸多难看，还硬要装出温柔体贴的样子。我可不是金家那些人，会被她骗了，以为她真的转了性子。”

“我感觉她有些怪怪的，不过也没什么，毕竟不可能每次都一模一样，只要大方向是对的就行。”

系统说到后面时声音有些含糊。

“嗯？每次？这个世界的任务做过很多次了吗？不是有很多小世界，等这个世界完成，我们再去别的世界吗？”

“啊，没什么，我只是在想金宝珠。”

“哎呀，你不要想那么多，她根本不成气候。你要是那么在意她，干脆直接给我个道具，我直接除掉她不就好了！”

“这样肯定不行，宿主。她是这个小世界的主要角色，我们可以通过引导她的人生轨迹发生变动，让她走向自我灭亡，但是不能直接出手除掉她，不然会影响整个小世界的。”

“好吧，可真麻烦。”

“没关系的，宿主，金宝珠只是个配角，没什么大不了的。更何况现在顾泽言是你的了，金家人也对她不怎么在意，我们慢慢对付她就好了，现在最重要的是要努力攻略其他对象，换取积分！金成一那边虽然出了点小状况，但是好感度已经很高了，只需要再努力一把就能拿下了，我们这边先把沈牧解决好，攒攒积分，就再去攻略他！”

“嗯！”

原来你们不能直接除掉我啊。

这可是我这么久以来听到的最好的消息了，好到我见到金楚涵时，露出的笑意都带着满溢的真诚。

她装模作样地跟我寒暄着，没有第三人在场时，她的态度变得十分敷衍，我能看到她眼神中的不屑。

我大概知道在她眼里我是什么样的人。

一个本来傲气十足的大小姐，为了荣华富贵跟地位甘愿变得乖巧听话，处处忍让，还要眼看着心爱的男人被她夺走，明明满脸的痛苦还要咬牙祝福。虽然她几次三番挑起我的火气，想让我陷入一场跟她撕扯的戏码，却一直没有成功，但我这副小心翼翼的姿态在很大程度上让她感到了把我踩在脚下的痛快，所以自然而然，她也会看轻了我。

更何况一直以来，我都是在暗地里规避着她的招数。在哥哥身上动的手脚也是顺水推舟，温水煮青蛙，一副掀不起波澜的模样，唯一一次主动出击借的还是于涵的手。所以到现在为止，在她眼里，我只是阻碍，不是对手。

但现在情况不同了。我接近了沈牧，一旦被发现，他们一定会怀疑我。

而我今天的目的就是想探查出当系统发现我不对劲时，它会怎么做。

结果我还没来得及探听，他们就把信息一箩筐地倒出来了。

我听着金楚涵看似不经意地提起顾泽言对她的宠爱，适时地做出强颜欢笑的样子。

金楚涵很满意，我也很满意。

Chapter 03 步步为营

我没有见到顾泽言就走了。

要是放在两个月之前，我一定要找机会看他一眼。可现在不同了，如今再想起曾与他共度的那二十年，画面都很模糊了，好像是一场看过很久的电影，眼看着当时的哭笑喜怒，却已想不起那是什么样的感觉了。

过去我求爱，求得头破血流。现在才明白，所谓爱就是看不破，一旦看破了，那个人也不过是个普通男人罢了。

我在路上启动了我早已准备好的计划，悄悄地将网铺开。一切安排好后，我回到了沈牧身边。

他好像每天都很闲，一直待在别墅里。我进门的时候他正在鞣制一张羊皮，客厅里一片狼藉："回来了，怎么样？看到自己旧爱的新欢开心吗？"

我就知道他会找人跟着我："你很无聊吗？每天都不用去公司吗？"

我走过去给自己倒了一杯温水。我嗓子还没好，今天跟金楚涵聊了那几句，又疼了起来。

“是啊，我特别无聊。”他摸着皮毛的样子像是在抚摸皮肤，如果不是他长了一副好皮囊，这个德行要多猥琐有多猥琐，“你很喜欢那个男人？我要是你，我就直接赶走那女人，把人抢回来，还把你家里那些人都解决了，把财产都捏在手里，想干什么就干什么。”

我把高跟鞋脱下来，单手拿着水杯坐到了沙发上。那上面铺满了大片的皮毛毯，柔软得让我忍不住眯了眯眼睛：“沈牧，你就只会用暴力解决问题吗？”

沈牧转了转脑袋，他太像个野兽了，残忍中带着动物原始的天真：“暴力是解决问题最快的办法不是吗？”

“是啊，死得也是最快的。”

“你还会怕死？”大概是长在国外的原因，沈牧中文虽然好，声调却有些拉长感，跟皮毛摩擦的“沙沙”声混在一起，有种催眠的效果。

我转着手里的玻璃杯，靠在沙发上闭了闭眼，胃里传来的酸痛让我很疲惫：“‘怕死’和‘不去找死’是两码事，沈牧，没几个人会和你一样嫌命长。”

“哦？那我现在就要动你。”

我的脖子上突然传来一股凉意，是金属的质感，我不用睁眼都能猜到沈牧在干什么：“你真的很无聊。”

“对啊，所以我留着你，就是找乐子的。你不给我乐子，我就毁了你。”

嗯，我上次听到类似的话，是从两个小孩嘴里听到的——你不给我玩具我就打你。有时候我真的怀疑，沈牧是不是被困在了十四岁那一年。他没办法长大，就只能发疯。

“沈牧，你可以直接告诉我的。”

直接告诉我你想要什么，想要人陪你吃饭吗？想要人陪你散步吗？

很多东西只要说出口，就没那么难得到。

脖子上的冰冷贴得更近，沈牧没有说话，但我知道沈牧会明白我的意思。那天在地窖，我从他的眼睛里看清了一切，他也从我的眼睛里知道我看到了什么，所以这几天他一直在挑衅试探我。

如果是外来人的话，大概早就打着救赎的名头，把爱跟怜惜浇灌了下去。好像她面对的是一个因为缺少关爱、遭遇不幸后躲在床底撕扯小熊耳朵发泄的小孩子。

但我不会这么做。

不仅仅是因为我跟沈牧对彼此都心知肚明，无法跟外来人一样蒙眼去演戏，而是因为即使没有陈仇旧怨，我也绝对无法接纳沈牧这种人。我虽向来睚眦必报，但不会以感情创伤为借口去为非作歹、伤害无辜。

那样做的人都是懦夫。

明明是自己无法承受心中的痛苦，却被情绪支配扭曲，选择将痛苦发泄在无辜的人身上，期望以他人的痛苦填补内心的空虚，但痛苦无法因为转移而消融，所以我不会像外来人一样捧着沈牧的脸去诉说心疼。

那是驯狗的法子。我要驯的是狼。

“沈牧。”我睁开眼叫了他一声。

沈牧弯着腰，一只胳膊撑着，张开的臂膀将我困在沙发上，如果不是他另一只手上握着一把匕首抵在我的脖子上，这会是一个亲密的信号。

“今晚吃羊肉吧，我们第一次在一起吃饭，让人弄好一点儿。”

“金宝珠，你还真敢对我指手画脚，你真以为我不会动你是吗？”

“我没有这样认为，我只是不怕死，所以我来接近你了。”

沈牧的脸离我很近，我几乎能感觉到他温热的呼吸落在我的唇侧，在他的绿眼睛里，我看到了我笑着的模样：“你应该早就调查清楚了吧，我来Q国前收集了很多你的消息，还特意搜集了小月牙的信息，作为接近你的踏板。你就不想知道我为什么要费这么大工夫来接近你吗？”

“你以为我以前没遇到过像你这样的女人吗？你下一步是不是要告诉我，你爱上我了？”

“如果你需要的话，我可以这样告诉你。”我抬起手指，指甲刮在沈牧的喉咙上，刮出了一道道红痕，而沈牧拿刀抵着我的手一动不动。

我继续说道：“沈牧，把东西放下，小孩子才会靠尖锐的东西来吓唬别人。你把羊肉烤得嫩一点儿，我会亲口告诉你，我到底想干什么。”

“吱，吱……”

那是沈牧手中的叉子一下下划过盘子的声音，就像指甲刮在黑板上，听得我起了一片鸡皮疙瘩。

“沈牧，不要用刀叉去划盘子，很吵。如果不习惯用刀叉，你可以用筷子，你应该会用。”

“金大小姐，你们这些名媛不是最注重餐桌礼仪吗？你居然叫我用筷子吃西餐？”

沈牧拿着刀叉在盘子上打圈，斜着眼睛看我。我是真的受够他这种幼稚又神经质的德行了。

“首先，餐桌礼仪是对共同用餐对象表示尊重的行为，我认为这东西没有一个明确的概念。好好地把一顿饭吃完，不要做出不礼貌的举止也是一种尊重，但显然你刚才的行为不是。其次，是食物服务于人，而不是人去服务于食物，只要自己用着顺手、方便，用什么方式去吃东西都是个人自由。”说到这儿我忍不住叹了口气，“我很饿，所以我想先填饱肚子再跟你聊正事。如果你等不及，你可以直接告诉我，不要用这些举动打扰我好吗？”

沈牧笑眯眯地不说话，但把刀叉放下了。可惜了这盘上好的羊排。

我放下刀叉，摘下餐巾，结束了这顿晚餐："好吧，那我们现在开始说正事。我来找你的目的很简单，因为我的妹妹金楚涵想接近你。虽然我不知道她接近你有什么目的，但是我总要搅她的局。"

"哦？你是想除掉她，然后把那个顾什么抢回来？"

"他叫顾泽言，我跟他已经没有关系了，请不要把我们扯到一起去。我做事是为了我自己考虑，总之我知道，金楚涵打算借着小月牙的身份来接近你，所以我便先一步来找你，打算装作为了回报小月牙的恩情而来，把她的死讯告诉你。"

沈牧交叉着两只手，垫在下巴处，像是听童话故事一样听得津津有味，说出的话却难听得很："哦，我知道了。你们两姐妹都想利用我，还是拿我的小月牙利用我，你们是在找死吗？我最讨厌别人利用我了。而且你们凭什么觉得能骗得过我，以为我是傻子？"

沈牧这句话让我有点难堪。因为能听到系统的对话，有了过去的记忆，我不知不觉中也生出了能算得先机的自得感，所以才会冲动地定下这个计划。沈牧能爬到今天的位置，不可能只靠着手段狠辣，是我想得太理所当然了。当初我甚至还会觉得，外来人都能骗过他，那我怎么不能？我这几天已经深深反省过了。

"是我自己草率了，所以我也受到了惩罚，不是吗？"

"你告诉我这些，不会是想让我帮你对付你那个妹妹吧，我凭什么帮你？"

"我没有让你对付她，我只是在告诉你这件事情而已。你不是无聊吗？我给你找点乐子，而且你既然讨厌被欺骗，也没道理只惩罚我一个人吧。"

沈牧没接话，他转了转眼珠，拿起盘子边的餐叉，捅到一旁的酒杯里，叉子搅动着里面的冰球，把杯子撞得叮当响。搅了两下，他又把叉子狠狠戳在冰球上，硬是把有些融化的冰球戳成了几块，飞溅出些许冰屑。随后，他又扔掉叉子，把手指伸进杯子抓了几块碎冰，捏着冰块扔进嘴里，嚼得嘎吱嘎吱响。他的手指修长漂亮，沾上了酒液后在灯光下发亮。

很多时候我根本看不懂沈牧在干什么，但这不重要，他这种变态，我看不懂很正常，我只需要他能听懂我的话就可以了。

“乐子啊……”沈牧用湿淋淋的手指擦揉着嘴唇，绿眼睛微眯着，笑了两声，“我看你是给自己找方便吧？让我去对付你的麻烦，我偏不。”

“可她一定会来接近你的，虽然我不清楚她的目的是什么，但我想你应该不能容忍别有用心的人在身边吧？”

“那我就毁了她。”沈牧拉长了声音，“你想让我这么说吗？还是想激起我的叛逆心？你越让我去对付她，我越不搭理她。”

“我没有这么想，我跟你说这些不过是因为事情已经发展到这个地步了。你把我调查得那么清楚，金楚涵接近你的时候，你很难不联想到我，我不想给自己惹麻烦，所以提前跟你把话讲清楚。”

“哦？我看你妹妹长得挺不错的，她既然对我投怀送抱，我为什么要拒绝？”

“你跟那个女人会发生什么是你的自由，我已经说了，怎么办是你的事。我要说的就是这些，既然晚餐用完了，我就先上楼休息了。”

我还没走出饭厅，就听见身后盘碟摔碎的声音，估计是沈牧扯着桌布在发脾气。可我没有理会他，上楼回了房间。

我对沈牧说的话是真心的，今天在回来的路上，我仔细把外来人跟沈牧之间会发生的事情都梳理了一番，我突然发现沈牧远比哥哥还有顾泽言那些男人好处理。他会喜欢上外来人的很大原因，是因为巧，因为他正需要一个新的小月牙来拯救他日渐空虚的灵魂。

而外来人刚好出现了。

她在系统的帮助下清楚沈牧所有的喜好和过去，投其所好地编织了一场金色的幻梦网住了沈牧，让他沉溺于其中。而我根本不需要刻意地去拆散外来人跟沈牧，我只需要让沈牧只看着我，让沈牧知道我处处都比那个女人强就够了。

有些哭闹的孩子需要糖果才能安静，有些则需要严厉的目光。

这顿晚餐后的第五天，金楚涵找上了沈牧。

要说疯，沈牧是真疯。在我说完那些话以后，沈牧找了个项链样式的摄像头天天挂脖子上，它录下的画面会通过一个带着手机转换头、类似读卡器的东西传到我的手机上。他说好戏不能他一个人看，要大家一起分享才有意思。然后我就一连好几天看着沈牧跟疯狗一样打这个踹那个。他去公司不是上班，简直是去练自由搏击的。

当金楚涵终于出现在沈牧面前时，我竟有一种松了口气的感觉。

她穿了件黄色的丝绸裙，裙摆用暗线绣着一朵莲花。黄色的丝绸裙是沈牧的喜好，因为他妈妈年轻时很喜欢穿这样的裙子，不管后来如何，童年的记忆总是会更加深刻。而那朵莲花则是因为它是N国的国花，也是小月牙曾经一直念叨着想有机会去看一看的花。

她是有备而来的。

我眼看着她坐在沈牧对面的桌子后。她的脸素白，圆又亮的眼睛欲言又止地一直望着沈牧，睫毛像是蝴蝶翅膀惶恐不安地颤动着。粉色的唇被她咬来咬去，手中的咖啡更是被搅得一塌糊涂，几乎把“有猫腻”三个字写在了脸上。

金楚涵在我们的注视下，将惊讶、惊喜、犹豫、失落又激动的情绪挨个演了一遍，才深呼吸着像是下定了决心，起身朝着沈牧走了过来。

她两只手紧紧攥成拳头贴在胯前侧，小步挪着，眼睛一眨不眨地盯着沈牧，瞪得溜圆儿，声音甜腻：“你，你是不是金童？”

金童是那段昏暗日子里沈牧独属于小月牙的称呼，因为白净漂亮的沈牧总让小月牙想起曾见过一次的供奉菩萨的金童子。虽然我看不到沈牧的脸，但从他的声音中我能听出，他做出了十分配合的情绪反应。

“真的是你！”金楚涵惊喜得红了眼眶，她紧紧地咬着唇，歪着脑袋看向沈牧，神情中带着些委屈，一双手不知所措，似乎想给沈牧一个拥抱却又怕这只是一场幻梦。

她拥有雪一样洁白的肌肤，巴掌大的圆脸上有着圆圆的鼻头和肉嘟嘟的嘴唇，可她偏偏还有一双微微下垂的大眼睛，瞳仁又黑又大，亮晶晶的。她抬起眼睛时，纯真得像是山坳处的一捧雪，多呼口气都怕玷污了这份洁白。

这个女人虽然虚荣贪婪，但她从活着时就是游走在各种不同男人之间的，所以她最清楚什么样的女人最难以让人拒绝。在一件件道具的改造下，明明还是一样的脸，如今再做出倔强的表情都是懵懂天真的，哪还有属于真的金楚涵的那股子傲气。

她顶着这副娇憨的面孔，在沈牧面前抒发着多年来的思念之情，编造着半真半假的过去。她说她流浪了很久吃了很多苦，最后被一对好心的华人夫妇收养，但是他们已经不幸去世了。她处理完后事，无处可去，就来到这座城市想要寻找新的机会，却跟儿时念念不忘的男孩在咖啡厅偶遇。

她描述了一个浪漫爱情故事的开端，只可惜隔着摄像头，我听不到系统跟金楚涵的心声，总觉得像是少了些什么。沈牧听了她的遭遇，十分心疼，知道她刚到这里都没有地方可以去，立刻表示要将她带回家安置。

这点倒是出乎了我的意料。

我本以为金楚涵是跟顾泽言一起来的Q国，虽然会想尽办法接近沈牧，但应该不会直接把顾泽言抛开，结果她却直接暗示沈牧她需要一个落脚的依靠。至于沈牧要直接把她带回别墅，肯定是故意想看我着急，我都能想象出他那副看热闹不嫌事大的模样。

我把手机揣进兜里，一边留神着蓝牙耳机里两人的对话，一边去找保姆。这栋庄园里的用人个个怕沈牧怕得不得了，只要一听到沈牧二字，她们会立刻打起十二分的精神。趁着沈牧还没到家的空当，我让用人把我的东西都收拾到了地下室里面，把我留下的生活痕迹统统打扫干净，给沈牧的新欢腾位置。

地下室的入口被机关藏在不起眼的一堵墙里，不知道这里是怎么建造出来的，只要待在这间屋子里就能听到所有房间里的声音。我刚住进来的时候，借着熟悉环境为由早就把这座庄园仔仔细细地摸了个遍。发现这座地下室以后，我找机会配了把钥匙，今天就用上了。当我听见金楚涵的声音在房子里响起时，一股躲在暗处窥伺敌人的快感让我浑身发麻。

像是在捕猎，要先躲在暗处观察猎物，找到最好的时机才能一击致命。我藏在昏暗的地下室里，听着金楚涵清脆的带着点失真的声音在耳边响起时，脑子里全是这句话。

金楚涵对付攻略对象很有一套。那种言语中想要寻觅依靠的脆弱感拿捏得很微妙，像薄雾一样围绕，似乎能看到，却又像是多心了。这种感情关系中的聪慧是骨子里的天赋，也难怪她会被系统选中。

我在地下室待了四个小时，金楚涵才依依不舍地跟沈牧分开回了房间休息。我对地下室外紧接着响起的脚步声并不意外，收拾东西的时候我就没有避开用人。

“听得高兴吗？”沈牧开门时总是会先将小半张脸探进来，蛇一样转着眼珠快速扫过屋里的环境，确认好了才会进来，谨慎得像个天天被人抓的通缉犯。

“高兴啊，你表现得很绅士。”

我并不惊讶沈牧平静自然的反应。他向来多疑，那天我偷偷趁他午睡去拓印地下室钥匙的时候，就知道他肯定是装睡，所以走的时候我还故意敲了两下桌子，看到他唇角轻轻勾了勾。沈牧这个人在一些小事上的心思还是很好摸清的。

“怪不得你男人会被抢走，那个女人可比你更讨人欢心。”等沈牧走近了我才发现他衬衣腰侧有一道浅粉色亮晶晶的印子，像是唇蜜的痕迹，我似乎猜到了听见的那道娇声惊呼跟道歉是哪来的了。沈牧拽起那截衬衣，露出了一小截腰，昏暗中他的皮肤白得有些发亮：“那个女人弯腰想去捡东西，却又装成脚下不稳要摔倒，我伸手去接，她正好亲在我的腰侧，像只煮红的虾子一样跳起来道歉。”

沈牧歪着脑袋眼睛转啊转，语气听起来很兴奋，咧着嘴无声地笑：“她的时机把握得刚刚好，就跟用微波炉热牛奶一样，‘叮’的一声，不会显得刻意在勾引，又会让男人心动。”

“我说过了，她会是个好乐子。对了，你们晚上吃了什么，我也有点饿了，让我参考一下。”

“你没看到？”沈牧的脸一下就冷了下来，甚至有些阴沉，“你没看！”

这三个字像是被他嚼碎了从嘴里吐出来一样。

“没信号。”赶在他变得更暴躁之前，我拿出手机里一片雪花的摄像画面递到他面前，“你的摄像头又不是网络连接，它的连接方式特别又老旧，本来就容易受到干扰，何况是在地下室呢。”

“哦。”沈牧眨了眨眼睛，又高兴了，“既然不好用，那我给你再换一个吧，本来这个也是图新鲜才留下的。”

“不用了，我很喜欢这个摄像头，你戴着吧，回头找人看看能不能把地下室动一下，加强这个信号连接吧。”我对着沈牧笑了笑。

沈牧歪了歪脑袋，没有拒绝。他从裤子口袋里掏出一团保鲜膜，捧在手里跟剥香蕉一样剥开，里面是锡纸，再剥开一层，是切成小块的惠灵顿牛排。他将牛排递给我，说：“吃吧。”

我这辈子被男人送过很多东西，但是真的没想到有一天会有人捧着这东西给我。我怀疑这是他们吃剩下的。

“不是吃剩下的，我没吃，我只切了。”沈牧的手往前送了送，“你不是说食物是服务于人的吗？这个不脏，也是正常的食物包装，你为什么不吃？”

他的眼睛微微睁大了，看起来天真又真实，让我分不清他是故意的，还是又在做那些我不理解的行为。我解释道：“我只是没有这样吃过牛排，有些惊讶。”

我伸手接过，捏了一小块吃了，味道还行，就是有点凉。

沈牧笑得眼睛都弯起来了："你想怎么对付那个女人？"

"不对付，我只是想看看她到底要干什么。倒是你，打算怎么做？"

"她有点意思，先留着吧。她看起来非常了解我，不知道她是从哪儿知道这么多东西的。"沈牧摸着下巴，似乎在回想跟金楚涵相处的细节。

我能感觉到沈牧今天的兴奋，而我不需要多插嘴，我只需要去迎合他的兴奋就可以了。

对沈牧的恐惧仇恨都被我短暂地抽离开，藏到了灵魂深处。现在还不到释放它们的时候。

沈牧闹腾了好一会儿才走，走之前他说明天会找人来调整信号。

地下室终于安静下来，我可以好好去听金楚涵跟系统的对话了。

早在她来到庄园时，我就又能听到他们说话了。只是因为有沈牧陪在身边，他们只沟通过寥寥几句。回了房间后，她就一直在跟系统叽叽喳喳，沈牧也在我面前叽叽喳喳。我两个耳朵一个也不闲着，好像来到了夏天的森林，周围是一树的蝉。

"系统，这个沈牧到底是什么情况，刚刚对我的好感度突然涨到了百分之三十，怎么现在又变成百分之零了！他这算什么？我能有积分吗？"

"不能哦宿主，沈牧的性格特殊，所以他对你的好感度有起伏很正常，除非他的好感度保持超过三天没有下降，不然都不算作积分的。"

"搞什么啊，真是莫名其妙，烦死了。对了，我让你帮我看着泽言，他那边怎么样？"

"根据坐标来看，顾泽言今天应该一直逗留在公寓。宿主，我得提醒你一下，虽然这个房间里的针孔摄像头画面被我动了手脚，但沈牧性格多疑，我们一定要好好防范，所以我建议你在庄园里时不要轻易跟顾泽言联系。”

“知道了，沈牧真是个偷窥狂，居然在房间里安装针孔摄像头。你放心，我这次借着陪金宝珠的名头出来，已经跟他说了金宝珠现在有抑郁症，为了防止刺激到金宝珠，让他尽量不要主动跟我联系，等我找他。幸亏哥哥给我提供了这个情报，让我有了个好借口。以后金宝珠要是不承认这件事，正好也给了我一个踩她的机会。对了，系统，金宝珠的位置有动过吗？”

“没有，她还是在之前的位置附近活动，她应该是就住在那里，没什么特别，我会随时留意的。”

“那就好。唉，系统，你说要是我跟泽言在民宿的那次，你也能帮我屏蔽信号或者是把把风就好了，那我就不用那么快宣布订婚，哥哥也不会出国了。虽然我现在天天想办法跟他沟通感情，但是他对我的好感度一直就上下三四分地浮动，急死我了！”

“在宿主进行具体活动时，我们系统是会自动休眠的，这一点我早就跟宿主说过了哦。宿主少安毋躁，虽然沈牧的好感度波动很剧烈，但是他的好感度说涨也涨得很快，只要我们抓住诀窍，不用多长时间就可以把他拿下了，到时候我们就可以去攻略金成一了。这段日子只要把金成一那边稳住就行。”

“你说得也对，这个沈牧……”

那边还在絮絮叨叨，我却有点恍惚。原来这段日子系统一直在监视我的坐标？我还以为他们只能查看攻略对象的坐标。可他们居然一直都没有发现我的坐标是在沈牧身边，为什么？难道是系统监测错了？系统那么厉害，应该不会犯这种低级的错误。难道是因为一直收不到积分，系统衰败？不，不像……

系统虽然很在意积分的多少，但现在的系统并不着急。从之前听到的那些对话来分析，系统表面上很和蔼可亲，但仍难掩内心的傲慢。它的友好姿态是装出来的，是为了更好地取信于外来人。它一直在给外来人营造一种只要有它在什么都不是问题的氛围，这种做法大概率是为了让外来人失去独立思考的能力，处处依赖系统的便利，更便于被它掌握。相比于外来人的急躁，它依然不紧不慢，还有心情安抚外来人，所以它绝对没有到会衰败出错的地步。

难道是系统暗地里已经发现我的坐标不对劲，却为了稳住外来人而故意隐瞒？不，这么猜的话也不对。外来人是系统伸出的手，如果真的发现了什么，它一定会先让外来人过来对付我的。

那么只有两种可能：要么是他们真的没发现，要么就是他们全都发现了，知道我能听到他们的心声，但是故意装出什么都不知道的样子，以此来麻痹我。

可他们为什么没发现呢？系统不会平白无故地出错，这里面一定有什么我没察觉到的问题。

如果发现了，那他们现在说的每一句都可能是故意在说给我听，故意在诱导我。

到底会是哪一种可能？

我翻来覆去地猜测着各种可能性，猜测了一整晚都没有想通，只能先压下这个疑惑，继续观察他们的动向。

金楚涵攻略沈牧十分起劲。

她不仅接替了保姆的工作，天天下厨给沈牧做饭，而且只要沈牧出门，不管什么时候回来，她都会等在客厅，第一时间送上灿烂的笑容跟一句“欢迎回家”。她在努力给沈牧营造家庭的温馨，试图让沈牧感觉到被人关怀在乎的滋味。

沈牧很享受。但是这种享受不是对金楚涵的爱意的享受，而是快乐看好戏的享受。他甚至恶劣地在我面前说过，金楚涵就像是舞台上的三流演员，浑身上下迸发着一股拼了命也要红的蓬勃生命力，很好玩。他说这话的时候正咬着拐杖糖，发出“嘎吱嘎吱”的声响。

自从那天的惠灵顿牛排以后，沈牧似乎找到了新乐趣，每次来找我都会从兜里掏出乱八七糟的食物。今晚的拐杖糖已经是正常的了，中午他带来的是一块被他细心挤压得方方正正的扁状蛋糕。如果不是每份食物都是干干净净地被包裹着，我真的碰都不想碰一下。

“你整天闷在这个地下室不怕发霉吗？像一只阴沟里的老鼠。”沈牧含着糖，嘴里都是口水，说话都含含糊糊的。

“我觉得还好。倒是你，你今天下午去见的人是合作商吧？就算你的科技公司是表面生意，也该做做样子，殴打合作商这样的事你也做得出来。”

“我没有殴打他，我只是在教他好好说话。”沈牧趾高气扬的。

我忍不住在心里叹气。那个合作商虽然是个傲慢的男人，从见面开始就一直在挑刺，但是一般来说，正常人要么会忍耐，要么会拒绝跟这种无礼的人合作。没有几个人会跟沈牧一样，一脚把那个男人连椅子一块儿踹翻，那个鼻青脸肿的男人哭得大概比出生的时候更委屈。

沈牧冷不丁地冒出一个新话题：“金楚涵房间里的针孔摄像头录到的东西都很无聊，她就跟个假娃娃一样，私底下一个人也时刻保持着优雅漂亮，连喷嚏都是打一半、咽一半，真没劲。”

“你都说了她拼了命也要红，肯定很敬业啊。”

沈牧“咔嚓”一声把糖咬断了，用力地嚼着，像是闹脾气的小孩，可说话的时候又像是在笑：“我就知道你之前在她那个房间住的时候，是故意把纸巾盒放到那个位置的。金宝珠，你平时都在金家干什么？金家不是其乐融融的吗？也有钩心斗角的那一套？”

“没有钩心斗角，也没有干些什么特别的，我只是聪明而已。很多东西我不会，我可以上网去查，互联网什么都有，多看两眼总会学会的。”

我一边哄着沈牧，一边还要分心去听从金楚涵房间里传来的议论。她上一句跟系统说着想念顾泽言，下一句又开始念叨起沈牧的名字。光从声音中就能听出他们的着急。金楚涵在沈牧身边待了两周，用尽了浑身解数，沈牧对她的好感度却一直飘忽不定，今天中午还是百分之六十，现在又变成了百分之二十。

听着他们商量着各种对策，我不由得觉得好笑。她明明掌握了沈牧从小到大所有的详细资料，又在他身边待了这么多天，难道就没看出来沈牧骨子里的顽劣吗?

他的感情早已支离破碎，所有的数值都是他的情绪游戏。他觉得有意思，就会自我营造出喜欢的情绪，随便怎样都能上到百分之百;他若是觉得没劲，那创造出的虚假一吹就散，说没就没。过去因为外来人是唯一能引起他兴趣的人，所以他放纵了，但这一次，系统和外来人失去了这个机会。只是他们可能根本意识不到这个问题吧。

观察了这么久，抛开"系统是不是真的察觉异样在误导我"这个问题来谈，这些外来人和系统都犯了我之前的错误——因为掌握了太多东西，所以在潜意识里把自己放到了太高的位置。

喜欢居高临下的人总是爱犯蠢。

更不用说手里还捏着自觉是神的权力，怎么会真的足够用心呢?

我听见他们敲定了新的计划。真是个好计划啊，正好可以让我来试探一下他们到底是不是发现了我的窥探，在给我释放错误信息。

"沈牧。"屈腿坐在地毯上的沈牧正掰着新的糖果，他那颗头发乱糟糟的脑袋就顶在沙发边上，我一伸手就能摸得到。听见我的声音，他仰起了头，我抬起的手正好落在他的额前。我理了理他额前的乱发，用指尖在他光洁的脸上点了两下："你想不想让这场乐子更刺激点?"

我一直都待在那间地下室里，现在终于能出来晒晒太阳，简直舒服极了，但如果没有脸上厚重妆容的憋闷感就更好了。

本来我还想着怎么能亲眼看到要发生的好戏，沈牧就给我找来了一个好帮手——专业的特效化妆师。她给我染了发，替我戴上美瞳，重新画了眉毛，又教我使用了能维持三天丰唇效果的丰唇器，最后还让我穿上改变身材曲线的肌肉衣。

有了她为我精心打造的妆容跟穿着，再戴上一副扁长黑框眼镜，短短半天时间，我就变成了一个典型的外籍秘书。

于是这几天我便离开了地下室，每天早上化好妆就以下属的身份跟在沈牧身边。跟了没几天，金楚涵就坐不住了，也陪着沈牧来到了公司。她就像块十分甜腻的雪白的奶油蛋糕，黏在沈牧身侧，好奇的视线走到哪儿转到哪儿，小声问着各种问题。

沈牧今天难得打扮得清清爽爽，穿着墨蓝色商务西装，脑后扎了个小辫。平时他要么穿条牛仔裤，白色衬衣扎进黑色腰带里，衬衣松开两颗扣子，借着宽松的弧度露出一片白花花的锁骨；要么就是穿黑西裤，上面则是乱七八糟的花衬衣、豹纹衬衣，头发在肩膀上披散着。

因为是混血，他白得很，模样也扎眼，腰细腿长肌肉不明显，混在一群又壮又高的白种人里，显得有些瘦弱。也难怪之前有人误会，他们没想到这么一个家伙，打起架来跟疯了一样。

我难得走神，再回过神来的时候已经跟着前面两人到了办公室。金楚涵一看就是想跟沈牧单独相处。她拉着沈牧外套的一角，轻轻晃了两下，脸颊粉红粉红的，她看看我，再看看沈牧，咬着嘴唇含羞地笑。

沈牧温柔地拍了拍她的手，扭头对我说：“我要喝咖啡。”

沈牧的办公室里有一台手磨咖啡机，我从项链的摄像头里看到过好多次。沈牧让手下站在办公室里为他磨咖啡，一磨就磨一天。沈牧高兴了就喝一口，不高兴了就拿来冲马桶。我熟门熟路地在枯树盆景旁边的柜子里找到咖啡豆跟咖啡机，那只金雕又立在树枝上装死。金楚涵在心里骂骂咧咧，面上却温温柔柔的。

现在她正软软地撒着娇，她对沈牧说在网上看到附近有一家动物农场，有好多可爱的小动物，还有很多鹿，想让沈牧陪她去。

沈牧在金楚涵面前，一直都装作野狼甘心收起爪牙的模样，自然是顺着她的话答应。等我冲好了咖啡，两个人也准备出发了，而我被沈牧以照顾金楚涵为由一起带上了。

这家农场新开放不久，人不多。金楚涵比小鹿更雀跃，沐浴在阳光下的她简直就像爱情电影里的治愈系女主角。沈牧的笑容跟撒糖果一样尽情地对着她一个人挥洒。我跟在他们身后几步远，尽职扮演好一个安静的下属。看他们摸完了兔子摸小牛，终于，正题来了。金楚涵提出小木棚里有刚出生的小羊羔可以喂，兴冲冲地拉着沈牧过去。

我跟在后面对着沈牧说了一句："沈总，我能不能去喝口水休息一下。"

这是我早跟沈牧约定好的。

我告诉他，以我对金楚涵的了解，她铺垫了这么久，是时候找一个机会让他彻底信赖她，所以她这几天一定会有动作，多半是苦肉计一类的，让他多注意。如果我察觉到不对劲就会跟他说出这句话，那么他就要有所警惕。沈牧这几天总盼着我说这句话，如今如愿以偿，他眼睛都亮了，乐颠颠地跟着金楚涵钻进了木棚。

我等在外面，因为我知道金楚涵的打算。这么多天下来，沈牧的攻略进度停滞不前，他们从他身上一点积分都榨不出来。顾泽言已经被攻略成功，提供不了多少积分了，哥哥那边也一直是稳定但没有新积分提供的状态。系统终于开始有些着急了，即使金楚涵手头没有几个积分，它也破例借给了金楚涵一个道具，就是要用在今天。

她先找一个借口把沈牧约出来，再找一个像这样的小木棚，在合适的时机用出这个道具，木棚会坍塌，给金楚涵一个舍身保护沈牧的机会。坍塌的时候系统会调整角度，降低金楚涵的痛感，造成一个看起来严重但是不伤筋动骨的皮外伤，而木棚在道具的影响下绝对查不出任何人为的痕迹。

一切都是巧合，是爱的证明。

上一次的苦肉计是沈牧跟外来人拉扯到极致时的催化剂，这一次这么早就拿出来了，看来是真没什么好办法了。听着木棚里面传出金楚涵的娇笑声，混杂着系统的提示声音，我有几分紧张。

我本来想利用沈牧来试探下他们说的话是不是真的，但是我又突然想到，如果他们同时也在利用我把沈牧骗过来呢？也许他们早就知道我是假扮的，也知道我躲在地下室里高高在上地看戏呢？这些天，我一直提醒自己不要被这些没有证实的猜测搞得草木皆兵，可我控制不住。我一直在让自己平静，但是对系统的恐惧就像套在我脖子的绳索，虽没有收紧却无法忽视。

它能做到太多我无法想象的事情了。

我无法保证我的猜测是真的，也没办法去证明，因为一旦踏错，我可能会把这份恐惧弄假成真。多疑让我脖子上的绳索开始慢慢收紧。

眼前木棚棚顶突然传来砸下的巨响，在我的心口也溅起一阵尘土，这一瞬间，我几乎无法呼吸。动物嘶叫着开始逃窜，游客、工作人员惊呼着朝木棚聚拢过来，他们像是汇聚而来的河流，而我是一块立在河边的石头，格格不入。

木棚倒塌的面积不大，大家很快就清理掉了断木，将人救了出来。沈牧只受了些擦蹭伤，金楚涵被砸晕了过去。木棚倒塌的时候，她及时推开了沈牧，自己被木头压在了下面。沈牧抱着她上了救护车，我没有跟上去，躲在后面悄悄用手机拍了几张照片。

我挑了一张最合适的照片，用备用手机登录了一个匿名网络账号，把照片发给了一个喜欢搜刮Q国八卦的海外博主号。我告诉她我在农场游玩，木棚不慎倒塌，砸伤了里面的一对情侣，还不清楚他们的伤亡情况。但这对情侣实在是太般配、太好看了，我忍不住拍了下来。看到那边的已读提示后，我关掉了这个手机。农场的工作人员开始清场处理后续事宜，我被赶了出来，幸好沈牧的车还留在这儿。

这里是郊区，穿过大片大片的草地，走入层层叠叠的密林，沉下的太阳拉长了余晖。我坐在车里，像被塞进了密封的罐头。

一切都如我听到那般发生了，我却无法定下一个准确的判断。

直到这一刻我才发现，原来我一直都在恐惧。而这恐惧中滋生出了无数孤独，孤独让我变得软弱。我从黄昏开车开到黑夜，直到从郊区回到都市，才终于冷静了下来。

不管事实如何，我只能选一条路去赌，赌他们还没有发现我能窃听他们的心声，赌我的位置无法被定位，他们犯了没有察觉到的错误，然后从这个赌注中生出孤勇。

我在路边停下车，打开手机，搜索那个海外博主号。我发出去的投稿已经被那个海外博主号整理发布了，有了不少的转发评论。我将这条博文截图，打开了消息软件，点开了哥哥的对话框，将这个截图发送了过去。

“哥哥，我刷到了这条博文，这个是楚涵吧！我现在联系不上她，不知道她伤得重不重，哥哥你能联系到顾泽言吗？为了避嫌，他们订婚以后我把顾泽言所有的联系方式都删除了。”

照片发过去刚一分钟，哥哥就打了个电话过来，可还没等我接起来，他就挂掉了。我挑的那张照片是放大镜头拍的，正好拍到了金楚涵昏迷的正脸，以及怀抱着她的男人小半张侧脸。虽然不清楚，但是多看两眼就会发现那个人绝不是顾泽言。我对着安静的对话框等了一会儿，才把电话拨了回去，响了很久哥哥才接。

他的嗓子听起来有些哑：“宝珠。”他叫了声我的名字便沉默了。

“哥哥，你别想那么多，现在网络上的人说什么的都有，可能那就是个好心人救了楚涵呢？当务之急是要赶紧联系上她，这是在国外，举目无亲的，楚涵别出什么意外啊！”

我情真意切的焦急唤醒了哥哥的理智，他声音都拔高了，念叨着：“对，你说得对，是我昏头了，我去联系他。”说完他就挂断了电话。

金楚涵的手机跟皮包，在她被送往救护车时，就被沈牧扔给了我，我作为秘书，自然是要替她保管好。联系不上当事人，就必须要联系跟她一起来Q国的顾泽言。金楚涵利用我当挡箭牌，是吃准了不管我跟顾泽言说什么，在顾泽言的眼里都是污蔑，那我干脆就换个人把这事捅出来。

苦肉计都用了，怎么能不多几个观众呢？

我在车上等了没多久，一个陌生的号码打了过来。一接通，顾泽言的质问劈头盖脸地砸了下来："金宝珠！你把楚涵怎么了！楚涵现在在哪儿？！"

"你先冷静一点儿，什么叫我把她怎么了？我都好长时间没见过她了，我能干什么？是我刷到一条博文看到楚涵受伤，很着急就给她打电话，结果打不通，我又删掉了你的联系方式，只能让哥哥去联系你了，应该是我问你楚涵怎么了吧？你们不应该在一起吗？"

"没有！楚涵不是去陪你了吗？金宝珠你不要狡辩，到底是怎么回事？楚涵为什么会受伤？什么照片！你胡说八道什么呢！你到底把楚涵怎么了！"他喊得嗓子都劈了，我跟顾泽言认识这么多年，上辈子跟这辈子加起来，我都没见过他这么失态的样子。

"她根本没有来找我啊！我一直没见过她，哥哥没跟你说清楚吗？算了，我一会儿把照片发给你，你仔细看看那个照片，看知不知道那是哪儿。楚涵现在受伤了，又联系不上，我们当务之急是要找到她！"

他大声我要比他更大声，我现在可是疼爱金楚涵的好姐姐。说完这几句我挂了电话，把照片发给了顾泽言。紧接着我收到了哥哥的信息，他正订最快的机票要过来，一个个的真和池塘里被惊着的鸭子一样。

我没有回复，只是打开浏览器搜索了几条农场有关的记录，又给顾泽言发了条信息，告诉他我根据搜索找到了这个农场具体的位置。我说我现在准备以这个农场为起点，沿路寻找附近的医院，看看能不能找到楚涵，他最好也赶紧找一找，不管谁找到都要通知对方一声。发完后，我又把同样的信息发给哥哥，让他不要着急，我们已经在找了。

做完这一切，我重新发动车准备回去卸掉伪装，以金宝珠的身份去找金楚涵——我在农场的时候问过工作人员那是哪里来的救护车。

刚开出没多远，我突然意识到，如果系统现在监视的位置是假的，我不以真实身份露面才是最好的选择，如果露面了岂不是有暴露的危险?

该死，我这几天总是胡乱猜忌，居然把这么重要的事情忽略了，我不能以金宝珠的身份出现。但是如果我不在，沈牧又疯疯癫癫的，这次的事不一定能达到我想要的效果。不行，得想个办法。

我犹豫着思索新的对策，一走神，险些撞上突然从斜前方冲出来的一个女人。幸好我的车速不快，一脚急刹车避免了惨祸。我连忙下了车想去查看下女人的情况。

她瘦弱得像把过冬的柴火，亮片的迷你短裙兜在身上空空荡荡，金色的头发粗糙凌乱，趴在脏兮兮的地面上一动不动。我唤了几声女士，她才踉跄着抬起头，茫然的眼睛突然凝成一点。

她的表情瞬间变得失控、狰狞，如同被人砸响报警器的车，拼了命地嘶叫着，嘴里语无伦次地说着R国语。我被这个莫名其妙的R国女人吓了一跳，花了好一会儿才反应过来，她似乎不是在对着我喊叫，是对着我身后的车喊叫。我试探着往旁边让了几步，她看都没有看我。

我仔细打量着女人，她很年轻，若是忽略她的狼狈瘦弱，她有一张漂亮的脸。这辆车是沈牧的，属于定制款，整个城市就这一辆。

在热闹的都市里，这条路像条又窄又长的带鱼一样塞在灯火通明的角落里，连路灯都只有寥寥几盏，几只翻垃圾桶的野猫在打架，两个醉鬼躺在旁边呼呼大睡。

我不知道沈牧跟这个女人之间到底发生了什么，但她让我回到了那个夜晚。我不愿蒙尘，所以他们干脆将我摔碎了。

我发了疯一样回到车上，找出手机拍下了她的脸，又找了张纸用口红写上我的电话，拿出我身上所有的钱，一起塞给这个R国女人。我告诉她，我不是沈牧，不要害怕，我现在有事情要处理，我把联系方式跟钱都留给你，我会把这件事搞清楚的，我会帮你的。女人没有回应我，她甚至都不敢看我一眼，只是将自己蜷缩起来。直到我驱车离开这条街，那路灯下模糊的影子还是小小的一团。

我以秘书的身份来到医院，金楚涵还在昏迷，沈牧陪在病床边，我将他叫了出来。医院的吸烟室里，我把所有人都赶了出去，室内洁白的墙壁，发亮的白炽灯，让我眼前阵阵发晕。

“怎么了？叫我出来干吗？”沈牧靠坐在椅子上，两条腿伸开，他的外套已经脱了，衬衣袖口卷到了手肘，露出饱满结实的胳膊。他看上去是那么干净、健康、漂亮，像是白釉滚绿边的瓷器，舒适地笑着。

我的脑子里好像被塞入了一个烧开的水壶，吱吱地叫着，让我无法平静，只能沸腾。我面无表情地掏出手机，找到那个女人的照片给他看：“我来的路上碰到了这个女人，她一看到你的车就吓傻了，没命地喊叫求饶。”

沈牧眯起了眼睛看着那张照片，眉头渐渐皱在一起，似乎在努力辨认，但是认不出来。

“好像是个R国女人。”我补充了一条信息。

他含糊地“唔”了一声，又看了好一会儿，皱起的眉头才舒展开，露出了轻松的笑容：“哦，是她啊，我想起来了，变成这副德行我都认不出来了。她还活着呢，挺厉害啊。”

“你把她怎么了？她这么怕你。”

“没怎么啊，我就是把她送去了一个地方。”

“什么地方？”

沈牧的眉头又皱了起来，似乎不明白我今天怎么这么不识趣，一直在刨根问底，语气也变差了："这不需要我多讲吧。"他不耐烦极了。

我知道我不能再逼问下去，不然他发起火来不知道会做出什么。我把手机收回来，轻轻吐了口气，让自己看起来平和一点："这样啊，那她怎么得罪你，被你送到那种地方去了？"

"她爸之前在我手底下做事，想讨好我，就把她送过来了，想着说不定我一喜欢就会娶了她。只不过她没有金楚涵装得好，她明明脸上怕我怕得要死，嘴里却还要硬装着说喜欢我，那副样子我看着就讨厌，就把她送走了。"他说这话的时候抱着胳膊，脸上还带着没褪干净的不耐烦，我从他的眼睛里除了冷漠什么都找不到。

我突然一下泄了气。我到底在想什么，居然跑来质问沈牧，他是什么样的人难道我不知道吗？他哪里会知道什么是对与错？什么是善与恶？

"金宝珠，你看起来很在意那个女人。你怎么这副表情，是想骂我吗？"

沈牧不知道什么时候已经来到了我身边，紧贴在我身侧。他垂着头，像条眼镜蛇审视着猎物一样看着我。我何止是想骂他，我恨不得他死。但我知道，沈牧在生气。如果我的回答激怒了他，他会毫不犹豫地咬下来。

小不忍则乱大谋。我永远不会忘记来到这儿的目的是什么。只要能唱到谢幕，不管过程中发生什么，我都会演好每一个角色。

"沈牧，我也是个女人，我在金家的处境比你了解的要难得多，我举步维艰，又怎么能不兔死狐悲呢？"

沈牧的阴冷如潮水般退去，他又变得亲昵起来："你连我都不怕，还会怕金家那些人，没出息。"

我笑了笑，好像刚才什么也没发生，顺着开始问他金楚涵的情况。沈牧说他们本来正在喂那小羊羔，棚子突然就塌了，金楚涵大喊着"小心"，整个人撞过来把他推了出去，紧接着金楚涵就被木头压住了，连人都看不见了。沈牧说完，揉了揉腰侧，有些抱怨："那个女人撞过来的时候跟个炮弹一样，害我摔得不轻，腰还疼着呢。"

要是金楚涵知道沈牧私底下是这个反应，估计会气得跳脚吧。她攻略顾泽言跟金成一的时候，都如鱼得水般顺利，那两个男人也把她捧得像个宝贝，她什么时候费过这么大的劲。伤都受了却只换来几句抱怨。不过还真是让人痛快。

沈牧就像把双刃剑，落在系统手里，就是好驯服又够狠的好帮手。落在我这儿，简直就是系统攻略任务路上的天敌。

我掀开他腰侧的衬衣看了眼，那里青了一块。我放下衬衣，站着没有动，说起了另一件事："她受伤的消息已经传回了金家，她的未婚夫跟我哥哥都在来的路上了。"

沈牧看了我一会儿，才开口："如果是金楚涵，看到我受伤了一定会表现得很心疼，然后着急地去找冰袋，一边帮我敷，一边安慰我。你倒好，一句话也不说。"

"是啊，所以我不是她。"我顿了几秒，才继续说道，"而且，你不是很享受吗？我不想破坏你的快乐时光。"我对着沈牧骤然阴沉的脸，露出了一个小小的笑容。

我说过了，沈牧在一些小事上很好摸清。这些事甚至可以称为沈牧故意放出的诱饵，如同他每次动手前都会用手指敲来敲去一样。每次动手时，他挨了反击会骤然放大的兴奋瞳孔，以及事后不包扎肆意敞开的伤口，他故意将这些信息外放出来，就像是没人爱的小孩在大声号哭。上一次跟这一次，外来人都注意到了这些。

但是沈牧对他们来说只是攻略对象之一，所以他们不够用心。他们只能看到河水上的薄薄一层冰，所以趴了上去，试图用体温去温暖这些薄冰。这样的程度对沈牧来说也算一种满足，在没得选时他会选这种，不像有些人刚温暖了两下就开始凿冰，想要看看这下面有没有宝藏。

但是没人看得见沈牧真正想要的是什么。当年的创伤在他身上腐烂，叫嚣着要被爱与光填补。但他却早已被这些伤口催化成了怪物，他根本就不想被人带到光里。他只需要有个人走过来，坐在他身边握着他的手，就这样一直坐着就好了。

“不过享受要有个分寸，到这种程度就够了。”我补上了关键的一句话，熄灭了他的火气。

沈牧歪了歪脑袋，眼皮耷拉着，他用绿玻璃一样的眼珠斜着看了我好一会儿，突然干巴巴地笑了两声，把脸别了过去，不说话了。

“那个R国女人，我想找个地方安顿她。你气也出够了，把她给我吧。”

吸烟室很安静，我说出的话好像带着回音转了一圈又弹了回来。沈牧侧着半个身子，脸上没什么表情，我看不清他的眼睛，他的唇角向下抿着颤动了两下，又绷成一条线。好一会儿，他才开口：“给你吧，我会让人把她找回来的，不会动她了。”

“好，那我们回病房吧。”

“嗯。”

病房里，金楚涵已经醒了。

她那双茫然无措的眼睛在看到沈牧的那一刻，像是昏暗中亮起的一盏灯，惊喜又委屈的泪水涌上来：“沈牧，你去哪里了？我醒来看不到你，以为你出什么事了，你有没有受伤？”

沈牧没有了往日陪她演戏的好心情，不咸不淡地说了句“没事”。

金楚涵愣了下，紧接着露出了笑容：“你没事就好，吓死我了。”

我听见了她心里响起的骂声。

“沈牧这个家伙！这是什么反应啊！我都为了他做到这一步了。他一进门就摆个臭脸干什么？系统，他对我的好感度怎么样了？！”

系统过了好一会儿才开口，熟悉的声音里全是阴霾。

“他之前对你的好感度明明是百分之五十，但是刚刚突然发生了一阵强烈的波动，现在变成了负二十。”

金楚涵嘴里对沈牧的担心一下卡住了，温柔的脸狰狞了一瞬，凝成一个想微笑又很勉强的表情，愣愣地看着坐在床侧椅子上、抄着手面无表情的沈牧。

“什么叫负二十？负二十是什么意思！怎么这个东西还会有负数？搞什么，系统你是不是出错了？你再给我测一遍！”

“你喊什么！”

系统听起来出奇地愤怒。

“我都测了好几遍了！不会错的！怎么会搞成这样？你到底干什么了？我带了这么多次任务，还从来没有出现过负好感度！”

金楚涵从来没有被系统呵斥过，一时间吓得心声都打结了。

“怎，怎么会这样……我刚刚才救了他，为什么他对我的好感度会降低？系统，是不是你的道具有问题，被他查出是人为的了？”

“不可能！我绝对不会出错！问题一定是出在你身上！你是不是被他看出什么来了？该死的，怎么会出现负好感度！我从来没有遇到过这种情况！”

“那现在怎么办啊？系统，你想想办法！”

“问我，又问我！你怎么遇到事就知道问我，你自己不会想想怎么办吗？我是不是太纵容你了！从订婚开始你的任务进度就一直没动过，积分也没有，还要我耗费积分去帮你！什么都靠我，要你干什么！”

“你之前不是说不用着急吗？一切都在掌握……啊！系统！好痛啊，我好痛！为什么这么痛！我的背要断了！系统，我不是让你帮我屏蔽痛觉了吗？为什么会这么疼！”

病床上的金楚涵突然跟虫子一样扭动抽搐了两下，脸色煞白地大声喊着疼。沈牧坐在旁边气定神闲地伸出手去摁了摁床头的呼叫铃，等着护士来处理，连关心都没有说一句。我尽职尽责地站在墙角当一个听话的秘书。

“系统，你快帮我把痛感调低啊！救命啊！为什么会这么疼！

不是皮外伤吗？我的背，我的背是不是断了！”

“降低你的痛感？你以为不需要我花工夫吗？你整天就知道依赖我的便利，结果到现在都多长时间了，除了一个顾泽言，什么进展都没有，沈妆这边还弄出了个闻所未闻的负数！也该让你痛一痛了，痛一痛清醒！”

系统没有了往日的温和，我几乎都能想象出，如果它有身体的话，那张脸上会是多么生气、怨恨。光是想一下，就让我激动了起来。如果不是场合不对，我真的要放声大笑。

太可笑了，真的太可笑了。

大象看不起脚底的蚂蚁，被它撞了几次都懒得低头看一眼，却不知道蚂蚁虽小，却够勤奋。它钻入地底一刻不停地挖着大象脚下的砂石，直到挖空了，大象突然陷了下去，才终于知道慌了。两个靠利益捆在一起的伙伴，一旦出事，说翻脸就翻脸。明明是系统一直以来有意纵容外来人的依赖，现在却又开始怪外来人不会独立思考，多么自私、愚蠢、自大的生物啊。

“别号了，你骨头没断！你之前把积分都用来改造身体了，我劝过你，你也不听！现在好了，你的身体被你改造得那么娇嫩，疼痛感都比普通人强好几倍。之前是我一直压着你的痛感，你才不难受。我都倒贴道具去帮你，你还把事情搞砸了！没见过你这么蠢的人！你好好清醒清醒吧！”

系统骂完就没动静了，任凭金楚涵在心里如何鬼哭狼嚎地求饶、叫骂，都没有再出现过。

金楚涵哪还有平时的优雅美丽，她把床单都扭成了一团，脸上沾着一大把鼻涕眼泪，哀号叫唤着。护士进门的时候被她吓了一跳，以为金楚涵有什么没被发现的伤情，连忙去叫医生。一通检查折腾下来，发现她就只是皮外伤，背上腿上的大片淤血擦伤看着吓人，但都没伤到骨头，养一阵就好了。他们也不明白为什么金楚涵会痛成这样，只能给她注射了一针镇静剂，让她安静下来，以免弄伤自己。

自始至终，沈牧都冷眼看着，像是突然对这个人丧失了兴趣。他望着陷入昏睡的金楚涵，突然扭头对我说道：“高兴吗？”

“挺高兴的。”我看着金楚涵被汗水打湿的脸，头发乱糟糟地黏在上面，高兴得心脏都在颤。我把她狼狈痛苦的样子深刻地记在心里，我要把这一刻的情绪化作兴奋剂打进灵魂里。

“你动的手脚？怎么搞的？”

“这就叫报应，她既然想利用苦肉计打动你，怎么能一点儿代价不付出呢？”

我肆无忌惮地在昏迷的金楚涵面前露出隐藏的爪牙。我不怕被系统听到。不管是上辈子的贴身相随，还是这辈子的窃听窥视，都让我发现了他们的一些弱点——这些系统是跟宿主灵魂绑定的，当宿主的灵魂陷入深度昏迷，尤其是药物引起的时，系统也会随之沉睡。只是系统沉睡最多不会超过二十个小时，一旦超过这个时间它就会被强制唤醒，要不然我早就让金楚涵一直睡下去了。

“金家的人快过来了，沈牧，你陪着金楚涵演了这么久的戏可不能白演，你可别让他们把你当成路人甲了。”我掏出手机看了一眼顾泽言发的消息。他把他查过的医院都发了过来，一无所获，问我有没有找到。他当然查不到，因为我给他的农场信息是错的。

我继续叮嘱沈牧：“还有，金楚涵受伤我也得露个面，我把那个特效化妆师叫过来了，她就在附近，我现在要去卸掉伪装。沈牧，一会儿我过来，你要当没见过我。”

“知道了，你不就等这一天吗？这个女人在我面前拿腔作势那么久，想拿我当踏脚的船，我非给她掀翻了不可。”

我多看了他一眼：“沈牧，金楚涵做到这个地步了，你没有一点儿动摇吗？”

“这就像月亮，它明明坑坑洼洼的，可是就因为挂在天上，跟蒙了层纱一样洁白美丽，谁也无法亲眼看到那些丑陋，所以大家下意识只会说月亮美丽。可如果是先看到了它的坑坑洼洼，再往上蒙那层白纱就不一样了。”沈牧笑了一声，把头靠在椅背上仰起来，闭上了眼睛不知道在想什么，继续说道，“不知道的时候可以自我欺骗，但是事实都摆在眼前了，我又不是傻子。她做得越努力我越觉得她的算计恶心。更何况现在不一样了……”

沈牧在后面没头没尾地补了一句，我没有接话，沉默了几分钟就离开了病房，快步走出了医院。我在医院外面找到了特效化妆师的保姆车，一上车我就告诉顾泽言我弄错了农场，我已经赶过来继续找医院了，让他也快一点儿。顾泽言的电话紧接着就打了过来，我没接，而是争分夺秒地让特效化妆师抓紧时间卸妆。

愤怒是情绪，理智是我的支撑。即便遇到了那个R国女人，我在路上还是好好思考了接下来的对策。

我做了两手准备。如果无法以金宝珠的身份出现，我就告诉顾泽言我查错了位置，把正确位置给他让他去找。然后我会以“在路上出了点意外”为由不露面，反正他们现在都一心扑在金楚涵身上，不会注意到我。之后我就可以以秘书的身份来到医院，利用沈牧继续搅乱这缸浑水。

只是这样隔着沈牧，事情到底充满了不确定性，是个无计可施的下下策。所以我还是把特效化妆师提前叫来了，看看能不能找到一个合适的理由给金楚涵注射镇静剂，延长她的昏迷时间。一旦她陷入沉睡，系统就会出现一个短暂的空白期。即便系统苏醒后发现坐标异常也没关系，我需要的只是一段时间。

我本就没指望我能一直不被系统察觉。我要做的只是在系统发现一切之前，尽可能地让它衰败，衰败到我能跟它正面对抗的地步。至于金楚涵对顾泽言撒的谎，我早就准备好了拆穿的计划。虽然在知道系统能定位的那一刻，我慌乱过，但我早已学会在每个计划上随机应变，因为我的敌人太强大了。

我卸好妆换上了合适的衣服，简单地收拾了下就回了医院，先假装急切地去护士站问了下有没有符合金楚涵跟沈牧特征的人被送过来，得到答案以后我才给顾泽言回拨了电话。做戏要做全套。

“金宝珠！你搞什么鬼？为什么不接电话，你故意的是不是！楚涵到底在哪儿！”

“我没空跟你废话，我找到楚涵了，安德森医院外伤科402病房，赶紧过来！”

我挂掉了电话又给哥哥发了条短信。他已经出发了，看得出来他是真的着急，竟然搭乘了一架私人飞机赶过来。要知道，他一向喜欢低调行事。

我整理了下仪容来到病房，推门进去。沈牧还是以那个姿势坐在那儿，听见动静连眼皮都没掀开一下。我也没有主动跟他说话，因为不知道顾泽言什么时候会来，万一听到什么就不好了。我走到床边找了个合适的位置站好，摆好担忧的神色，等着观众上场。

顾泽言推门进来的时候喘着粗气，额上全是汗，显然是进了医院后一路跑过来的：“楚涵，楚涵怎么样了！”他眼里除了昏迷的金楚涵什么都看不见，直接扑到了病床边。

“没什么大碍，沈先生说她只是一些皮外伤，但是因为楚涵比较怕疼，医生就给她打了一针镇静剂，让她睡一会儿。”

我关心地安慰了他一句，又给哥哥发了条信息，告诉他我见到了楚涵，需不需要开视频让他看一眼。消息刚发过去，那边立马弹过来了视频通话邀请。手机早就被我静音了，除了振动了两下一点儿声音都没有。顾泽言根本没有察觉到，倒是沈牧突然睁眼看了我一眼。我悄悄点开通话，这个角度我刚才试过，镜头刚好可以捕捉到金楚涵跟沈牧两个人。一接通我立刻把哥哥那边的声音静音了。

“哥哥也在来的路上了，顾泽言你别太着急，医生已经说了她没伤筋动骨，养两天就好了。”

“怎么会这样！到底怎么回事，楚涵怎么会搞成这样？”顾泽言伸出手拨了拨金楚涵黏在脸上的头发，眼中全是疼惜。

“我也是刚过来，只来得及问清楚楚涵的情况，具体发生了什么我也不知道，你要问这位沈先生。”

顾泽言像是刚发现这个病房里还有第三个人，他扭头看了沈牧一眼，眼神瞬间变了。我知道他认出了沈牧就是照片上的人。

“这位沈先生，谢谢你好心把我的未婚妻送来医院，实在是很感谢。”

顾泽言直起腰，借着起身的姿势轻轻拽了下外套，将刚才弄出的褶皱扯平。只要他的视线从金楚涵身上挪开，他就会变回那个不可一世的小少爷。他的这句感谢说得很刁钻，既表明了自己跟金楚涵的关系，又试探了沈牧是不是路边的好心人。

相比于顾泽言挺直的脊背，沈牧像是软趴趴的面条一样瘫坐在椅子上。他昂着头，眼睛却从眼皮下面溜着看人，倒像是顾泽言比他矮一头。

“不算好心，毕竟是跟我一起出来的，她受了伤，我理应要把她送来医院，更何况……”沈牧说到这儿笑了一下，嘴角弯出一个小小的弧度，他伸出舌头微微舔了下嘴唇，像是回忆起什么甜蜜的事情，“那个木棚塌下来的时候，可是她舍身救我的，我当然不能扔下她不管。”

我看到顾泽言身上的气势一下就不对了，我用余光瞥了眼手中半举着的手机——嗯，哥哥的表情也好不到哪儿去。

“不过，你是从哪儿来的？说楚涵是你的未婚妻？她跟我同居这么久，我可不知道她还有个未婚夫，不会是你自封的吧。”沈牧说这话的时候还舒展了下身子，懒洋洋的，根本没把任何人放在眼里。

我有点想笑，又不能笑。沈牧这个人简直像是天生就知道怎么招人烦，就算没有这几句话，他这副德行也够拱火的。

“同居？你胡说八道什么！”顾泽言猛地扭过头来看我，气得下颌都绷起来了，“金宝珠！怎么回事！这段时间楚涵不是一直在陪你吗？”

“你说什么呢？路上我就想问你了，没顾得上。”我错愕地顶了回去，“我根本就没见过楚涵，我一直以为你们两个在一起呢！”

“你撒谎！”顾泽言怒气四溢的脸上突然出现顿悟的表情，“我知道了，你俩是一伙的是不是？想栽赃楚涵，挑拨我们的关系！金宝珠，我就知道你还不死心！我跟楚涵在一起以后你就处处针对楚涵，想拆散我们！要不是后来楚涵有了金家的庇护，你还不知道会怎么对付她！”

他从前就脾气差，性子也冲动，但是在外来人出现之前他从没有对我发过脾气。有时候我们两个人吵架，他气得直哆嗦，也只是转过身对着墙喘粗气，不会骂我一句，现在对着我却一句平静的话都说不出来，一张脸狰狞得青筋都爆出来了。

“你少胡说！”我借着愤怒的姿态，顺手把保持通话的手机塞到了衣服口袋里，反正人已经看见了，哥哥只要能听见动静就行了，“顾泽言，我跟你认识了二十年，没有感情也有点情分吧？以前我是有些地方做得不对，但是你有没有为我想过，你当时可是跟我有婚约！我们两个还那么亲密，大家都说我们是一对，结果你扭头有了新欢，我难道不应该生气吗？”

这些话早就在我心里压了很久，如今说出来还是带着新的火气，我恨不得骂他一通：“我那时候是不喜欢金楚涵，会跟她作对，但我没真的伤害过她吧？自从知道了她的真实身份，一直到现在半年多了，我有哪点对不住她？我拿她当亲妹妹一样，我直接跟你一刀两断，再也没有纠缠过你，你们的订婚也是我积极促成的。我都做到这一步了，你还说这些话来污蔑我，顾泽言你的心是石头做的吗？我金宝珠这么多年哪一点对不起你！”

我喊出最后一句话的时候，声音控制不住拔得很高。对顾泽言的爱也好恨也罢，连怨都随着这口气散了。这一刻，他真真正正地从与我相识多年的青梅竹马变成了路边的一个陌生人。

我对他，什么也不剩了。

其实不管哪一世，不管是从前还是后来，无论我变成什么样子，都没有伤害过顾泽言。但我心里一直都是怨恨的。我恨你，顾泽言。

从小我就知道你会是我以后的丈夫，你也一直陪在我身边，是我最亲密的人。你给了我那么多的特殊，让所有人都知道——金宝珠对顾泽言来说是不一样的。你没有承认过我是你的女朋友，但是也从未否认我们两人之间的婚约，好像只是默认时间未到。如果不是有这样的二十年，我又怎么会对你情根深种？结果外来人突然出现后，一切都变成了我的自作多情。

谁能不怨！谁能不恨！谁能不问一句凭什么！

我过去的确是蠢，蠢到被外来人抓住了情感弱点。但是我又怎么忍得住？我是活生生的一个人啊！我所有的爱都被外来人夺走了，我什么都没了。我还要眼看着你把那些曾经独属于我的特殊，变成另一个人的专属，甚至比给我的更多。我怎么能不嫉妒，不抓狂。

一开始我是想堂堂正正地夺回来的，可是我的每句话在你眼里都是砸向外来人的石头，伸出的每一次手都是对外来人的撕扯。你越仇视我，我越怨恨；我越失败，就越想赢，所以才会被外来人引导着一步步走向极端。可自始至终我从未想过去害你。

可你过去又是怎么对我的？

我从那个眷恋着你的阿宝，变成了路边的垃圾。我只想要一点点的关心，就一点点，哪怕它不是爱。我不是在向路人乞求，我是在向霸占我二十年回忆的你乞求。这有错吗？

顾泽言愣住了，他脸上的神色变了又变，过了好一会儿才说出一句：“楚涵之前跟我说你生病了，所以她想去陪你。楚涵从没有跟你计较过，不管是你针对她的那些事，还是你占了她的身份二十年……她这些年在外面吃了很多苦，但她依然心怀善良，从来没有怨恨过任何人，她不会撒谎的。”他说这话的时候避开了我的眼睛。

我已经吐干了我的怨恨，不会再为他这副神态产生一点儿多余的情绪，现在我只需要随着质问的铺垫，将想说的话引出来就够了："我也没有撒谎，这么多天了我一直都在租住的公寓，根本没有见过她。我可以把公寓的名字告诉你，随便你去查！"

我来到Q国那天特地找了一家只有大堂有摄像头，还存在一些死角的公寓落脚。之后我便试图接近沈牧，但是沈牧的疯狂和我的自大使事情超出了我的预期。离开地窖重获自由之后，我没有退掉那间公寓，不仅一直续着费，还找了个人用我的信用卡在这里各处消费。之后我便主动去见了一次金楚涵，也是从那天开始，我启用了我的备用计划。

虽然我没提过，但是所有人都默认我出来散心，是因为受到了顾泽言订婚的打击。那么在异国他乡又与这对佳偶相逢，必然会被勾起伤心往事，再没有四处潇洒的心情。

于是那天之后，我就安排了一个身形与我接近的亚洲女人以我的名义悄悄住进了公寓。从此那个女人闭门不出，不在任何人面前露脸，只在每天中午从附近一家中餐馆订上门送餐的服务。

让公寓跟餐馆的工作人员都知道这里住着一个名叫金宝珠、爱吃粤菜的女人就足够了。

在我今天第一次跟顾泽言通电话的时候，我就联系了那个替身女人，让她悄悄地离开公寓，戴好帽子和墨镜，不要被人看到脸，但务必要让大堂摄像头拍到一个背影，并在出门前拍好所有的衣服细节传给我。

她的衣物都是我公寓衣柜里的，我早就买好了同款，让特效化妆师一起带了过来。我还早早地在我手机里设置了屏蔽装置，让人无法查看我的手机定位。只不过那个时候我还以为系统的定位功能是用在攻略对象身上的，并不知道我也在被定位的行列中，所以当我听到这个消息后才会那么恐慌和绝望。

我的步步为营在系统的面前简直不堪一击。如果不是那个突然出现的错误，我今天只能启用另一个更为激烈的计划。

但还好，那个不知道为何会出现的错误帮了我一把。

Chapter 04 荒诞闹剧

顾泽言不认，他是那么信任金楚涵。

与沈牧那起伏不定的好感不同，顾泽言的百分百爱意早就把他浇铸成了一座铜像，我只好顺着跟他争辩了几句。

沈牧突然抬脚踹了下病床边的床头柜：“吵什么！”

他恶声恶气的，突然变得很愤怒，愤怒得眼球都缠上了血丝：“这个女人这些日子都跟我在一起呢！什么金家、金楚涵、未婚夫、姐姐的？她一个N国女人，爹妈早死了，养父养母也都没了，哪来你们这些亲戚！”

他像是把哑火后被修好的机关枪，突突突地把金楚涵是怎么来到他身边、是他什么人、他们这些日子多甜蜜的这些话都变成子弹打在顾泽言身上。说到后面，他那绿色的眼睛都变暗了，呼吸也重了，像是克制不住的野狼，随时想要扑上来咬断敌人的喉咙。

想招惹一头狼，就必须能够揣摩他的情绪。我吃了一惊，我能分得出沈牧是真生气还是假生气，他现在是真的很愤怒，甚至这愤怒还在持续上涨，如同一个吹满气的气球，眼看就要爆了。他交叉抱着胳膊的手攥得咯咯响。

他这股子火气来得让我措手不及，他不应该会在意金楚涵的，为什么？

“你说这话有什么证据！”顾泽言额头的青筋都爆出来了，不知道是为沈牧的“污蔑”生气，还是为心上人的谎言愤怒。

沈牧重重冷笑了一声，拿出手机点了几下，隔着病床扔了过来，正砸在金楚涵的胳膊上。

顾泽言刚要发火，就被一道熟悉的甜腻声音定在当场。

“沈牧——”

手机屏幕上正播放着金楚涵平时在沈牧面前卖痴撒娇的模样。这些视频都是沈牧那根项链录下的，我一直都保存着，一式两份，一份我留着，一份前几天给了沈牧。能拿到这么关键的证据，真的要感谢沈牧平时的心血来潮。不管是哪一世，在能听到系统对话之前，我都用过一些手段去对付外来人，虽然都不成功，但有两次我一直都很难释怀。

一次是前世。

那个时候我的情况不好，没有人喜欢我，大家都围着金楚涵团团转，看到我像是看到了晴天突然下起了暴雨。我是那么不甘心，我觉得所有人都被外来人骗了，根本不知道她是多么表里不一的女人。所以我一直都在暗中跟踪外来人，想抓住她的把柄，却意外发现她背着顾泽言在外面有了另一个新欢。

我发现这件事的时候，心简直在滴血，为我深爱的男人居然被如此糟践而愤怒。于是我找机会在她手机里偷偷安装了窃听软件。之后按照窃听的信息，在她跟那个神秘男人要去酒店约会时，通知了顾泽言，想揭发她的真面目。

结果众人闯入房间后，只发现了写着顾泽言名字的蛋糕跟满屋子的气球，还有惊喜被破坏欲哭无泪的金楚涵。顾泽言那张看向我满是厌恶的脸，到现在我都能回忆起每一个细节。

另一次是这一世。

当时金楚涵出现不久，却已经夺走了顾泽言的目光和哥哥的赞赏。我无法接受，我感觉我变成了沙漏，有重要的东西正缓慢地从我人生中流失。我想阻止这一切却没有办法。

正巧那时金楚涵跟我是同一个设计比赛的竞争对手。在比赛前的某一次，我曾在图书馆碰见过金楚涵一次，她似乎接到了什么电话着急地离开了，却把设计的草稿遗落在了桌子上。那时我虽然厌恶她的横刀夺爱，每次见到她时都是针锋相对，但是作为竞赛的对手，我愿意给予她基本的尊重。

我捡起了她的设计图纸，没有看一眼，把它叠好放在桌子上，打电话告诉了哥哥这件事。直到哥哥急匆匆地赶过来替外来人取走了图纸，我都没有离开那张桌子。我守护了对手的心血，却没有想到在大赛的现场，我的作品跟金楚涵的十分雷同。我从未预想过会出现这种情况，我想要解释，可我的助手却一口咬定是金楚涵抄袭。

那一场大赛是那么混乱。哥哥站出来讲述图书馆一事时对我的失望以及对金楚涵的维护，变成一场雪崩淹没了我。事后我私下去找金楚涵解释此事，以防万一我还带了录音笔。金楚涵的态度很高傲，她认定是我抄袭，言语十分恶劣，甚至拿顾泽言跟哥哥来羞辱我。愤怒充斥了我的大脑，我不顾礼节地泼了她一脸的咖啡。

在她的尖叫声中我听到身后传来哥哥的声音。当我想用录音来证实我不是故意欺负金楚涵时，录音笔中却只传来一段刺耳的杂音，那时的绝望跟百口莫辩好像钢针密密麻麻地扎在我的心口。直到后来我听到了那个熟悉的声音，回忆起了一切，才知道全是圈套。

他们知道我一次次输给金楚涵，发了疯地想要翻盘，便故意露出破绽给我。窃听软件安装成功的一瞬间就被系统察觉了，至于我的跟踪，如今想来怕是上一世系统就一直能够定位我的位置。

我在他们面前简直是个自不量力的小丑。

而这一次，他们知道我讨厌金楚涵，我大张旗鼓的厌烦传遍了学校的每一个角落，我虽然有我的原则，可我的助手，那个胖乎乎的小姑娘，她却没有。

她一直暗恋我的哥哥，所以她嫉妒、仇恨着金楚涵。她并不聪明，她的心思是那么容易被掌握并受到挑拨。在金楚涵跟系统的有心利用下，她看到了金楚涵的设计创意。她想要赢，想让金楚涵身败名裂，她觉得黑白在权势面前什么都不是，于是她将看到的创意化作日日夜夜探讨创作时提出的建议，一点一滴地影响了我的想法，使得我在最后创作出一个跟金楚涵的设计有五六分相像的作品。

我只是一只替罪羔羊，被推入处刑台，然后被这疼痛粉碎所有原则。那个录音笔也不过是我作为小丑的另一件取悦观众的无用道具罢了。

我不知道系统到底是从哪儿来的，但它简直像是趴在网络上的蜘蛛，外来人所有的电子设备都被它用蛛丝一层层缠着，保护了起来。而且为了不让外来人的秘密暴露，不管到哪儿，不管遇到谁，系统都会扫描附近，以确定周边有没有录像设备和窃听设备，一旦发现就会动手脚。

我跟在他们身边那么久，只遇到过一次系统失手的情况。

那是外来人在跟一个攻略对象度蜜月的时候。那个攻略对象在房间里放了一个摄影机，暗中拍下了他们相处的点点滴滴。直到金楚涵无意间打破了藏着摄像机的盆栽，才发现了这只窥伺的眼睛。那时被外来人质问的系统有些恼怒，那种恼怒仿佛中世纪的贵族发现有个贫民窟的小子趴在他的马车上一样，说话的语气中夹杂着轻蔑。

我记得它的原话是："这种不需要连接网络、利用储存卡拍摄的摄像机实在是太落后了，我的扫描设备忽略了它。我会把这种摄像机添加进扫描任务的，下次不会再发生这种情况。"

当我重新拥有这些回忆后，这句话一直都是我剖析系统的真实面目时会用到的重要线索。

它简直像是科幻片里那些拥有高等科技文明的国度的产物。所以类似于储存卡摄像机这种在我们眼里稀松平常的东西，在它的世界概念里却是落后到连想都想不起来。我本来一直试图寻找类似这种技术的替代品，却一直一无所获。

直到沈牧带来了那根项链。我从来没有见过那样的摄像机，与其说它是摄像机，不如说是监视器更为恰当。

项链里藏着迷你摄像头，它所录下的画面会直接同步到一个带着手机转接头的读卡器，将这个读卡器插入手机，会直接弹出画面框。它不需要蓝牙，不需要无线网络，似乎是通过某种射频短波的连接，有点像对讲机。不过它所录下的画面是无法被储存的，简直像是一边读信，一边烧信一样。想要保存那些画面只能用另一部手机去同步录像，而且它信号不稳定，很容易就会被干扰。

沈牧说这个是他之前公司的一个员工搞出来的。

那个员工以前是搞研发的，大半辈子都耗在这个制作成本很高、又没什么用的东西上，期待着能靠它成名成功，结果根本无人在意他这份心血。他为了研究欠下了一堆债，便来到沈牧的公司应聘，却又为了步步紧逼的债务动了歪念头，然后被沈牧狠狠教训了一顿。至于这条项链，沈牧虽然搞不懂它有什么原理，但是他觉得有点意思就留下了。

之后这根项链兜兜转转被沈牧用在了我身上，而它正好就是我一直在找的那种替代品。

因此当沈牧身边出现外来人的时候，我没有提醒他摘掉项链，我想试探一下系统。结果令我十分欣喜，它发现了沈牧安在庄园里的随处可见的隐形摄像头，却没有发现这根项链。虽然项链经常因为一些干扰中断录制，但是对我来说足够用了。

那块巴掌大小的手机像一块疮疤一样横在金楚涵的身上，顾泽言伸出的手停在一丈外的距离。那些画面、那些声音简直像一个个耳光打在顾泽言的脸上，让他的那些坚定、信赖、愤怒、震惊被剥离，甚至到最后他露出了我从未见过的神情。他的脸很呆滞，嘴唇跟眉毛都是松弛的，只有一双眼睛瞪大了，直勾勾地盯着手机屏幕，像是连眨眼都失去了力气。

泪水化作了一层雾，没有落下，却飘在了他的眼睛里。他看上去好像轻轻一碰就会破碎。

当那声清脆的“我最喜欢沈牧哥哥了”响起时，他突然笑了两声，笑着笑着眼泪就掉下来了。我的耳边仿佛传来了自己拍掌欢笑的声音，嘴里却吐露出担忧的话语：“怎么会这样？你们不是刚订婚吗？怎么回事，难道楚涵的心上人不是你？”

“看清楚了吧，我可没撒谎。”沈牧不耐烦地站起身拿过手机，关掉了视频，用余光扫了顾泽言一圈。顾泽言垂着头没有看到沈牧的眼神，但我看到了，那里面的东西让我如坐针毡。不能让沈牧再继续待下去了。

“这位沈先生，我是金楚涵的姐姐，不管怎么说都谢谢你将楚涵送到医院，我还没有好好向您表达感激之情，不如我们出去说吧。”

沈牧落在顾泽言身上的眼神像是挤满了胶水，移向我的时候那些情绪拉出了长长的丝，缠了上来。我一瞬间以为他要当场闹起来了，但他什么都没做，扭头出了病房。我跟在后面出了门，掏出手机，刚看到手机屏幕的一角，那边的通话就挂断了。

真可惜，没看到哥哥是什么反应。

再次来到这个吸烟室，我与沈牧的情绪却掉了个个儿。

“怎么了？你刚才那么生气。”

沈牧没有说话，只是半弯着腰坐在椅子上，胳膊撑在膝盖上，手垂在膝前。他额前的头发半披散下来，低着头，眼睛却向上看着我。

这种感觉简直像回到了我刚来Q国时被他掐着脖子摁在地毯上的时候。我调整了下表情，带着温柔却又平缓有力的神色去回望着他。我想大概是因为沈牧童年的缺失，所以他很喜欢这种本该出现在母亲身上、慈爱又带着支撑力的模样。沈牧很久都没有开口，我没有着急，只是长久地注视着他。

“我帮你毁了他吧。”沈牧说这话的时候狠狠地咬了下牙。

这个回答有些突然，但终于让我明白了沈牧为什么会发这么大脾气。正如我能看透沈牧是不是真生气一样，沈牧也能看清我的哀伤与愤怒是真是假。

“我不想动他，他罪不至此。更何况，他现在恐怕比死还难受。”

“你那么爱他？你从没有这样过。”

“你不是查过我吗？”

“我不明白，你为什么会喜欢这样的男人，为了他变成刚才那样，我不理解，你刚才变得跟那些女人一样蠢。”

他脸上的不解是那么真切，真切到我知道我又得到了一次好机会。

“沈牧。”我走到他面前半蹲下身子，撩起他额前的发，把额头轻轻抵了上去，我与他的鼻尖轻轻碰在一起，睫毛似乎也变成了蝴蝶触须，试探着向彼此伸出，我与他四目相对。

“沈牧。”我又叫了他一声，收回了触碰。

“感觉到了吗？”

“什么？”

沈牧的瞳孔缩了一下，他似乎没能听清我的话。

“我是说，感受到刚才的触碰了吗？它啊，就跟爱情一样，没有被触碰的时候不明白触碰有什么意义，也不清楚那是什么感觉。可当真的被触碰到的时候，或许会明白它的意义，但还是很难形容那个感觉。可只要被触碰过一次，就跟从前不一样了，因为会记住什么是触碰。”

“真蠢，你说的这段话蠢，你变得平凡的样子也很蠢。”

沈牧说完这句话又安静了下去，他脸上出现了一种很难形容的神情。像是听说过大海的模样，可当真的见到大海时又不能确定那是不是大海。

“沈牧，我要先回去了，你在这儿等我，我会回来找你的。”

沈牧隔了好几分钟才点了点头。

我离开了吸烟室回到病房。顾泽言还保持着我出门前的模样，痛苦似乎让他忘却了时间的流逝。

“顾泽言。”我走过去轻轻叫了声他的名字，又顿住，叹了口气才继续说，“发生这样的事情，我们谁都没想到。我知道你现在心情很糟糕，但不管怎么样，你们刚订婚，现在如果有什么不好的消息传出去，我们金顾两家难免颜面有损。我爸妈也算看着你长大的，他们才刚从上一次的刺激中缓过来，要是又出什么事，我怕他们接受不了。”

我抽了几张纸巾递给顾泽言，他迟疑了好一会儿才伸手接过去。他的眼睛很红，像是被抽干水的河道，露出一道道红色的裂纹。

“而且楚涵现在还受着伤，送她来医院的那位沈先生看起来也不是普通人，不知道他有什么背景。这毕竟不是在国内，我觉得你还是先不要去质问楚涵了，等她出了院你们再好好谈一下。如果真的有什么问题，我们金家一定会给你一个交代的。”

“背景？你以为我会怕他吗？”

顾泽言一听我提到沈牧，身上停滞住的浓厚情绪瞬间喷涌而出。他所有的体面和高傲都不见了，他像一只原始动物一样，只想咬断侵犯领地的敌人的喉咙。我见他如此激动，连忙把他拉出了病房。

在病房外，我低声劝解着顾泽言。我告诉他楚涵以前过得那么辛苦，她刚回到金家也不过半年多，很多东西对她来说都是新奇的，他那么爱她，她早晚会明白谁才是靠得住的。我还告诉他，他跟楚涵发展得实在是太快了。楚涵之前一直都只是在跟他接触，态度还不确定，结果突然间就发生了温泉旅馆那件事。我们家里人一直都担心，楚涵可能是太年轻，经受不住诱惑，这才稀里糊涂地订了婚，其实她根本没有看清楚自己的感情。

“你什么意思？金宝珠你别胡说，楚涵她是自愿跟我订婚的，没有温泉旅馆那件事，她也早就跟我告过白了。”顾泽言看起来狼狈极了，他眼睛里明明全是悲痛哀伤，嘴上却还是倔强着不承认。

小时候，顾泽言的父母有段时间感情出了很大的问题，想要分开却舍不得分割财产，只能巴望着对方赶紧死。他明明很难过，很想哀求父母和好，可他却不肯承认，总是要说一些难听的话来掩饰，就像现在这样。我微微侧过了脸，长长地叹了口气，让表现出来的不忍与怜悯的情绪去拨动顾泽言脆弱的神经。

他的脸色白了一下，突然紧紧地抿住了唇。我知道，他大概是想起当初去金家下跪认错时，我说的那句话。当时他明明听到了，可那点疑惑不解立马就被心爱之人的哭泣冲散了。

爱到浓处时，便是悬崖峭壁在脚下也不会低头看一眼。

但当爱出现一点点裂缝，便是落下一根针都会低头去看。

我没有继续去“安慰”顾泽言。很多事都是过犹不及，该说的我都说了，现在只需要给他安静的时间，让他细细品味刚才的话，好好发酵一番。他变成了一尊铜像久久地立在门边，久到我都失去了耐心，他才活了过来。

“有什么事，等楚涵出院再说吧。我今晚在这儿陪着她。”他的声音里满是疲惫。

“我也留下来吧，有什么事大家也好商量。不过我得先去买点东西，她说不准什么时候出院，总是要备着点生活用品，我一会儿就回来。你晚上吃饭了吗？要给你带一点儿吗？”

顾泽言摇摇头，一言不发地回了病房。

金楚涵今晚是醒不过来了，哥哥还没到医院，这场戏还有得唱，我得趁这个空当先把沈牧安顿好。我急匆匆地赶去吸烟室，里面却空无一人。我给沈牧打了两个电话都没人接，我有点担心他会不会跑出去生事了，万一影响我的计划就糟了。我刚想去找护士问问情况，沈牧的电话就回拨了回来。

“沈牧，你去哪儿了？我在吸烟室没看到你。”

“生意上有点事，我先走了。”

“这样啊，那你处理的时候注意点分寸，这段时间尽量别闹出太大的动静来。顾家也不是软柿子，顾泽言已经注意到你了，我们不要给他什么破绽。看戏而已，没必要给自己惹太多麻烦。”

“哼，你以为我会怕他吗？”

男人，较起劲来真是一个德行。

“没说你怕他，只是有些事没必要而已。更何况他现在可是比死了还难受，‘诛心’难道不比‘杀人’更有意思吗？”

“哼，知道了。”

沈牧的电话挂得很快，听着没有平日的懒散劲，恐怕心情差劲极了，一会儿还不知道要怎么撒气呢。虽然我很想让沈牧早点完蛋，但是他这种疯狗，我是不会让他跟顾泽言真的撕咬起来的。顾泽言背后有顾家，在生意场上，金家与顾家可是打断骨头连着筋的关系。

扔下沈牧这头的事，我就近找了个便利店，买了点毛巾之类的日用品，提着回了医院病房。

金楚涵躺了一夜，顾泽言也在床边守了一夜，我在沙发上也没怎么合眼。明明这间屋子里有三个活人，却跟个坟墓差不多。

一直到哥哥来了，气氛才回温了一些。他进门先跟我和顾泽言打了招呼，简单寒暄了几句，便去查看金楚涵的情况，又询问了下医生的专业意见。

我不知道他这一夜是怎么过的，但他看起来一如既往地温和有礼，做事有条不紊，只是落在金楚涵身上的视线变得又轻又快，像点水的蜻蜓。等确定好一切的情况后，他轻声把我叫出了病房。

我知道他想说什么，所以早早摆好了欲言又止的忧愁模样：“对不起啊哥哥，你昨天应该在视频里也听到一些了。我本来只是想让你看看楚涵的情况，没想到会搞成这样，早知道我就不应该让你去联系顾泽言。"

哥哥沉默了一瞬，抬起手拍了拍我的肩膀："别这样说，看到那样的新闻，担心是正常的，泽言也是我去联系的，跟你没有关系。只是为什么会发生这种事，我在手机里也没有了解清楚，那个沈先生给你看了他跟楚涵的视频吗？你们确认过视频的真假吗？"

"对，就是一些比较亲密的视频，昨天顾泽言的情绪很激动，我怕情况会失控，就单独把沈先生叫出去聊了聊。本来是想跟你也说一声，但是你那边的视频直接挂断了，昨天又太乱了，我一直忘了联系你。总之，我让那位沈先生把视频传给我了，我昨晚已经联系了一个鉴定视频真假的专家，他连夜检查了视频，今早给了我结果，视频是真的。如果你们不放心，可以再找人看一看。"

我拿出手机，点开保存的那份一模一样的视频放给哥哥看。耳朵听到的跟眼睛看到的带来的冲击不一样，哥哥看了没几分钟就撇过了脸。

我关掉视频，从昨天到现在，我简直要把我这辈子的气都叹完了："唉，哥哥，顾泽言那边我暂时跟他商量过了，让他先不要去质问楚涵，毕竟她还受着伤呢。她脸皮薄又要强，我怕她出什么事，还是等出院再说吧。你觉得呢？"

"嗯，你做得对，只是楚涵为什么会……她不是爱顾泽言吗？他们两个都是有肌肤之亲的未婚夫妇了，为什么……"

我把安慰过顾泽言的话，同样拿来安慰他："也许楚涵只是年纪小，她以前的生活环境可能遇到的人比较少，所以现在看到很多新鲜有趣的，总是忍不住会被吸引。而且虽然视频里他们看起来很亲密，但也不一定就发生了什么，说不定只是朋友呢？"

哥哥的喉结上下滚动了几下，整个人都绷紧了，他遮掩般地突然垂下了眼睛。谁也不是傻子，年纪小、被新鲜事物吸引不过是玩心大、感情随便的修饰词罢了。暧昧这种事或许旁观者可以说出"不过是朋友"几个字，但作为曾经的当事人，那熟悉的一颦一笑，怎么会分不清是真是假呢。

如果说顾泽言是被爱情狠狠打了一耳光，变成了丧家之犬，那么哥哥就是被破碎的憧憬熄灭了爱的烛火。他一直在煎熬着、痛苦着。明明是那个女人处心积虑地攻略他，但因为有爱意的存在，让哥哥看不到她的算计，只把责任都归结在自己身上。

他把那个女人当成洁白的百合花，生怕自己会玷污她。

新闻的曝光虽然让他刺痛，但那是属于百合花的幸福，他甘愿忍受孤独远走国外，也希望成全她。结果这个视频却击碎了他一切的幻想。

我看着哥哥紧绷的脸上神色变幻，他的眉心微微向上皱在一起，睫毛颤得厉害。从那些记忆苏醒开始，我舍弃了我的一切骄傲，哭泣着、铺垫着、周旋着，不光是要阻止系统去吸纳积分，也是为了让那些萌芽的爱情慢一点儿，再慢一点儿。

只有成熟的花蕾才能面对风雨，柔软的花芽只会在风雨中弯下腰。现在的他们，每一个人都不足以面对爱情的风雨。

哥哥最后什么也没说，他只是摸了摸我的头发，对我露出一个很浅的笑容，转身回了病房，我也跟着他进去。我们就好像三个不熟悉的人待在剧院，等待舞台开幕。谁也没有跟谁说话，只是围绕着主角各自想着各自的事情。

在这份窒息的等待中，金楚涵终于醒了。

她一睁眼，看到我们三个围坐在病床边，脸上的表情空白了一瞬。下一秒她突然开始连声呼痛，脸皱得跟个抹布一样。我抢在所有人前面去摁呼叫铃，一边摁一边大声说："怎么了？楚涵？医生不是说只是点皮外伤吗？你很痛吗？"

"我，我，你们怎么来了……"

大概是疼痛消耗了金楚涵大部分的理智，她一边说话，一边眼睛四处乱瞟，摆明了是在找人。

顾泽言刚因为金楚涵的呼痛软了几分神色，一见这样，脸又冷了下来："你是在找沈牧吗？他走了。"

顾泽言咬牙切齿的样子像是在心里骂自己没出息。哥哥欲言又止地想说些什么，却又说不出口。刚好医生进了门，他便扭过头，向医生询问金楚涵的状况为什么会突然严重了。面对哥哥的询问，医生只能摇摇头，纳闷地表示爱莫能助。

他们已经仔细给病人检查过了，只是一点儿皮外伤，什么问题也没有，他们也不知道为什么病人看起来如此疼痛。他建议我们可以转院去其他医院再检查一下，或者是咨询一下心理科，有些人会因为心理上的刺激而产生疼痛的幻觉。他的模样十分为难，就差直说这个病人可能是在装痛，他们也没办法。

一时间所有人的视线都看向金楚涵。金楚涵呼痛的动作一顿，她紧紧地闭上眼睛装作虚弱，疯狂在心里叫着系统。

"系统！系统我错了，你快点把我的疼痛降低！他们都来了！你这样让我怎么办，你不是还想让我继续攻略吗？快帮帮我！"

她一遍又一遍地叫着，好一会儿系统才出现。

"闭嘴！你以为我不想吗？我在办了！该死的，我已经用了积分了，为什么你的痛感降不下去！到底怎么回事！"

"什么叫我的痛感降不下去啊？系统你搞什么，你是不是想害死我啊！"

"你再敢对我大呼小叫一句试试！"

系统听起来暴跳如雷，他们俩现在简直就是狗咬狗，一嘴毛。

"唉……"我长长地叹了口气，面带不忍地看了看哥哥，又看了看顾泽言，用恨铁不成钢的语气对着闭眼装死的金楚涵说道，"楚涵，你别这样……有什么事我们说清就好了。"

哥哥跟顾泽言的脸色都灰败了下去，如果说他们在此之前还心存了一丝幻想，现在全都破灭了。金楚涵一苏醒就忙着找沈牧，现在又装痛躲避，那么心虚的模样，让他们还怎么为她找开脱的借口。

"不是，我真的好痛。哥哥，泽言，你们怎么会在这里，发生了什么？"

金楚涵颤抖着睁开眼，从跟系统的争吵中分出神来维持形象。她似乎是想温柔地笑一笑，但是却控制不住地泄露出对眼前人的抗拒。她大概是真的痛极了，嘴都白了，满脸都是汗，眼睛通红，跟痨病鬼一样。再美的美人都扛不住疼痛的折磨。

我早就猜到会是这样了。

外来人昏迷前系统就把她的痛感屏蔽给撤掉了，系统跟她一起陷入昏睡，在昏迷的这段时间，哥哥跟顾泽言的好感度必定会发生起伏。等外来人睁眼时，系统随之苏醒，想重新开启屏蔽开关肯定需要反应的时间，更不用说之前还发生了这么大的插曲，它的反应时间一定会被拉长。而这个早就过度依赖系统、娇生惯养的外来人根本扛不住疼，吃不了苦。

她昏迷前，是沈牧陪在她身边，可她一睁眼却看到了最不想在这个时候见到的几个人，在疼痛的打击下，她的第一反应绝对会泄露出内心最真实的情绪！我要的就是这个！

哥哥跟顾泽言一时都没有接她的话，而我作为体贴的好姐姐回答了她这个问题："我们是接到消息过来的，大家都很担心你，找了你一晚上，哥哥还是专门赶飞机过来的。唉，楚涵，你也不是小孩子了，应该跟我们说实话的，你这样搞得大家多担心。幸亏这次没什么大事，只是一点点皮外伤，要不然我们多着急啊。"

金楚涵脸皮抽搐了两下，扭着头不看我。这种明着关心暗着讽刺的话术可是她以前最爱用来对付我的，现在终于轮到她尝尝这滋味了。

"好了，你的痛感应该是控制住……等等，这……"

系统的话刚说了一半突然没了下文。

我抓着这个机会，连忙补了一句："哥哥，楚涵看起来好像真的很痛啊，是不是有什么暗伤没查出来，要不要再查一下？"

几乎在我这句话出口的那一瞬间，饱受疼痛折磨的金楚涵猛地放松了下来，就跟被绷紧的橡皮筋一下回弹了一样，她脸上那股子松了口气的样子落到了所有人的眼里。她愣了一下皱起了眉想要叫痛，却又在哥哥和顾泽言不豫的目光中明白过来，她现在再去装痛会显得有多刻意。

她一下被卡在那里不上不下。

我也乘胜追击地跟着做出尴尬的样子，小声说："算了，楚涵，你……唉，我们不会怪你的，你没事就好，好了，没事了。"

我拍了拍她的胳膊，装模作样地给了她一个台阶。她只能顺着这个台阶下，但一下来就相当于认了刚才是在做戏。她想求助系统，系统却又没有了动静。她没办法，只能咬着嘴唇，吸了吸鼻子，又拿出了平时遇到麻烦就哭哭唧唧的办法，想蒙混过关。要是在平时，顾泽言和哥哥看到她这个模样早就忙着哄她了，现在却谁也没有动。

那些楚楚可怜因为没有人捧场显得刻意又尴尬。

"系统，系统，到底怎么回事，到底发生什么了？他们是不是见到沈牧了，沈牧跟他们说什么了？人都到齐了，我是不是露馅了，系统你说句话啊。"

她的心声听起来像被人泼了热油，烫得她上蹿下跳的。

也对，习惯了用拐杖走路的人，一旦没了拐杖，就算双腿健全也走不利索。我前段时间也险些变得跟她一样，只是我早早醒悟调整了过来，但我不会给她适应调整的机会。

我殷切地望着金楚涵，替沉默不语的另外两人说出了他们最想说的话："楚涵，你有没有什么事要跟我们说清楚的？"

金楚涵睁着眼睛装无辜，懵懂地望着所有人，心里却一直在骂。她现在什么情况都不知道，哪敢胡乱说话，一个不小心可就踩到雷了。但骂来骂去也没人管她，她心一横，用了最蠢的招——捂着脑袋开始装作难受。

"啊——我，我头好晕啊。泽言，我好难受……"她一边说一边去扯顾泽言的衣角。

顾泽言看上去心都碎了，他大概是怎么也没想到金楚涵会如此做贼心虚，他还什么都没问呢。哥哥沉默地看着金楚涵，轻轻地叹了口气，转身去外面找护士了。金楚涵扯着顾泽言的衣角撒娇喊痛，她大概也意识到走了步烂棋，一直没敢去看顾泽言的脸。

“我回来了……”

系统突然又冒了出来，声音中满是疲惫。

“系统，你去哪儿了！这么关键的时候你扔下我不管！”

“哼。”系统冷笑一声，似乎连骂都懒得骂了。

“管你？我现在可没工夫管你，我刚才给你降低痛感居然用了三倍的积分！你的积分早就停了，这么多天都是我用自己的积分去维护你去帮你的！”

“为什么会用三倍？哎呀，现在管不了那么多了，系统你快帮我查查，我昏迷的时候到底发生了什么事！”

“查不了！你昏迷的时候我也在休眠！就算让我现在去查这些人的坐标跟手机我也没那么多积分了！我总不能全掏空了吧？我刚才看了一下，金成一对你的好感度下降到了百分之五十，哦不，现在是百分之四十五了，谁知道你这个蠢货又干什么了。顾泽言的好感度现在也很不稳定。沈妆那边的负好感度还在持续下降。”

“怎么会这样啊！系统这是怎么回事，到底发生了什么？他们一定是见到沈妆了，不对，他们是怎么找过来的，为什么啊？系统你帮帮我啊，我们可是一根绳上的蚂蚱，你难道不想让我完成任务了吗？”

“任务？我现在程序都快被你搞崩溃了，只是降低个痛感竟然扣了我三倍的积分，以前从来没出现过这种情况，还有负好感和积分急剧倒退！简直是太荒唐了！”

“那，那现在怎么办……”

“等着吧，我在处理了，金成一跟沈妆那边你先别管了，好好维护下顾泽言。顾泽言要是再丢了就真的完了！”

“可是泽言都已经攻略成功了，难道还能变吗？不是说只要攻略成功，他就不会离开我了吗？要不然我怎么发展多线攻略啊！”

系统隔了几分钟才回答，声音森然。

“我是这么说过，但我是不是也说过，想获得这种情况必须攻略下两个及两个以上的对象才行。我跟你说的话你都没放在心上是不是？”

“我不是那个意思，我是说，毕竟现在情况已经这样了，我们肯定不能让它变得更糟糕，就不能把这个规矩改改吗？”

“我要是能改，会让你一个瞒着一个去攻略吗？我早让你一起拿下了！这些男人又不是傻子，你还真以为他们爱你爱得连尊严都不顾了？还不是我帮你动了手脚。但是动这种手脚实在是太耗费精力了，只能用在好感度已达百分百并成功完成接触的攻略对象上，而且你必须攻略两个以上的对象，我才能获得足够的能量去做这件事。现在就一个顾泽言，我还在你身上倒贴了那么多积分，我根本办不到了！”

“什么？这种事你为什么不早跟我讲清楚！”

金楚涵拉着顾泽言衣角的胳膊猛地抖了两下，脸上露出一瞬的恐慌。

“现在怎么办？顾泽言的好感度下降了多少？他会不会抛弃我啊？系统我现在怎么办？”

“这一次的事情太不顺了，一定有什么地方出了问题，会是哪儿呢？”

系统渐渐低沉下去的声音，像是警铃一样敲在我的耳边。

看来我要再快一点儿，在被发现之前，让事情变得更加无法挽回。只是，我还是第一次听到系统提到给百分百好感度的攻略对象动手脚的事。这倒是完全证实了我之前的猜测。

上一世的时候我就感觉，那些攻略对象只要好感度达到百分百，在第一次跟外来人产生亲密接触之后就会逐渐沉溺，眼里除了外来人什么都看不到，甚至无视自己的尊严和道德底线。那个状态跟我当初被他们种入欲蛊、逐渐变成一只可怜虫的状态相似，而且这个不知名的道具应该跟欲蛊一样，除了积分还需要条件。

欲蛊需要在我最脆弱崩溃的时候才能植入成功，那么这个道具应该是在爱意和信任都达到顶峰的时候才可以使用。

我忍不住看了顾泽言一眼。其实不管是哪一世，大家都一样可怜，都只是被操纵的棋子罢了。只是不知道“清醒地认识到一切”和“当只蒙眼的鸵鸟”，哪种情况会更悲惨了。

哥哥带着护士进了门，大家的表情都很无奈，但也只能推着铁了心要装病糊弄过关的金楚涵再做一遍检查。金楚涵不死心地一直求系统，让系统想办法给她的检查结果动一下手脚，不然她真的下不了台，顾泽言跟哥哥明显是发现什么了。系统被她烦得不行，也担心好感度会继续下跌，便答应给她点积分动下手脚。

还没等我想好怎么应对这个突发情况，系统突然尖声喊了起来。

“怎么又扣了我三倍的积分！为什么？不行，我必须再去检查一下。”

“系统，等等，你别走啊！你走了我怎么办啊！我这就要去检查了！”

“你去做就是了，我的积分都扣完了，一会儿你做 CT 会显示脑震荡的！别烦我了！”

金楚涵这下放心了，不在心里叽叽歪歪地瞎叫唤了，她的眼睛也不再左一下右一下地看看哥哥，或是瞥向顾泽言，只是安安静静地躺在推床上等着去做 CT。

我上前抓住推床，阻止它的移动，扭头对着哥哥温声说道：“哥哥，先别急着做检查了，让我跟楚涵聊聊吧。”

“不行，我好难受，我头好——”金楚涵哪能愿意，连忙拒绝。

我直接打断了她的话，一把抓住她抬起来又要去摸脑袋的手：“楚涵，你别这样，我们好好谈谈吧，你越这样大家心里越难受。”

她怕是气狠了，被我抓住的手一下收紧了，极用力地吸了口气，却又因为憋屈，这口气吸进去吐不出来。她只能梗着脖子，瞪着眼看我，还要努力做出无辜可怜的表情："可我真的很难受，有什么事等我检查完再说吧。"

我对着她摇摇头，脸上挂满了像是对不懂事小孩的无奈。

"算了，还是先不做了。宝珠你们好好谈谈吧，有什么事的话，你们两个女孩子可能更好沟通。"哥哥揉了揉眉心，看上去疲惫极了。从金楚涵苏醒后，他大部分时间都是沉默着的，像一道影子。

顾泽言干脆直接从护士手里接过推床，扭头往病房里推去。金楚涵还在垂死挣扎，哼唧着说不舒服。但是在场的每一个人都认定了她在装病，连回应都没有，只剩顾泽言埋头将她往病房推。金楚涵简直恨不得跳下病床，自己跑去 CT 室，可那样做只会更加坐实她的谎言。她只能徒劳地在心里一遍遍骂我。

我顺着人群走慢了几步，落到了最后面，借着这个机会我给沈牧发了条短信，让他现在有空的话就来医院一趟，这样大家都到齐了。发完短信我把手机揣好，跟了上去，跟顾泽言一起把金楚涵推回病房。顾泽言看了金楚涵一眼，扭头往外走，走出两步又顿住了。哥哥在门口叫了他一声，他轻轻转了转头，到底是没回头，直接走了出去，哥哥顺手将病房门关上。

一时间屋里只剩下我跟金楚涵两个人，金楚涵的脸色一下就变得不耐烦起来。

我依然保持着疼爱妹妹的模样，走到她的床边坐下："楚涵，你到底怎么回事？之前你跟我们说你只是在跟顾泽言接触试试，后来闹成那样，我们还以为你是突然开了窍，喜欢他了。结果现在婚都订了，你跑出去找其他人，对得起顾泽言吗？这事传出去，我们金家的脸面又往哪里放？"

"你不要胡说，我哪里去找其他人了？"金楚涵脸上压着不情愿的情绪，咬牙就是不肯认。

"是吗？可是沈先生跟我们不是这么说的……"

"你说什么沈先生，我不知道！我很不舒服，我要去做检查！"

金楚涵摆明了不想跟我沟通，我也没什么话想跟她说。我只不过是在拖延时间，等沈牧过来罢了。那个CT检查我是不会让她去做的。

"我好难受！我头好痛！"金楚涵突然抱着脑袋开始大声叫了起来。

我猛地站起身一脚踹倒了凳子，狠狠地给了自己一巴掌。金楚涵被吓了一跳，抱着脑袋愣住了，呆呆地看着我。凳子落地的声响，让门外等待的两个人直接冲了进来。

"怎么了？！"

人一进门，金楚涵连忙捂着脑袋开始叫唤。我那一巴掌打得很用力，脸上一阵火辣辣的疼痛，不用照镜子，我都能感觉到脸绝对肿起来了。

"哥哥……"我紧紧地咬着颊侧，咬出了血腥味，让温热的液体随着说话时嘴巴的开合，顺着嘴角微微泄出一些，让这一巴掌的效果更显眼。

"宝珠，这是怎么了！"

哥哥和顾泽言都愣住了，他们的视线在我跟金楚涵之间转来转去。我昂起头，咬着牙关发抖。要哭得倔强，要明明狼狈也绝不哀求，这才是符合我金宝珠性格的"软弱"，就算是做戏也要练好了才能让观众不出戏。

我早就说过，外来人跟系统拿我当蠢货，以为我真的不懂这些手段，其实我只是不屑，我只是习惯用倔强去掩饰痛苦。

"哥哥，楚涵说不认识沈先生，我看要不然先算了吧。既然她执意要去做检查，就让她去做吧。"我弯腰捡起凳子，一滴眼泪正好落了下来。我胡乱抹了两把眼角，哽咽着对金楚涵说："楚涵，你不用这样。哥哥和顾泽言向来对你百依百顺，你真想做检查，他们也不会真不同意，那些事你不想说就不说了吧。"

我听到金楚涵在心里的咆哮。

“这个金宝珠搞什么鬼！我就知道，我就知道她一直在装模作样！竟然这么害我！”

“金宝珠，你这是干什么？”金楚涵的眼泪也说掉就掉，她微微张着嘴，嘴唇一个劲儿地颤抖，像是气急了，一边啜泣还一边捂着脑袋，时不时露出痛苦的神情，“这是怎么了？从我醒过来开始，你们一个个都对我好冷漠，我明明很不舒服，你们都不让我去检查。金宝珠，你平时不是说要跟我当好姐妹吗？刚才门一关上就骂我，还说什么泽言早晚都会回到你的身边。我说我不舒服，你就突然踹倒了凳子，还自己打自己，你是又打算污蔑我吗？”

“你说，我自己打自己，污蔑你，你有证据吗？”

你没有，因为系统不在，你没有了那只窥视一切的眼睛，你会跟从前的我一样，无法辩解。

我看着金楚涵的眼里闪过慌张，心里又痛快又悲哀。痛快的是我用同样的手段报复了金楚涵，让她也尝到了我过去的苦楚。悲哀的是我用同样的手段报复了金楚涵，为了报仇，我舍弃了骄傲的原则，甘愿弯腰去捡那些我看不上的垃圾。但我很快又硬下了心肠，从决定报仇的那一刻起，我就想好了——系统跟外来人不想让我活，就算赢不了，我也要拖着他们一起死。不管发生什么，我都绝不后悔。

后悔是这个世界上最没用的东西，它只会让过去的人生变成连自己都不能接受的笑话。

“楚涵，你何必呢？你跟泽言都已经订婚了，你回到金家这半年多我是怎么对你的，大家有目共睹，我都做到这个分上了还不够吗？我只是跟你说让你不要辜负了泽言，也不要玩得太过火，顾及一下父母的面子而已。”

“你胡说，金宝珠，你又这样，你为什么总是这样对我？你之前就污蔑我抄袭你的设计，还一次次欺负我，煽动人孤立我，我以为你改了，你又这样对我，为什么？我做错了什么你要这样对我？”

金楚涵捂着脸号哭起来，哭得整个人都在颤抖，哭声中满是委屈。那声音是我永远做不到的可怜，简直像是被大雨淋湿的小狗正细声哀求。顾泽言忍不住向前走了几步，摸了摸金楚涵的头发。他摸得很轻，摸了两下就忍不住把脸往没人的那边撇去，眼睛有些红。大概不是因为心疼金楚涵，而是为自己心酸吧。

我以前也有过这样的时候。怨心上人不爱我，怨心上人为了新欢伤害我，可又割舍不掉那些爱恋，每分每秒还是会为了那个无情的人去颤抖，像是在热炭上跳舞。

哥哥沉默了好一会儿，才开口问："宝珠，到底怎么回事？"

可能是灯光太亮，亮得我看不清他的眼睛里都是什么。

"我没有，我一直都没有。"我深深吸了口气，努力绷着脸，不想让它因为委屈皱起来，眼泪滑过肿胀的脸颊，有些疼，"我从来没有污蔑过金楚涵，是我的助手，她暗恋你，她觉得你跟金楚涵走得太近了，她很嫉妒，所以她偷看了金楚涵的设计图，把那些当成自己的灵感融入我们的共同创作中。当初在图书馆，我一眼都没看过那张破图，凭借我的水平，我根本不需要耍这种手段。"

"我也没有煽动大家孤立她，是她自己得罪了那些女人，跟我没关系，我也不是恶意欺负她。那个时候顾泽言还是我的未婚夫，我对第三者没有好脸色是很正常的。我早就改了，不是吗哥哥？"

恍惚间，我突然猜测起来，为什么我会听到系统跟外来人的心声？为什么我会想起前世的记忆？大概是因为有太多太多的委屈，委屈到我的灵魂已经承载不住了。所以我一步步走到现在，一点点把我的委屈光明正大地说出来，说给所有人听，然后让那些得不到回应的爱和沉重的怨都随之消散。

"我知道我说这些话也没有证据，甚至当初你还亲眼看到我往她脸上泼咖啡，但是我那天是想跟她好好解释抄袭的事，结果她一直在羞辱我，我才会做出那样的举动。就像现在一样，明明是她做错了，却要赖到我身上，她永远无辜可怜，你们以前被她一次次地骗就算了，可她现在不仅三心二意，还装病，你们还看不清她的真面目吗？”

“我没有！”金楚涵高声打断我的话，哭得脸都红了。

我没搭理她，哥哥也低着头，一时间没有说话，垂在身体两侧的手掌缓缓攥成了一个拳头。

“哟，这么多人。”

沈牧吊儿郎当的声音像麦穗一样，格格不入地插进这片窒息气氛凝成的沼泽中。他带着笑晃着身子从半开的门中钻进来，眼睛越过所有人跟我在半空中对上。他脸上的笑意微微凝固了一下，像是对看见的东西有些茫然。下一秒，他脸上的笑意和轻松像是摔破的暖瓶中流出的温水，四溢散开。

我没有想到他会来得这么快，既然是去处理生意上的事，按照他的习惯一定会带人回庄园，而他的庄园离这里非常远。现在他的脸上泛起了不正常的红，绿眼睛凝固住不动了，手习惯性地摸上了最近的一把椅子。

完了。我脑子里只有这两个字。

“沈先生！你怎么来了！”我喊了一声，大步地冲过去，挡在沈牧面前拼命给他使眼色，让他冷静点，“我们这边有点私事要说，你要不先出去等一会儿吧。”

沈牧根本听不进去，他面无表情，缓慢地将脑袋往一侧歪，视线擦过我，直勾勾地盯着那三个人。我头皮都麻了，只能压抑着慌张周旋，我假装顺着沈牧的视线扭过头，装作为难的样子，对手还搭在金楚涵头发上的顾泽言皱眉说道：“泽言，要不你先放开楚涵，我们先把事说清楚吧。”

我给沈牧的突然暴怒找了一个借口，大家顺理成章地反应了过来。

顾泽言噌地一下站了起来，咬牙切齿，大有要跟沈牧打一架的架势。哥哥倒是冷静多了，只是站在原地审视着沈牧，但也称不上是好脸色。金楚涵直接呆住了，现在怕是给她个乌龟壳，她硬塞也要爬进去。系统一直悄无声息，她也知道系统现在肯定是出了问题，指望不上了，她一时又想不出好办法，只能在心里号叫。

沈牧攥住了那把椅子，整个人绷紧了。或许我该庆幸，他没带枪来，不然他第一反应一定是去摸枪，那场面会更无法收拾。

“沈先生，你冷静一点儿，暴力只会让问题变得更糟糕，我想我们可能对彼此都有些误会，不如大家先好好坐下来把事情说清楚。”

哥哥皱了皱眉，站出来想缓和眼前一触即发的矛盾。可沈牧疯劲儿一上来，谁也拦不住，他看都没看哥哥一眼。他缓缓转过头，视线落在我的脸上，一句“谁干的”似乎要脱口而出。

是我失误了，我应该好好确认下沈牧过来的时间，就这么一点点的忽略，现在可能就要让我的苦心功亏一篑。对沈牧来说，我大概早就被划分到“他的东西”行列里了，虽然不知道是排在羊皮前面，还是金雕前面，但只要是他的东西，被人动一下，他都会暴跳如雷。他失控的表情好像有了千斤重量压在我的胸口，积压着的懊悔情绪让我整个人都要爆开了。

怎么办，怎么办，怎么办？我在脑海里飞速想着对策。

我的戏本就演了一半，那些压抑的质问刚刚出口，委屈还萦绕着眼眶，被沈牧这么一逼，眼睛又酸涩了起来。我强忍着失控的情绪，感觉脸上的肉都在抖。我竭力往沈牧这边侧了侧身子，尽量让他们三个看不到我的脸。我睁大了眼睛望着沈牧，希望他能看清我眼里的乞求，无声地对他说了四个字“不要这样”。说这话的时候，我感觉自己一直挂在眼眶里的泪水滚了下来。

沈牧把牙咬得“咯咯”响，整个人像是拉满的弓弦，绷得都要断开了。

“沈先生，我们有话好好说，大家都冷静一点儿。”我使劲眨了两下眼睛，眨掉了残余的泪水，挤出不那么失态的表情，用尽可能平静的声音以旁观者的口吻劝了最后一句话。

然后静静等着沈牧的审判。

他一把推开我，抡起手里的椅子狠狠砸在地面上，大声骂了一句脏话，整个人跟公牛一样粗重地喘着气，叉着腰瞪着顾泽言，嘶哑着嗓子喊："谁让你动我女人的！"

劫后余生也不过如此了，我整个人都活过来了。

"金楚涵是我的未婚妻！"顾泽言也被愤怒充斥了眼眶，一句话骂得嗓子都哑了，青筋都爆出来，抡起拳头就朝沈牧扑过来。

哥哥见势不好，连忙冲过去抱着他："泽言，泽言，你冷静一点儿！这是在医院！"

顾泽言嘶吼着，像失控的汽车一样要撞过来。走廊响起嘈杂的脚步声和说话声，紧接着几个粗壮的保安在护士的引导下冲进来。他们是被沈牧摔椅子的声音引过来的，那椅子被摔得碎成几块，每一块都像是沾满滚烫岩浆的石头，沈牧站在这些石头中间。他一下一下重重地喘着粗气，胸口用力起伏着。

满弓的弦硬生生弹回来把他抽得不轻。

我赶在保安对沈牧动手前拦住他们，好言相劝。哥哥也尽力安抚着顾泽言，试图控制事态。金楚涵跟个鹌鹑一样缩在床上，连哭声都小了。好不容易劝走了保安，沈牧跟顾泽言面对面站着，四目相对，谁也不让谁。

"我觉得这里面肯定是有什么误会。沈先生，在昨天之前，我们根本就不知道你的存在，从你昨天的话来看，我相信，你应该不知道楚涵有未婚夫这件事，而且你似乎也不知道楚涵真正的身份。"

我借着劝解的话头，硬生生地插入这两个对峙着的男人中间。跟沈牧擦肩而过时，我借着身体的遮挡轻轻握了握沈牧的手。

是安抚，是装作感激的信号。沈牧轻轻地冷哼了一声。

哥哥回头看了金楚涵一眼，他额上有一层薄汗，衣服也皱皱巴巴的，顾泽言闹起来跟头莽牛一样，他好不容易才拉住。哥哥对着金楚涵道："楚涵，你还要装傻吗？事情已经到了这个地步，你自己把事情讲清楚。"

这大概是我第一次听到哥哥对金楚涵用如此冷漠的声音说话。

金楚涵头都没敢抬，只抽抽噎噎地哭。她一直骂骂咧咧的心声都停了，我猜她现在应该又害怕又紧张，大脑都一片空白了吧。

"不说话？你不是跟我说你是小月牙吗？合着全是骗我的？你不是无家可归要我收留你吗？现在怎么哑巴了！"

沈牧一肚子火还没撒干净，扯着嗓子就骂开了。他这人虽然有时候爱装绅士，但本质就是一个没什么文化的暴力分子，骨子里的粗俗和凶狠根本遮不住。

顾泽言把脑袋转向了一边，垂眼紧紧地盯着地面，他背对着金楚涵，心中涌起的怒气还在翻腾，却无处可发泄。

哥哥的背挺得很直，两只手攥成拳头，紧紧贴在身体两侧。他看着仍然不肯开口的金楚涵，像是不认识她一般用失望的语气说道："楚涵，这件事你不要妄想糊弄过去。你不是小孩子了，这件事不仅仅牵扯到你，也牵扯到我们金顾两家的颜面！别忘了，你跟顾泽言已经订婚了！"

他说完，没人接话，我当然要站出来主持正义，狠狠地鞭挞这个女人，直到她将那些蜷缩的丑恶都露出来："楚涵，做错事总要认，你这样逃避不是办法。从醒来开始，你就一直在逃避、装病、装傻，我只是问问你，你就跟我动手，又想用之前的招数来对付我。每一次你都是这样，明明是你做错了，你总是先激怒我，再装可怜，你就是掐准了大家都相信你，所以肆无忌惮到现在这样，打了我，反过来再说是我污蔑你！就像你出去鬼混，也要拿我当借口，跟大家说你是出来陪我！你就是觉得我跟你站在一起的时候，大家都只会相信你的说辞！你根本就是拿着大家对你的信任把所有人当傻子耍！"

我的步步紧逼，让金楚涵终于有些按捺不住了，她开口道："我再说一次，我没打你，是你自己打自己。想污蔑我？我可什么都不知道。”

“又是这样……”我摸了摸脸上刺痛的肿胀处，抬起头让我苦涩的笑容袒露在所有人的视线中，“我以为你改了的。这半年多，你自己心里清楚，不是你原谅了我曾经的所作所为，而是我为了爸爸妈妈，为了维护这个家，原谅了你。”

哥哥身子颤了一下，张了几次嘴，吐出几个含糊的语气词，却最终什么都没说出来。他的眉毛拧在一起，眼睛红了一圈。他这样看着我，倒像个犯了错的孩子，不知所措。顾泽言重重地呼吸了几下，用余光偷偷看了我一眼，又像怕被人发现似的赶紧收了回去。

只有沈牧，叉着腰歪头挑了挑眉，像是对我说了一个带着问号的“嗯”。紧接着他又挑了下眉，好像突然找到了答案，那些残存的愤怒变成了哑火的枪，他扭头“嗤”了一声，再回头时便恶狠狠地剜了我一眼。

沈牧看穿了我在用苦肉计，反而让我松了口气。这下这家伙应该不会再闹起来了，只是事后怕是又得冲我龇牙咧嘴，真是麻烦。

我窝了火气，再对金楚涵开口时，除了怨气还多了点咬牙切齿的恼怒："金楚涵，你还不说实话，你看看你都把大家折腾成什么样子了。”

“系统，系统你救救我啊，我怎么办啊，我不能认！我要是认了后面就没法收场了。你快出来！道具！用道具帮帮我！只要让他们几个分开，我一个个解释，就还有转机！你帮帮……”

“别吵了！”系统姗姗来迟后的第一句话就是破口大骂，“你这个白痴！金成一的好感度现在只有百分之三十了！而且还在强烈地波动起伏。”

“现在不是怪我的时候，你快帮我想想办法啊！”

“闭嘴！我话还没说完，你给我好好听着！我刚才耗费积分去入侵了金成一跟顾泽言的手机，该死的，又扣了我三倍积分，我仔细检查过好几遍了，也不知道是哪里出了问题。我从未遇到过这种情况，我已经向上面汇报了，等着吧。”

“系统？你还有上级吗？你怎么从来没有跟我说过……”

“我说了让你不要打断我，你聋是不是！我难道要把所有的事都告诉你吗？！”

系统前所未有地气急败坏，完全找不出以前乖巧可爱的痕迹。就好像一直在扮演着小白兔的大灰狼，发现诱骗不到另一只兔子，便原形毕露，尽情地对着那只兔子发泄怒火。

“总之我入侵后查看到的情况是，昨晚金宝珠发送了一个海外博主的博文给金成一，上面是你受伤后沈牧抱你去医院的照片，看角度应该是被农场的人拍了发上网的。然后金宝珠说联系不到你，让金成一去联系顾泽言，之后，顾泽言就接到了这些消息。他跟金宝珠沟通后，在网上搜索农场地址，沿着农场寻找医院，第一次的农场信息是金宝珠提供的，是错误的，大家都没有找到医院。金宝珠后来第二次提供了农场信息，也是她先找到的这家医院。他们应该是在你昏迷后来到这家医院的。金宝珠还给金成一发了视频通话，让他看看你的情况，视频通话时间很长，我猜测那段时间应该就是沈牧跟顾泽言他们遇见的时间段，金成一应该也看到了一切，所以他们在你苏醒前就知道了沈牧的存在。”

“金宝珠！就是金宝珠坏我的事！这个金宝珠肯定是故意对付我的！”

“我刚刚审查了之前的坐标，金宝珠的确一直待在公寓，中间有段时间的数据是空白的。我算了一下，是从我陪着你陷入沉睡、直到今早我苏醒的这段时间，等我醒过来，她的坐标就出现在了这家医院。虽然现在没有具体的证据能够证明是金宝珠故意设计让大家聚到医院的，但是这一切很巧合，不得不防范，我需要积分再去入侵查看金宝珠的手机。”

“那你快去查啊！”

“我没有那么多积分了！都是你这个蠢货把场面搞成这样，我现在又需要扣三倍的积分！我不能再动用我的积分了，我要从你身上回收道具，用这个积分去探查。”

“什么？你不能回收我的道具啊！你不是说道具给我了就是我的了吗！你不能回收啊！”

任外来人拼命地呼喊，系统都没有理会她。他如今对外来人的态度十分恶劣，刚才的话只是通知，压根就没有打算跟她商量。

要入侵我的手机……

算了，就算我现在立刻删除，那些数据一时半会儿也清不掉，肯定会被查出来，更何况那样简直是此地无银三百两。横竖从一开始我的打算就是趁着系统沉睡，出面把金楚涵三心二意的形象坐实，等系统苏醒发现我的异常也晚了。系统能因为好感度的波动延迟到现在才发现异常，已经是幸运了，只是这个坐标到底是怎么回事?

我曾经做过无数的设想，甚至还设想出了“系统发现我能窃听，故意放假烟雾弹迷惑我”的猜测，因此还陷入了巨大的恐慌中。为了使自己从这个恐慌中挣脱出来，我又不停找借口去掩盖之前的设想，甚至想过也许系统的定位是通过手机定位，毕竟我的手机定位早早就转移到公寓那边去了。

但不管是哪个推断，当我好端端地站在他们面前的时候，那个异样的坐标一定会露馅。可这个坐标却移动了，简直像是在配合我的计划一样，为什么……

还有上级，这个系统还有上级?

不管是前世还是今生，我都没有听到过这个说法。这说明这样的系统可能不止一个，但是这一个跟上一世的似乎一模一样，或许每一次都一样。而且我之前听到过他们的对话，这个外来人似乎以为这个世界只是她要做任务的世界之一，等这个世界结束了，他们还要去另一个世界。但是那个说法的可信度是建立在之前系统跟宿主亲密无间的关系上的，如今看来一切似乎不是我想的那样。

外来人根本不知道系统还有上一级。或许在系统眼里，所谓的宿主不过是切西瓜的刀、夹菜的筷子，或是一件可以获取想要东西的顺手道具罢了。所以它假装是只小白兔，和蔼可亲地用一件件道具诱惑着外来人，不停地放大着外来人的恶。

上一世我在最悲惨的时刻被植入欲蛊。这一世，在生日宴上一切刚刚展开时，它就已经给外来人介绍了欲蛊，简直像在为我的悲惨结局做铺垫。

我突然发现了一个一直以来被我忽略的问题——系统还在这儿，金楚涵的躯壳里也换了新的宿主，那上一世的外来人去哪儿了？

我很难形容此刻的感觉。就好像一个囚犯，从地底挖洞想要逃出去，他不停地挖啊挖，磕磕绊绊的，以为就要挖到终点了，结果下一铲子就挖不动了。他扒开一看，前面土里严丝合缝地埋着一个大铁块，再往后看看，已经不知道挖了多久了，有些地方都被挖塌方了，回不去了。想流泪又觉得可笑。

如果系统还有上级，如果这个系统只是个小喽啰，如果所谓的宿主只是系统用顺手的筷子，说扔就扔，想要下一双就随便能找到，那么我绞尽脑汁做的这一切有什么用呢？只不过延缓了我悲惨结局的到来……

“宝珠，宝珠？”我听见有人在叫我，却好一会儿才反应过来，我恍惚了一下才看清是哥哥在说话。

“宝珠。”哥哥好像整个人都拧巴到了一起，有万般的情绪理不清，他抬起一只手抓住我的胳膊，安抚性地摩挲了几下，“你还好吗？”

“我，我还好……”

我不知道我现在是什么表情，但听到我发出的声音，我想，大概很不好。我该庆幸我前面早就把情绪渲染到位了，所以这一刻不会显得太突兀。

哥哥不忍极了，他连叹气都是颤抖的。从前他看外来人，仿佛这天地万物都是灰白的，整个世界只有她那一点儿颜色。如今那颜色破碎，重新将这黑白万物晕染，他才终于发现，那些注意不到的灰色原来早就伤痕累累。虽然听不到系统的播报，但我想这一刻被无数情绪充斥的哥哥，好感度一定在剧烈地波动着。

“楚涵！”他重重地叫了一声金楚涵的名字，“你太让我失望了，你做错事连承认的勇气都没有吗！”

金楚涵整张脸都埋在枕头里，一动不动，我知道她是真的没辙了。她本来还寄希望于系统，系统却帮不了她。这三个都是攻略对象，如果她站出来说她跟沈牧一点儿感情没有，爱的是顾泽言，沈牧那条线就完了；要是不否认跟沈牧的关系，顾泽言那边又无法交代；至于哥哥，不管她选择谁，他被伤害都已成定局了。说多错多，她只能什么也不说，期望着等私下再试试挨个解释。

“你既然不爱我，为什么要跟我订婚？是你先说喜欢我的。”

顾泽言说着，却始终没有回头。从沈牧来了以后，他狼狈得像只不肯承认被抛弃的流浪狗一样，大声的吠叫是他强撑的尊严。

“我为你付出得还不够吗？一开始我跟你在一起的时候，违抗了金顾两家的婚约，我几乎众叛亲离。如果不是后来发现了你真正的身世，我都快为了你离开顾家了。这么久以来，我对你什么时候不是百依百顺，我从来没有怀疑过你跟我说的每一句话。金成一跟金宝珠都跟我说没有见过你，他们给我发那张照片的时候，我还在心里给你找理由开脱，那也许是个路人，也许是什么地方出了差错。可你呢？你连一句解释都不肯跟我说，我在你心里究竟算什么？”

“不是的，泽言，我是爱你的！”金楚涵慌了神，她顾不得别的，抬头挣扎着坐起来想下床。

顾泽言没有管她，反而扭头深深地看了我一眼，轻轻地对我说了句“对不起”。

说完这句，他迈步往外走去，金楚涵踉跄着想追出去，却被沈牧一把抓住：“这就想走？话还没说清楚，你骗我这笔账我还没跟你算呢。”

金楚涵大概是从没有见过沈牧笑眯眯的面具下真正的模样，在他手里抖得像个落汤鸡一样。沈牧对她可是一点儿怜惜都没有，毫不客气地追问着她——冒充小月牙的身份来接近他有什么目的？明明有未婚夫还装喜欢他，到底是想干什么？

金楚涵除了哭就是哭，眼看着要被沈牧逼崩溃了，她只能一个劲地叫着哥哥。到底是他的妹妹，虽然没有血缘关系，但对哥哥来说爱护金家的孩子似乎是刻进他骨子里的誓言。哥哥于心不忍地上去，制止沈牧的咄咄逼人。

一时间吵架声、哭声混杂在一起，让病房跟个菜市场一样。系统的声音再出现时，我都差点没分辨出来。

“我检查了金宝珠的手机，没找出什么异样，她平时除了会联系一下金成一，就没什么其他了。她是从网上刷到了那个博主的博文并截图发给了金成一，聊天记录我也都看了，目前没什么异常。”

我万万没想到系统会说出这样一番话。

只能看到这个？没发现我跟沈牧的联系？不可能啊……熟悉的诡异感又浮现了上来，跟那个莫名其妙的坐标一样，我又在险些要暴露的关头被拉了回来。

为什么？简直像是故意在帮我一样！

那个坐标跟这一次的手机探查，肯定是有关联的，系统再衰败也不可能这么巧在我身上一再犯错误。而且从系统迄今为止的反应来看，这些事绝对不是它的手笔。是有什么没被系统发觉的东西在为我掩盖痕迹，是什么人？又是出于什么目的？

我向来不是一个幸运的人，特别是外来人跟系统出现在我的生活中后，我简直像是在走钢丝绳，生怕一个不小心就坠入深渊。现在却有这么大的一个意外惊喜砸在我的头上，我甚至无法为此感到愉悦，反而觉得心情沉重了起来。因为我无法确定这个意外惊喜究竟从何而来，这世界上很难有无缘无故的善意，但是恶意往往隐藏得更深。

那边还在闹着，没有多少时间给我在这里胡思乱想。我只能像过去的每一次那样，暂时压下心里的情绪和猜测，硬着头皮去把这场戏演下去。

我走上前，试图分开混乱中的三人："好了，楚涵你不是说不舒服吗？那就先在医院待着吧。沈先生，我是金楚涵的姐姐，你跟楚涵的事，不仅仅关乎你们两个人，还关乎金家的颜面，我们单独聊一会儿吧。哥哥，你先陪一下楚涵，我很快回来。"

在场的几个人其实都在等一个台阶，一个能短暂结束闹剧的台阶，我给了，所有人都顺着下来了。

我将沈牧带到了老地方，他看着我的模样很是咬牙切齿："你对自己下手还挺狠。"

沈牧气不顺，斜着眼睛围着我转了一圈，摆明了要我好好哄他，不然这事没完。

"做戏，总得豁得出去，我没想到你会来得这么快。难为你刚才忍着火气陪我演戏了，做得很好。"

"哼，你都哭成那样了，我要是不帮你一把，我看你都恨不得从这楼上跳下去了。真没用，就刚才几个人也值得你要死要活的，全解决了算了。"沈牧抓了抓头发，暴躁得不行，"你这个女人从一开始就利用我！先是拿小月牙的名头来接近我，接近不成，就拉扯我，让我觉得你有意思，把你留在身边，然后等金楚涵来找我。你知道我肯定会吊着她一阵子，就将计就计配合我、放任我，你等的就是今天，利用我让所有人都知道金楚涵是个什么玩意儿。"

"这种事你不是从一开始就知道了，我看你玩得也挺高兴的。反正你平时那么无聊，就算我不出现，金楚涵那只老鼠也得被你玩得团团转。"我抚了两下他的脊背，像哄孩子一样拍了拍。

沈牧瞪了我一眼，却没躲开我的手，龇牙咧嘴的："别以为我不知道，你就是吃准了我喜欢哪一套，所以故意在我面前装出那个样子，拿我当小孩。你跟金楚涵那个家伙一路货色，只是手段比她高罢了。”

“我要真的只是手段比她高，你才不会这么容忍我。是因为我比他们所有人都聪明、有耐心，我愿意花心思去了解你、接近你。”我笑着轻轻凑近了沈牧，他个子很高，我仰起头也只能够到他的下巴。他的呼吸很热，隐隐地落到了我的唇上，“更何况，你不也是明明知道一切，却放纵了自己吗？你看看你，跟我刚认识你的时候，可是有些不一样了。现在这个你，是你装出来的所有正常的你当中，你最喜欢的那个吧。”

我短暂地把心敞开了来，把身体贴到沈牧的身上，抬手用指尖从沈牧的眼角顺着蹭到他的唇角：“你也很享受跟我在一起的感觉，不是吗？”

我们两个离得很近，近得好像浑身的温热都纠缠到了一起。每当我给沈牧这些若即若离的身体接触时，沈牧的眼睛会微微眯起来，他很喜欢。但是如果再近一些，就像现在，我们两个离亲吻还差一指的距离，他的绿眼睛就会像动物一样瞳孔收缩，呼吸沉重。

这不是欲望，而是厌恶，是想撕碎一切的冲动。

在跟沈牧相处的每一天，我知道他的过往，却仍在试探摸索着他的那根线在哪里。他喜欢甚至是渴望皮肤接触，但是这个接触要浅。就好像亲吻一个伤口，得轻轻的，如果重了，他会痛，会发怒。我想他身上大概是藏着什么资料上没有提到过的事情，是一个不需要告诉外来人、一旦告诉她甚至可能对攻略起反作用的东西。

我从沈牧身上退了下来，沈牧眼中呼之欲出的某种东西也瞬间撤了回去。他的喉结上下滚动了几下，不轻不重地拿眼刺了我一下，慢吞吞地开口：“是啊，所以在我享受够之前，如果你敢出什么岔子，我一定会让你知道什么叫比死还痛苦。”

“知道了。”

我看着他滚动的喉结，突然想起一件往事。其实在上一世，我跟在那个外来人身边的时候，她几乎已经将所有的攻略对象都拿下了。每天不是跟这个一起，就是跟那个一起，但是跟沈牧一起的次数很少。我非常讨厌看到这些事，所以大多数时候我都是闭着眼，恨不得能直接消散。

只有偶尔几次我听到了别的动静才会看一眼，可几乎每次都是沈牧，每一次的画面基本都很雷同——他会把外来人掐着脖子摁在枕头上，下颚到脖子上的青筋紧紧绷着，脸色阴沉。

有的时候下手重了，外来人就会乱喊，但却不敢反抗，能感觉到外来人是不敢招惹沈牧的。其他攻略对象个个顺着外来人，但沈牧是需要别人去迁就他的。那时候我以为沈牧只是个单纯的变态罢了。

但是现在……我想我知道他最痛的地方是什么了。

“沈牧，那个 R 国女人呢？”

“找到了，昨天晚上就给你找回来了。我把她暂时关到庄园里了，随你处置吧。”沈牧提起这个似乎心情不太好，眉毛一下子就压了下来，他看了我一眼，又补了一句，“我没动她，好好关着呢。”

“我知道，你既然答应我了，就一定会把事办妥的。沈牧，这边的事先告一段落，你先回去吧，等事情处理好我会回去找你的。”

“你不跟我走？！”沈牧说生气就生气。

“我要先处理这边的事情。”

“真是麻烦死了，你要处理多久？”

我耐着性子去哄他：“我会尽快的，都费了这么多工夫了，总不能功亏一篑吧？你先回去，这两天留意下顾泽言的动静。他要是有什么动作，你要告诉我，好吗？”

“真烦，知道了。”

Chapter 05 伤痕如焰

我把沈牧哄走了，掉头回了病房。

金楚涵半坐在病床上，抱着哥哥的腰在哭泣。哥哥静静地站着，双手虚放在金楚涵身侧，没有碰到她，垂着眼不知道在想什么，神情很淡。

“哥哥，我跟沈先生谈好了，他暂时先回去了，但是这个事情他坚持要我们给一个交代。我也查过了，他的身份不简单，如果这件事处理不好，可能我们几个都会有危险。要不要先跟爸说一下？”

“辛苦你了。”哥哥的眉眼带着厌倦和疲惫，“爸那边我会去说的。一会儿我去找一下泽言，跟他好好谈谈，如果泽言要退婚，我们这边肯定是要配合的。至于这位沈先生……”

他伸手推了一下抱着他哭的金楚涵，没推动，反而让金楚涵抱得更紧了。

“哥哥，我有个想法，既然楚涵是跟泽言订婚后隐瞒身份来到这位沈先生身边，看来她更喜欢沈先生。正好沈先生也说了，虽然楚涵骗了他，但他还是很在意楚涵的，不如干脆成全他们吧。”

“不行！我只是一时糊涂！我不爱沈牧的。”金楚涵大概是想清楚了，相比于负好感的沈牧，抓紧顾泽言才是唯一的办法，“哥哥，你带我去找泽言好不好？我刚才只是一下子被吓住了，我还有话跟泽言说，我可以解释的。”

我安静地站着，等着听金楚涵的心声，可是却什么也没听到，只听到金楚涵嘴上对哥哥的哀求。

为什么？是她忙着演戏没工夫在心里嘀咕吗？

没有了那些嘈杂的吵嚷，我的耳边一下静了下来，但这份静却让我觉得心慌。等金楚涵哭求到了哥哥的点头，准备出院并在哥哥的陪伴下去找顾泽言的时候，这份心慌达到了顶点。

我听不到，我什么都听不到。

我们三个人离开了医院，出发去酒店，前后几个小时，我什么都听不到。没有系统，没有外来人的心声。什么都没有。

为什么，是彻底发现我了吗？

我强迫自己冷静下来，却挡不住铺天盖地袭来的焦虑。我浑身发冷，手心一阵阵出汗，每一次呼吸都变得沉重吃力。

为什么，为什么我什么都听不到……

心声一直以来是我最大的依仗，我就是靠着这些东西才能处处抢占先机，如果我听不到了，那我岂不是又变成了案板上的鱼！

“你没事吧，怎么脸色这么难看？”金楚涵哭了很久，鼻子通红，瓮声瓮气地缩在车座上，瞪大了眼睛看着我，眼睛水汪汪的。好像刚才的一切混乱不过是下过的一场雨，雨水冲刷后湖泊更清澈了。

“没什么，楚涵……不管怎么说我们到底是一家人，过去的事情我就不跟你计较了，但是我希望以后你不要再做这样的事情了，我们一家人好好相处。”我强打起精神，试图用话语挑拨起她心底压抑的怒火。

可是我等来的却是她吸了吸鼻子，委屈又无辜地说：“我知道错了，是你以前老是那么高傲，看不起我，欺负我，加上我在外面受了很多苦也跟你有关系，所以我心里老是有火气，这才跟你作对的，以后不会了。”

听不到，还是什么都听不到，我眼前与耳边浮动的全是金楚涵虚伪的脸、虚伪的话。为什么，到底为什么？

在我离开病房时，我听到的是系统分析我的手机没有异常的声音。难道他们那个时候就发现了我的不对劲，故意说那句话给我听？等我离开以后再商量好对策，然后像现在这样打我一个措手不及？

可他们是怎么发现我能听到心声的？我的手机里应该只有我跟沈牧的一些联系，还有我的一些计划部署。我一直很小心，没有在任何地方泄露出“我能听到不该听的东西”的痕迹。

他们现在是封闭了对话不让我听到，还是有别的什么原因？

我又不可自控地想起之前出现的两个差错跟系统提到的上级。那些我本已梳理清楚的计划突然被全盘打乱，被各种猜测裹挟着变成了一个巨大的毛线团，到处都是线头，我想揪住并拽出来，却发现到处都是打在一起的结。

“到了，金宝珠，你要跟我一起过去吗？”金楚涵噘了噘嘴，将有隔阂却别别扭扭想和好的小女生姿态拿捏得恰到好处。

我从没有像此刻这么后悔过，为什么当时我要离开病房，在我离开后那短短的二十分钟里到底发生了什么？金楚涵整个人突然变得镇定了起来，不，也许不是她变得镇定了，是我乱了阵脚。我强装镇定地答道：“一起过去吧，泽言今天那么激动，我怕一会儿出什么事情，我们在门口守着也行。”

我勾出了一个浅淡的笑容，却感觉到顺着这个小小弧度，我的体内仿佛刮起了一阵龙卷风，将我的五脏六腑都搅烂、搅碎。哥哥大概也是觉得我脸色难看，安抚地摸了摸我的脊背，以一种虚扶的姿态护着我下车。

我们三人进了酒店，找到了顾泽言入住的房间。是哥哥出面叫开了门，门一开，金楚涵就跟一只泥鳅一样钻了进去。在门要关上的那一刻，我拿脚垫了一下，留出了一线缝隙，静静地站在门外听着里面的吵闹。哥哥深深看了我一眼，最后什么也没说，陪着我一起在门口等。我能听到顾泽言冷漠的呵斥、金楚涵的哭泣声和模糊、小声的解释声。

明明只有两个人在说话，却因为沾了感情，变得像是闹市街头爆炒着辣椒的小吃车，热油噼里啪啦，热气翻滚着拥挤着，顶得人脑血上涌。

房门有一半是金属贴面，我能从上面看到我的倒影。我突然发现我瘦了很多，穿着风衣瘦长得像是一杆芦苇，脸颊都有点凹下去了。明明衣着发型都很整齐，却像被狂风吹过，透着凌乱疲惫呆滞的气息。难怪，连金楚涵刚才都会问我脸色为什么那么难看。

屋里的争吵声渐渐变小了，我有些听不清里面在说什么。我站了很久，站得有些恍惚了，恍惚到里面的两人开门走出来，我都不知道避让，傻傻站在原地。还是哥哥拉了我一把，我才回过神。

金楚涵今天哭了太多太多次，眼睛肿得通红，没有眼泪却也像是在号啕，看上去可怜极了。她半躲在顾泽言的身后，一只手紧紧揪着他的衣角，像是受惊的孩子。

“成一哥，这件事先别跟家里说了。我跟金楚涵刚订婚，我们金顾两家还因此外宣了好几个合作项目，现在要是解除婚约肯定有影响，面子上也都不好看，先缓缓吧。”

顾泽言说话时，眼皮轻轻垂着，没有直视任何人。他疲惫得像是刚跑完了一场马拉松却发现跑错了路，站在原地茫然四顾，不知道是该折返，还是应该将错就错跑到终点。

哥哥张了好几次嘴，才终于吐出一句话：“嗯，这件事说到底还是你们两个人的事情。不管你做出什么决定，我都会站在你这边的。”

他们后面说什么我已经听不到了。我盯着金楚涵那张无辜的脸，却好像又看到了另一张一模一样的脸在她身侧浮现。那张脸上挂着傲慢恶毒，嘴巴一张一合说着难听的话。过去每一次被我强压下的恐惧、疑惑、焦虑、震惊、痛苦、仇恨，突然在这一刻爆发了。

我本以为情绪的爆发会是一场突如其来的海啸。

原来不是，它像突然涌起的雾，一瞬间，眼前的一切都变得白茫茫、空荡荡，什么也没有。我好像被这场雾包裹消化，变成了一声长长的叹息，不知是泣还是诉。

我不知道身边的人是谁，在干什么。

我只看到我的身体跟在这几个人身边，跟他们一起说着话。说完了，站在一起的男女回了房间，我跟另一个人走啊走啊，走出了酒店。我们两个说了会儿话，我独自一人坐上计程车离开了。

那计程车开了很远很远，最后在一片海岸停下。海岸沙滩上散落着一些垃圾，被风吹得滚来滚去。沙滩上没什么人，只有一张木制长椅看上去脏兮兮的，但我还是在长椅上坐了下来。天色慢慢暗了，我也慢慢地回到了这具身体里，手脚被海风吹得发麻。

“你在这儿干什么？”

我花了一分钟才认出站在我旁边问我话的人是沈牧。

“我在手机定位上看到你一直待在这个鸟不拉屎的地方，我还以为你出事了。”不知道他是从哪里来的，坐下来的时候，身上蓬松的热气让我有些失神。

“你怎么了？”他伸出手在我眼前晃了晃，眉毛快要拧在一起了，“自从那几个人出现，你就变得皱巴巴的，一点儿意思都没有了。”

他不耐烦的样子让我想起了我们刚认识的时候。

“沈牧。”

“嗯？”

“我以为我最难的日子已经过去了，原来才刚刚开始，但是我已经快把自己榨干了。”

我以为我说出这句话的时候会哭，但我却没有，它顺畅自然得像是呼吸一样，从口中冒了出来。

“把他们都解决了不行吗？”沈牧托着腮帮子，眼睛在昏暗的夜色里很亮，像是天真的少年在讨论哪个口味的冰激凌好吃。

“不行，他们还会回来，回来疯狂地报复我，我只会变得更凄惨。”

“那就再解决一次，你管他们会不会回来，只要现在能痛快就好了。”

他说这句话的时候笑了一下，变得有些兴奋，如果他是蛇，现在大概瞳孔竖立，咝咝地吐着舌头。不，不是蛇，现在的他像是被拍飞的篮球，重重地撞在我的心脏上，撞得很用力，很用力，用力到让我又找回了疼痛的感觉。

我突然笑了起来，笑得弯了腰，笑出了眼泪。

没有人明白我在说什么，也没有人明白我面对的是什么。

痛快，我也想痛快，但这背后的代价，足以碾碎我的灵魂。

“沈牧，你抱抱我吧。”

我把自己当成一片叶子向沈牧递过去。在我最痛苦的时候，我能依靠的却是一个曾带给我深切伤害的男人。我已经不知道该笑我自己什么了。

沈牧难得老实，不闹，不乱说话，只是用合拢的双手为我这片被吹得摇摇欲坠的叶子拢起一小块安宁地。

真奇怪，沈牧这样残忍的人，胸膛却也是暖和的。我闭上了眼睛，让自己疲惫的神经在这片温暖中短暂地放松。直到整个沙滩都暗了下来，岸边的波浪都看不到，只剩下海水抚来的簌簌声，我才起身离开了这一小块安宁地。

“沈牧，你说得有道理，我想好了，我还是要往前走。赢不了也没关系，如果赢不了，就算会受到报复也没关系，最起码有一次，有一次我痛快了。”

“这才对。”

夜色太黑，即便是贴得很近，我也看不清他的脸，只能看到模糊的轮廓。沈牧，我本想亲手了结你的，但看在今晚这片刻的温柔分上，我会换一种方式。

“沈牧，那个R国女人呢？带我去见见她吧。”

再见到那个R国女人，我却更难过了。

她被沈牧安置在庄园的客房，有保姆守着。她不再脏兮兮的了，洗过澡，穿着牛仔裤和白毛衣，头发有点乱，看起来像是T台上节食严重的瘦削白人模特。只是她的精神状态仍然不太好，像一只受惊的动物。

她坐在椅子上，手脚瑟缩着，不停地吞咽口水。她明明不敢看我，却逼着自己瞪大眼睛盯着我，整个人因为紧绷而微颤。我想跟她说说话，但我不确定这个房间里有没有针孔摄像头。我跟她面对面坐着，像在照镜子。直到沈牧在外面等得不耐烦，拍了拍门，我才回过神。

只见那女人被拍门声吓得从椅子上弹跳了起来，抖得更厉害了，喉咙克制不住挤压出一些奇怪的气音。她对沈牧的恐惧太深了，深到像是被抽掉了脊骨，我不确定她还能不能站起来。

试试吧，也没有其他人可以用了。

我从沈牧手里要走了她，直接让人把她送回了国内接受心理治疗。如果是在Q国，我的那些算计很难说不会被沈牧发现。

哥哥与我在酒店分别后，就直接回了子公司，临走时甚至都没有再跟我见面。我知道他这一次受的打击不小，也没有强求。只是从他嘴里听说，金楚涵这几日一直缠着顾泽言。我早就想过顾泽言不会那么轻易地跟金楚涵断了。

他不同于其他人，他已经爱上了金楚涵。爱之一字，太复杂了，就好像黏在手上干掉的胶水。洗不掉，搓不掉，就算一点点地撕扯，都不一定能撕得干净。我本该趁热打铁继续实施我的计划，但是现在情况不同了，我不能轻举妄动。

本来为了保险起见，我应该离开沈牧，回到公寓去住。但是意外发生得太快，打乱了我的步伐，我还没来得及安抚好沈牧，现在贸然离开，只会惹怒他，所以我只能留下。

我在庄园陪了沈牧几天，我没着急，他却先急了："你天天在家待着干吗？你不去找金楚涵的麻烦吗？"

他说这话的时候刚把一个办事不利的手下打了一顿。他大步流星地闯进客厅，眼睛扫了一圈，我抽了几张纸巾给他擦了擦手，没有回答他的问题，只是叫保姆把地毯收拾一下。再抬头去看他的时候，他笑得跟一条大尾巴狼似的。

他高兴的时候总是像个小孩子。他弯下腰，把脑袋往前凑了凑，都快贴到我的额头上了，声音很低很轻，有几个音都像是被他含在嘴里吞进去了："你还没回答我呢。"

"我也很想去找她麻烦，只是还没想好怎么找。"

"这有什么难的。你把她那点破事往外一传，那什么顾也是有头有脸的，肯定会跟她退婚的。"

很简单粗暴，但也很有用的法子。

我之前想过这么做，甚至都想好了要先经谁的手，再借谁的嘴，让这件事闹得满城风雨都查不到我的身上。但现在我不敢，我不知道系统那边的打算，我怕他们正等着我这么干，好抓我的把柄。那么我前面所有的布置就都毁了，金楚涵还是那个楚楚可怜的受害者，我又变成了别有心计的恶毒女人。

"金宝珠，你想要的到底是什么？是想着把那个女人赶走，然后你就可以继续当金家的大小姐，过从前的日子吗？"

我没有回答他，却想到了另一个问题，于是开口问道："你有没有想过，金楚涵为什么要煞费苦心接近你？"

"谁知道，我又不在乎。"他直起腰，伸手抓了几下头发，突然又开口说道，"你这个人太硬了，想得太多了。不想做的事情就不要做，不想见的人就不要见，过去的事情就是过去了，想都不要往回想，什么快乐做什么，这样不好吗？"

这大概是我从沈牧嘴里听过的最正经的一句话。

也许是我脸上的诧异太明显，沈牧突然变得安静了。他看了我一会儿，像是想说什么，却什么也没说。他的安静很短暂，仿佛飘过的柳絮，很快就散了。他的脸上又涌上有些癫狂的雀跃，很快他就跑去做自己的事情了。

我却被他这句话搞得有些恍惚——我想要的到底是什么？

一开始的时候我想阻止外来人破坏我的家，伤害我的父母亲人，所以我试图赶走她。

后来我知道了一切，我不想再沦落到那样的下场，所以我绞尽脑汁想要打败她、毁掉她。

如果我赢了，那之后呢？我还能像以前一样跟大家相处吗？经历了这一切，我还能像个普通人一样拥有正常生活的勇气吗？在每一个安睡的夜晚，我难道不会因为恐惧他们再回来而辗转反侧吗？

如果我输了，那之后我的下场只会比我想象的更凄惨。不仅是这一世，可能还有接下来的每一世，我都会变成一个可怜虫，我甚至还会清醒地知道那些细节是什么样的。

为什么会是我？为什么偏偏是我要经历这一切？我不敢再深想下去，太痛了，这痛会彻底击碎我的。我只能把这些东西拼命地推挤出脑海，让自己不要胡思乱想，可我却又忍不住觉得冷，觉得凄凉。

“傻站着干吗？我饿了，吃饭去吧。”

沈牧又不知道从哪儿钻出来，他就跟黑白哑剧里突然飘进来的彩色气球一样。

“吃什么？”沈牧摸了摸下巴。外面起了风，风从四面大开的窗户涌进来，吹得沈牧身上那件花花绿绿的衬衣像是旗帜一样鼓动着晃了晃，他絮絮地念叨着：“不知道，吃冬阴功吧，还是吃海鲜……”

有那么一瞬间我庆幸我此刻是站在这里，而不是在那间空荡荡的公寓。

托金楚涵的福，我久违地接到了妈妈的电话。她一开始还问我最近好不好，吃得怎么样，铺垫得差不多了，就吞吞吐吐地说起了正事："宝珠啊，你们在Q国的事情，楚涵都跟我们说了……"

"哦，这样啊。"

"你是姐姐，总要让着点妹妹。再说了，楚涵不比你，你是从小锦衣玉食地长大，她这么多年在外面受了很多的苦。她还没回到金家的时候，养父母就去世了，你想想她一个人多不容易啊。"

不容易的是真正的金楚涵，不是这个鸠占鹊巢，还要拿那些苦难当勋章四处显摆的外来人。

"这个我知道，所以我一直在补偿楚涵，她做的那些事我也从来没有跟她计较过。"

"什么计较不计较的，都是一家人，楚涵也跟我们认错了。她在医院打你，是因为怕你抢走顾泽言，加上之前你抄袭她还泼她咖啡，却始终没有跟她道过歉。她心里有疙瘩，一时冲动才会这样。"

"我没有抄袭她，这件事我已——"

"我知道，我知道是你那个助手干的，楚涵都跟我们说清楚了。你们之间是有误会没解开才会这样的，你看楚涵都不计较了。她说了从今往后想跟你好好地相处，还特意打电话问我你的喜好，你看她都这样了，你也别跟她计较了。要是论起来，始终是我们亏欠楚涵多一点儿。"

我开始有些记不清了，记不清记忆里那个慈爱温柔的妈妈是什么样子了，她变得越来越模糊，越来越陌生。过去的幸福像是做过的一场梦，清醒过来以后，我就慢慢记不清梦里是什么样子了。

"我知道了，我当时在医院也是因为平白无故被打了一巴掌，实在是太委屈了。现在想通了，已经没事了。"

"这样才对，两姐妹吵吵架很正常，哪有舌头不碰牙齿的时候。楚涵还不让我给你打这个电话，怕你会多想，但是我觉得有些话说开了就好了。"

"嗯，楚涵跟泽言怎么样了？"

“挺好的，楚涵就是小姑娘脾气，她这是婚前焦虑症。她跟顾泽言订婚订得太匆忙了，好多事情她都没想明白，堵在心里才做错事的。现在都想清楚了，她跟那个男人也没有做什么出格的事情，就是作为好朋友相处了一阵，过去就过去了，以后我们都不要提了。”

“我知道了，你跟我爸最近怎么样……”

以寒暄关怀开场的电话，也以同样的方式挂断。

我还是小看了金楚涵。这件事现在就是重重拿起，轻轻放下。

虽然沈牧跟哥哥这边的路暂时走不通，但是金楚涵只要稳住顾泽言就还有机会。绕开哥哥跟沈牧，还有其他几位攻略对象可以选择。按照系统之前透露的信息来看，只要金楚涵同时刷满两个攻略对象的好感，系统就可以将这两个人变成离不开她的傀儡。

那么我之前的办法就再也没有用了，而且我现在听不到系统的心声，无法判断他们接下来的行动。他们现在一定是怀疑我了，只要他们攒足了积分就可以兑换足够的道具，到时候我根本一点儿办法都没有。就好比生日宴那一次，如果不是我能听到，那一刀切下去，就是浑身长满嘴我也说不清。

到底该怎么办呢……我思前想后了很久也想不出一个好办法，只能走一步看一步。我决定去见见金楚涵，再摸摸她的底。我主动联系了她，约她在一家咖啡馆见面，只是没想到她将顾泽言也带来了。

短短几天，顾泽言瘦了一圈，看上去有些颓唐，他靠坐在沙发上，与金楚涵隔了两拳的距离。见了我，他简单地打了个招呼便将脸别了过去，只是久久地注视着旁边的一盆装饰花。

金楚涵怯生生地缩在一旁，像幼崽一样张望着：“姐姐……”

她看起来比以前更乖巧了，一张嘴就开始为上次在医院的事情道歉。我最讨厌她这副样子，却也只能挤出笑容宽慰她没事。跟之前一样，我还是什么都听不到，所以我每一句话都要说得更谨慎，一场寒暄下来，我手心都是汗。

“姐姐，我跟泽言打算回国了，你呢，要跟我们一起回去吗？”

“什么时候？”

“就这几天吧，想问问你的意思。”

“哦，事情都处理好了？”我意有所指地看了一眼顾泽言，用为难的口吻试探着提起。

金楚涵却笑得坦然：“还没有，我还没跟沈先生那边说清楚，所以我今天把他也约过来了，只是他还没……啊，沈先生！这边！”

她突然冲着我身后招了招手，我下意识地跟着回头。沈牧大摇大摆走进来的时候像是一个吱哇乱叫的警铃，戳动了我的神经。

沈牧？他没跟我说金楚涵约了他！金楚涵为什么会在这个时间点把他叫过来，是发现了我跟沈牧的关系，要做什么文章吗？她想干什么？自从听不到心声之后，我变得有些草木皆兵，一点点意外情况都会瞬间让我背上的汗毛炸起，焦虑无比。

“呦，两位很恩爱呀。”沈牧大剌剌地在我身旁坐下，用膝盖撞了下我的腿，他斜着眼看了我一眼，重重哼了一声，就差把“刺头”两个字写在脸上。我松了口气，沈牧是在告诉我，这是个突发情况，所以他没来得及告诉我。

“沈先生。”我向沈牧点头问好，不管金楚涵到底想干什么，现在的我与沈牧并不熟。

沈牧没有理会我，只是左右打量着金楚涵和顾泽言，脸色不善。顾泽言自始至终保持着侧身的姿势，喉结上下滚动了几下，下颌线逐渐绷紧了起来。金楚涵往顾泽言身边凑了凑，抓住他的手轻轻捏了两下，整个人都贴到了他的身上，浑身散发的依赖感让顾泽言重新放松了下来。

看着她这副做派，我心里有了一个大概的猜测——她是为了挽回顾泽言才将沈牧约在今天的，她想弥补医院那天顾泽言丢失的尊严。她这是打算彻底放弃攻略沈牧了？

“喂，找我来干什么？”沈牧单侧眉毛压低，眼珠从下往上翻着看人，要多不耐烦就多不耐烦。

“沈先生。”金楚涵声音脆生生的，好像跟沈牧刚认识，“今天叫你来是想跟你好好解释一下之前的事情，你应该也很想知道我为什么要冒充小月牙接近你吧。”

“哦？为什么？”

“我的确不是真正的小月牙，因为她早在七年前就去世了。”

她说到这儿停顿了一下，似乎在观察沈牧的反应。沈牧皱在一起的眉眼不知道什么时候舒展开来，他面无表情地望着金楚涵，松垮的肩膀还带着懒散。

“但是我认识她，我的养父是开长途车的，我十四岁那年的暑假，他要去偏远的地方送一批货物，我一直很想看看大象，所以就缠着养父带我一起去。结果我却被人贩子拐走卖到了国外，那是一个很可怕的地方。”

她越说脸色越苍白，瑟缩的身体开始发抖，那颤抖传到了她紧贴着的顾泽言的身上。他终于转过脸来，将金楚涵搂进怀里，轻拍了两下，神色很复杂。

“我就是在那里见到了小月牙，她是被人倒卖来的，就比我大一岁，还大着肚子。他们看我长得好，就暂时没有动我。小月牙那时候负责给我们送饭，她人很好，也很可怜我，是她帮着我逃跑的，也是因为我，她被那个小头目狠狠打了一顿，因此一尸两命。”

我眼看着金楚涵说到动情之处泪流满面，心里却只有嘲讽，我已经知道她接下来会说什么了。

“我永远不会忘记她这份恩情的，她的死一直是我心中的遗憾，我本来以为会这样怀着遗憾一直过下去，直到我在咖啡馆偶遇到了你。你一定很好奇，我既然不是小月牙，又怎么会知道你那么多事吧，那些都是小月牙亲口告诉我的。她一直对你念念不忘，我对你编造的那些身世，其实是小月牙想象中她的另一种人生。”

她含泪扬起脖子，悲天悯人得像是一尊神女像，似乎这世界种种因果恩怨都在她的眉峰之间，轻轻一夹就碎成泪水而下。

“我也不知道怎么了，当时我看到你，脑海里只有小月牙蓬头垢面大着肚子的样子，不禁想象如果她能以体面身份与你重逢该多好，所以我鬼使神差地就以小月牙的身份接近了你，我想为小月牙圆一个梦。我本想在农场游玩后就结束这场梦的，却没想到出了那样的事情，阴差阳错搞得一团乱。”

好借口，逻辑是对得上的。她可以通过列举小月牙跟沈牧过去的细节来佐证自己的说法。而且她提到的小月牙的经历应该都是真实的。至于她被拐卖这一事，只需系统动动手脚就能横添一笔。反正她的养父母也都去世了，那地方又鱼龙混杂，当初的人应该也没几个活着的了。敢说出来就不怕被查。

被深藏多年的愧疚折磨得一时做错了事，但本质上还是为了报恩——她大概就是用这个借口哄得顾泽言回心转意吧。虽然顾泽言还处处透着别扭，但搂在她腰上的胳膊却带着温柔的力度。

我忍不住瞥了一眼沈牧，他好像在听别人的故事。在故事的结尾，他像惋惜又像是感叹般地挑了挑眉，轻舒了口气：“就这些？”

金楚涵依偎在顾泽言的怀里，哭得像是一捧碎掉的檐上雪。

“那金小姐还真是够善良的啊，为了替死去的人圆一个梦，抛下未婚夫，不顾一切绞尽脑汁地招惹我。啧啧，牺牲够大的啊。”

“沈牧！你别胡说！”金楚涵含怒剜了他一眼。

顾泽言把她抱得更紧了：“这位沈先生，作为男人，还是有点风度比较好。”

我现在真想学着沈牧的样子去“啧啧”叹两声。男人啊……

在医院的时候，顾泽言当着我这个曾经的“旧爱”的面，经历了对男人来说最耻辱的一件事，而金楚涵沉默的态度更是将他的面子一锉再锉。可他现在又在‘旧爱’面前，让给他难堪的女人亲口把耻辱变成误会解释清楚，并跟情敌毫不含糊地划清界限。

这战争往往不在乎过程，只看重结果。

中间狼狈没关系，最后能出一口恶气，就是赢了，所以顾泽言现在正趾高气扬地挑衅沈牧——不要因为得不到就诋毁。

“这么个玩意儿，也就你会当个宝。我劝你还是看牢点吧，不然就早点看开。”沈牧除了打人狠，这张嘴损起来也要命。不等顾泽言发火，他站起身来，抬眼扫了所有人一圈，扭头往外走去。

我装模作样地皱起眉头，欲言又止地看着还抱在一起的两人，小声说道：“唉，没想到真相是这样。唉，楚涵我……”

我十分为难地磕绊了几下，装作尴尬地吐出一句：“泽言，你好好陪陪楚涵。楚涵，你也别难过了，哥哥那边我会去解释的。有什么事我们回头再说吧，我先走了……”

我拿这句话垫了一下，合情合理地退了场。我出了咖啡馆，想给沈牧打个电话。现在我已经是破罐破摔了，横竖听不到系统的对话，也就不去猜测我的手机和上网信息会不会暴露了。

我刚点开沈牧的电话，还没拨通就被人从后面拽了一把，是沈牧，他拖拽着我来到楼栋间狭窄的小巷里。

“沈牧。”我顺势反握住他的胳膊。他垂着脑袋，头发散落下来看不太清脸。我开口问道：“小月牙的事情你应该早就知道了吧。”

“我找她的第一年就知道了。”

我就知道，沈牧早就知道小月牙死了：“你现在是在难过吗？”

沈牧抬起头看我一眼，绿莹莹的眼睛里全是匪夷所思：“我不难过啊，我有什么好难过的？那些害她的人都被绳之以法了。”

他这句话说得非常认真。

“你，你说得对，但你相信金楚涵说的话吗？”

“嘁，谁听她鬼扯，那女人谎话连篇的，她绝对是真心实意地在招惹我，当我傻子吗？也就那个什么顾才会被她骗。”

“是，顾泽言是挺蠢的……”

我们两个说着话，巷子那头走过来几个男人，嘻嘻哈哈的。其中一个戴着花头巾的冲着我吹了声很响亮的口哨，见我看他，便对着我笑得更灿烂了，别在松垮腰带上的手枪十分显眼。

沈牧动了一下，我伸手摁住了他。这几个人有枪，我不想惹出麻烦，只希望他们赶紧走，结果那个花头巾见我拦住沈牧更带劲了。沈牧的表情也越来越难看，他要是野兽，现在已经龇出了獠牙。

我刚想拉着沈牧离开这条巷子，花头巾一个箭步冲上来在我胳膊上狠狠捏了两把。我视线中的沈牧压着火气的脸松弛了一下，他歪头看了我一眼，缓缓露出一个残忍的笑容。很熟悉的笑容。

身后那些涌进耳朵中的起哄声，还有那只冒犯的手。

这一切都很熟悉，熟悉到我的灵魂在打战。

沈牧挣开了我的手，朝我身后走去。我被他轻轻撞了一下，却仿佛受到巨大的冲击，踉跄着跌靠在墙上。

我眼见沈牧带着笑容回应着花头巾嘴里的话语，吹着一样的口哨，胳膊亲热地搭上了花头巾的肩背。下一秒他把花头巾往怀里狠狠一带，在这几人还没反应过来发生什么的时候，就把他们打得根本站不起来。

我听见巷子外惊起的尖叫声，混乱随着这条小巷席卷开来。沈牧松开了花头巾，那人沉重的身体骤然倒地。他眼睛通红，我一时分不清那究竟是不是愤怒，只听到他说：“我们走。”

他走过来，拽了我一把。我晃了几下，腿在发软。他低头看了我一眼，索性环抱住我，将我摁在他的胸膛上，用他臂膀的力量挟住我，匆匆朝巷子深处走去。

这座城市高楼林立，这些大大小小的楼分割出的一条条小巷子像是城市的毛细血管，狭小杂乱，有些地方的阳光被挤得只有一线。明明暗暗中，我有些头昏，好像变成了一片浮萍被河水推来推去。直到我被沈牧推入一辆汽车后座，“砰”的一声车门响后，我才找回了四散的心神。

沈牧挤在我的身侧，骂骂咧咧地让司机开车回去。他将衬衣脱了下来，赤裸着上身，像捕猎回来的豹子般舒展着薄薄的肌肉：“你刚才哭什么，你不是一向胆子很大吗？”

“我……”我一时说不出话来。

我以为那些恐惧我隐藏得很好，原来它们一直都飘在我的心口，像是云，只要抬头就看得见。我以为我的内心已经变得强大，不再被那些日夜影响情绪，但我其实一想起来，还是会落泪。

沈牧伸出那只不脏的手在我眼角揉了一下：“那么几个小喽啰你怕什么？我又不是打不过他们。”

“没出息，我都没把你吓哭，他们几个把你吓成这样。”他轻轻说了一句，又在我的眼角揉了两下。

汽车飞速行驶，风从半开的窗户大股大股地吹进来，咻咻地拉出声响，也吹乱了沈牧的头发。他的发像藤蔓，他的眼睛像湖泊，那些伤痕是烧在雪上的火焰。

为什么？

为什么要是你呢？今天在这里的人不该是你，也不该是我的。

我是干枯的一把柴草，我在荒漠中燃烧自己，你应该是降下的雨，不该是拂来的风。

“沈牧……”

“嗯？”

“算了，没事。我们早点回去吧，我想洗个澡。”

“好，我也得洗洗。真晦气，这是我最喜欢的衬衣。”

“你不是有三件一模一样的吗？”

“那两件也没了。”

“哦……”

“哎！金宝珠，你笑什么！”

“没什么。”

Chapter 06 危险心事

回去之后，我好好泡了个澡，暖乎乎的热水洗掉了我的疲惫，心神放松后睡意涌上来，蒙眬间我做了一个梦。

梦里，我又回到了那间病房。金楚涵坐在床上哭，哥哥站在一旁不说话。

“系统，这个金宝珠不能留，你看她挑的这些事！我就应该早点把她除掉的！”

“虽然没查出她有什么问题，但是这一切太巧了，我从没有这么不顺过，这个金宝珠确实不能再留了。”

“但是你之前不是说不能直接除掉她吗？那样不是会影响小世界？”

“我是这样说过，但你能不能动动脑子。我又没让你直接动她，你就不能想想办法让金家人厌恶她，把她赶出去，想办法把她害得身败名裂吗！”

“但是以我现在的处境很难办啊，系统，这样下去不行的！沈牧那边既然都负好感度了，我们就暂时弃卒保帅！不是还有其他几个攻略对象吗？先保住顾泽言，然后我们再去其他人那边想想办法，只要积分足够，你就能帮我给他们动手脚！”

“嗯，我也是这么想的，必须先把局面稳住。我想过了，既然你是顶着小月牙的名头来的，对着沈牧也提了不少只有小月牙跟他才知道的事情。既然如此，就把这个事坐实了……”

我久违地又听到了这两个熟悉的声音，他们商量的内容就是今天在咖啡馆金楚涵说出的借口。

这，这是我离开病房时发生的事吗？难道是我最近太懊悔了，所以日有所思夜有所梦吗？

“那我们就这么办，我现在出了些问题，我帮你去动这个手脚，又要耗费很多积分，你接下来要攻略，我先不从你身上夺走道具了。但是你这一次必须给我好好办，要是再搞砸了……别忘了，是我带你来的，没有我你就是个孤魂野鬼！”

“我，我知道了，这次绝对不会出错了。”

“最好是这样！我帮你处理完这个情况就直接休眠。我现在状况不好，如果一直在线会持续耗费能量，在你获得足够积分前，我都会是休眠状态。如果遇到什么突发情况，从背包里摁响那个按钮，就可以呼唤我。”

“好，我知道了，放心吧。”

在这句话落下的那一刻，整个病房突然像被砸碎的玻璃一样碎开，强烈的失重感向我袭来。我从浴缸中惊醒，水已经有些凉了。

梦里的字字句句犹在耳边。

休眠……

我从没有考虑过这个可能性，难道是系统陷入休眠，所以我才什么都听不到？

不管是上辈子还是这辈子，系统一直都是活跃的，只有外来人胡搞的时候它才会陷入休眠。但是那个时候我都恨不得变成个聋子，从来没有注意过能不能听到外来人的心声。我从记忆中翻找出那些被我刻意忽略的片段，仔细查看，才终于发现这个被我遗落的细节。在这些时候我也是听不到外来人心声的，只能听到她嘴上那些污言秽语。

好奇怪的梦……

梦里的一切那么真实，真实得就像专门来为我补上那段缺失的剧情。

我不知道这个梦是真是假，但我愿意去相信它，主动给那些焦虑不安一个喘息的缺口。

我不知道外来人接下来的打算是什么。我只能把自己变成外来人，设身处地地去想，如果我是她，我接下来会干什么。

如果我是她，我暂时不会去打其他攻略对象的主意，会把重心都放在修复跟顾泽言的感情上面，然后努力地在家人面前挽回形象。家人对我的愧疚是我最大的倚仗，我一定会想办法提醒所有人我过去流落在外的日子过得有多苦，霸占了我位置的人又夺走了我多少幸福。

所以我必须要回国。之后就是要想办法让大家觉得，那个霸占了我位置的人是不知足且贪婪恶毒的，以此对她生出不满和厌恶。

那么，如果这是外来人接下来的部署，我作为她的对手又该怎么应对呢?

顾泽言那边我暂时动不了，如果我再去想办法挑拨他们的感情，就显得目的性太强。相反，我要帮助他们和好，要时刻表现出自己对金楚涵错位人生遭遇的愧疚和哀伤。我会适当地表现自己的痛苦——亲生父母早已去世，我在这个家又显得尴尬、格格不入，找不到一个依靠。

铺垫好这些，我要主动暴露我的破绽给外来人看，引她主动对我下手，然后将计就计，用她最擅长的办法去对付她。所以接下来外来人在哪儿我就要在哪儿，我们要做一对亲密不可分的姐妹花。

想到这里，我确定，我必须跟她一起回国。

如果要回国，首先我就要摆脱掉沈牧，可是以现在的情况看很难。

沈牧始终是个不安定的因素，在彻底除掉外来人之前，我不能放任沈牧脱离我的视线，不然很难保证不会有意外的情况发生。

那么，我得想想办法，带沈牧一起回国。

按照系统之前透露的信息，如果不是我们来了Q国，沈牧应该会在最近回国的，只是它没有说出原因。

为什么呢……

我想不出个所以然，只能主动去试探沈牧。

沈牧的房门从来不锁，一开就进，但我很少来。这里摆满了动物标本，除了一张又厚又大的地毯、几个散落的抱枕、一盏永远亮着的落地台灯，其余什么家具都没有。他不睡床，每天晚上都是睡在地毯上，抱枕零散摆着，下面压着枪和匕首。

“沈牧，你睡了吗？沈牧？”

我站在门口叫了几声，他卷在被子里一点儿动静都没有。

睡着了？

我凑近了几步，一低头，对上了沈牧露在被子外面睁大的眼睛：“你没睡啊。”

“没有。”

“那我叫你，你不出声？”

“我想看你会不会过来。”

夜晚的沈牧最像个孩子。他大半张脸都埋在被子里，绿莹莹的眼睛里全是台灯洒下昏黄的光，比平时看着乖巧不少。我脱掉拖鞋踩上地毯，在他身侧坐下。什么时候该对他用什么样的态度，我很清楚。

我抚摸着他的额角鬓发，声音放柔：“沈牧，我要回国了，你要跟我一起走吗？”

“为什么要回国，在这里不好吗？反正那个家没人喜欢你。”

“我还有事情要办啊，但是我不想扔下你，我带你一起回去好不好？”

沈牧转了下眼睛，那些困在眼里的灯光像细沙般流淌开。他有片刻出神，像是突然望到了很远的地方。

“你去过Z国吗？”

“没有，但听说过，有个叫W市的地方，那里有一个盐湖对吧。”

“那里有很多盐湖，有个盐湖很有名，很漂亮，我去过，你要去看看吗？”

我顺着他的鬓角摸到了他的耳朵，轻轻地揉捏着他的耳垂。他像小动物一样颤抖了两下，往被子里陷得更深，没有说话。我耐心地向他讲述着盐湖的风景。

在这间昏暗的满是标本的屋子里，我听见我的声音转啊转，像是婴儿床上悬挂的旋转床铃，丁零地响。沈牧微微合上了眼，像是睡着了。我一下一下地轻捏着他的耳垂，那小小的软肉慢慢变得温暖起来。

在我讲述完盐湖的美丽、想要再说几句话的间隙，沈牧突然伸出手，拉住了我的胳膊往下一扯，那被子像是张开的大嘴把我吞了进去。

沈牧说：“放松，这个时候你应该是柔软的，不要这么僵硬。”

沈牧抵在我耳边的声音很清醒，很冷漠。我抬起手环抱住他，轻拍了拍他的脊背，我将心中被吓冒头的恐惧强压下去，将下意识做出抵抗姿态的身体变得柔软。

他笑了两声，听不出什么情绪：“金宝珠，你可真是个坏女人。你太会利用我了，我应该直接解决你的。”

我用力抱着他，轻轻地说道：“我带你走吧，沈牧。”

“金宝珠。”他继续道，“你真像她，我第一次见你的时候就想毁了你。可是你又没那么像她，你不像任何人，你好奇怪……”

他的声音越来越低，低到最后一句话像一个叹息，我听不清。

我没有说话，只是轻轻拍着他的脊背。

“我跟你走，金宝珠，我不会放过你的。”

我望着这满屋的标本，我想它们大概也是这样吧。

他如同潮水一般从我身上退去，又变回了那个天真懵懂、像是在等待睡前吻的小孩子。

我起身在他的额前轻轻亲了一下，离开了这间沼泽一样湿冷的屋子。

我回到了卧室，对镜自照。沈牧在我的左脸上留下了一个深深的牙印，此刻它肿胀发白，一颗黑色的痣像是伤口一样扎在中间。

这是我脸上唯一一颗痣，颊边痣。

沈牧的妈妈，那个Z国女人，那个远渡外嫁的歌剧演员，那个放弃营救自己亲骨肉的母亲，到底是什么样的女人？

我抬手摸了摸这颗小痣，想起上一世第一次见到沈牧的时候，那时我已经变成了人尽皆知的笑料——一个假千金不知道感恩戴德，处处跟真千金作对，又蠢又恶毒，最后被赶出了家门。

我被那些流言、议论、排挤、失败折磨得发疯，我恨透了金楚涵，连做梦都想着该怎么撕开她的假面具，让所有人都看清我是被冤枉的。我像是阴沟里的老鼠，躲在暗处窥探着、寻觅着机会。

那时的金楚涵，漂亮、高贵、善良，她靠着这些折服了一个个看不起她的人，顶替了我，成为名媛圈炙手可热的人物。家人疼爱她，未婚夫宠溺她，还有一个倾慕她的神秘人在追求她。人们都说那人有着不好招惹的背景、出众的外貌和一双翡翠般迷人的绿色眼睛。我听说了这个传闻，所以开始悄悄跟踪金楚涵，想要抓到她的把柄。

于是在一个午后的花园，我第一次见到了沈牧。他坐在花园的藤椅上，隔着大片大片的花丛，看着不远处的金楚涵跟顾泽言争论着什么。我悄悄地藏在树后，以为很隐蔽，可下一秒我就被他给揪了出来。

他的表情是什么样子来着？

他首先觉得玩味，然后有些惊讶，突然又阴沉起来，缓慢露出冰冷的笑意。直到被驱赶出去，我仍能感觉到那缠绕在身上的蛇一样的阴寒目光。我一直以为他后来是为了金楚涵才把我抓走的，原来还有另一种可能。

“倒还不如是为了她呢。”

我看见镜子里的我露出了很难看的表情，像是觉得可笑，又笑不出来。

荒唐，真荒唐啊，我算什么，路边随便可以踢来踢去的石子吗？

沈牧曾经跟我说过一句话。我问他为什么那么喜欢到处惹事，他告诉我，因为心里不痛快。那时的我无法理解，但现在我想明白了。因为我也不痛快，不痛快极了，像是把心放在油锅里炸，那沸腾的痛苦让我想号叫，想跳起来。

这股不痛快，让我变柔软的仇恨再次坚固了起来。

我与沈牧搭乘了不同的航班回国，我先回，他随后。

金楚涵一路上乖巧得不得了，围着我“姐姐姐姐”地叫。等飞机落了地，爸爸妈妈早就等了好一会儿了。我终于回到了熟悉的环境，看到了熟悉的笑脸。一家子热热闹闹的，我却只觉得疲惫——从现在开始我要打起十二万分的精神，应对随时可能出现的情况。

晚上，金楚涵非要跟我挤到一个房间睡觉。我想拒绝，但看着父母殷切的笑容，只能咬牙答应下来。她跟个兔子一样钻进被子里，拉着我的手要跟我好好聊天、沟通感情。

她看起来天真又烂漫，双手温暖得像个小火炉。

“姐姐……你还喜欢泽言吗？”她聊了一晚上的所谓姐妹话题，终于眨着眼睛问出了最重要的话，“你别误会哦，我没有别的意思，我就是单纯地关心你。我知道你喜欢顾泽言，但是感情这件事始终是勉强不来的。唉，其实你这么优秀，想要什么样的男人都有的。”

“我没误会，我早就不喜欢他了。他是你的未婚夫，我一直衷心地祝福着你们。”

“那就好，我就知道姐姐不是小气的人！我给你介绍一个吧！我有一个朋友，他是律师，家里条件不错，长得高大帅气，性格也很温柔！我觉得跟你很合适呢。”

她撒娇一般晃着我的手，声音甜腻得我想吐。

“这个就不用——”

“哎呀，你就去见见吧！这件事我跟妈妈也提过了，她也很赞成。”金楚涵打断了我还没说完的拒绝，哼哼唧唧地在我身上蹭来蹭去。

既然她早跟妈妈那边通过气，就是摆明了让我无法拒绝。我要是说不愿意，她说不定会顺势挑拨，让人觉得我对顾泽言旧情难忘，看来这件事我必须答应下来，我只好敷衍道：“这样啊，那行吧，只不过我怎么从来没听说你有这样一个朋友？跟我讲讲他吧。”

“这个要保密哦！等你见了他就知道了！”

保密吗？我还真不记得金楚涵身边有什么异性好友。但凡出现在她身边的异性，不是明恋她，就是暗恋她。她的那些追求者太多了，除了几个攻略对象，我想不起来有没有什么律师了……她绝对不会那么好心给我介绍男朋友，一定有问题。

我一边跟金楚涵演着姐妹情深，一边在心里盘算她到底想做什么，想必金楚涵此刻也是这样吧。

因为金楚涵在身侧，我一整夜都没有睡踏实，一直半梦半醒，随时提防着身侧的动静，她就是翻个身我都要醒一次。好不容易等早上天亮把她送走了，我想补个觉，沈牧又急吼吼地给我发消息，说他改了航班，提早一天过来了。我只能强打起精神，找了个借口出门，去机场的路上还要留意着有没有被人跟踪。

等我见到沈牧的时候，已经累得不行了。他倒是艳光四射，打扮得和花花公子一样，吹着口哨就来了。我累得没力气开车，沈牧又不熟悉国内的交通状况，于是我们只能先在机场的咖啡厅休息，一杯冰美式咖啡冲散了几分我的疲惫。

“你怎么把航班改了，不是明天吗？”

“我啊，我给你带来一个好消息，关于你那个讨厌的妹妹的。”

“什么消息？”

“不告诉你。”

沈牧托着腮，墨镜滑到了鼻尖，笑得恶劣。我被他这句话堵得头疼，他直勾勾地盯着我，似乎在等我继续盘问他。

“哦，这样啊，我先带你去落脚的地方吧，坐了这么长时间的飞机你也累了吧。”

“也行，那走吧。”

沈牧耸耸肩，站起身就往外走，行李都没拿。我只能压着火气，跟在他后面当保姆。

一路上他就跟去郊游的小学生一样，新奇得不得了，脑袋靠在车窗边转来转去。

我以他人的身份租下了一栋别墅，别墅的位置避开了金楚涵跟顾泽言经常出没的几条路线。他的房间我也找人特地收拾过了，摆了些动物模型标本、一张舒服的羊毛地毯和一盏常亮的台灯。

沈牧看上去很满意。

“现在可以告诉我，那个好消息是什么了吗？”

沈牧趴在地毯上滚了几圈，才慢悠悠地开口：“好消息就是我来了。”

我真是被他给气笑了，算了，跟神经病计较什么。

我又累又困，实在是没力气折腾了，转身去了另一间客房，往床上一躺就睡了过去。

再睁开眼的时候，黄昏的余晖从落地窗洒进来，我拿起枕头边的手机看了一眼——金楚涵两个小时前给我发了几条消息，约我明天中午十一点半去蔚蓝西餐厅吃饭，要介绍那个律师先生给我认识。

“律师朋友？”

脑袋后面响起的声音冷不丁地吓了我一跳，我下意识地转过头去，脸狠狠撞在什么东西上，疼得我一颤。等我定神一看，沈牧正捂着鼻子，嘶嘶地吸着冷气。

“你怎么在这儿？”我揉了揉被撞疼的地方，瞪着眼睛装无辜，这是跟金楚涵学的，在这种时候还是很有用的。

“我乐意。”沈牧被撞得不高兴，嘴角向下拉得老长，鼻子红了一大块，“金楚涵为什么要给你介绍律师朋友啊？”

“她说要给我介绍个男朋友，这人估计是有什么问题。”

“知道有问题你还要去见？”沈牧嘟嘟囔囔的，拿脚撞了我的小腿一下，“我也去。”

“你去干吗？”

“我乐意。”

……

沈牧见我不说话，又拿脚撞了我一下。

“我怕你被金楚涵发现，你回国的事情不能被人知道。”

“你放心，这点事我还办不了吗？”

沈牧一脸的看热闹不嫌事大，看这德行，就算不让他去，他也肯定会偷着去。

“行，但是你千万不能被人发现知道吗？”

“行行行，知道了。”

时间不早了，我没有跟沈牧多纠缠，交代了几句，就回家了。

家里没人，等我问了保姆才知道，爸妈陪金楚涵去顾家吃饭了，早吩咐保姆给我备下了饭。我简单吃了几口，刚准备休息就接到了沈牧的电话。他嚷嚷着没饭吃，让我给他送饭，我只能给他叫了个外卖，然后一遍遍地嘱咐他，国内不比外面，不能随便打人惹事，不然要出大问题的。沈牧不情不愿地答应下来，我是真不放心他，要不是怕被金楚涵发现，我都恨不得直接住过去看着他。

好不容易挨过晚上，一大早我又给沈牧打了两个电话，确认他没惹事以后才算放心。

金楚涵从上午就开始兴奋，拉着我试衣服试妆容，一副亲亲热热的样子，直看得妈妈在一旁笑得开怀。到了中午，她开心地拉着我一起前往蔚蓝餐厅。

她口中的律师朋友早就等着了。

这人西装革履、身姿挺拔、面容俊秀，谈吐也温和有礼，看上去的确是个很不错的男人。金楚涵坐在旁边，咬着果汁的吸管笑眯眯地看着我们交谈，看上去也很开心。

只是……虚伪感挥之不去。

“贺先生，我觉得——”

“别叫我先生了，直接叫我贺风就好。”

他微笑着，扶了下细银边的眼镜，镜片折射出的灯光让我有些看不清他的眼睛。他像一块精致昂贵的金属，每一丝每一毫都经过精密的计算。

“贺风，我听你谈了这么多关于高尔夫的事情，你很喜欢高尔夫啊。”

“其实还好，是我听楚涵说你很喜欢，第一次见面找个共同话题更方便拉近距离。是我谈得太多了吗？”

“没有，我也只是随便问问。”

“贺风为了见你，可是做了很多功课呢。”金楚涵适时地插了句话。

“其实还好，重要会面前总要多做点准备。”

两人一唱一和地说着话，把戏台子越搭越高，就等着我这个主角上场。我自然也不能辜负他们的苦心，便配合着将气氛煮成暧昧的蜜糖。等我和贺风交换了联系方式，这场戏也差不多该散场了。

金楚涵拿去见朋友为借口，把尾戏留给了我们两个发挥。贺风提出要不要去附近喝点咖啡，我还记挂着沈牧，便拒绝了。贺风很绅士，没有过多纠缠便直接离开了。

我来到停车场，上了驾驶座，没有急着发动。等了好一会儿，后车门一响，一个穿棕色风衣、黑色直筒裤的高个男人钻进了车，他一头长卷发，留着棕红色齐刘海，戴着墨镜，脖子上还系着丝巾。

这个形象我在餐厅里看到过，但当时只扫了一眼，真没想到他会是沈牧。我还以为沈牧会是那个戴着棒球帽一直背对着我的年轻男人，或者是靠窗而坐的那个胡子一大把的中年人呢。

我多看了两眼他的新形象。

真行……这确实认不出来。

“可算结束了，你们几个真能说。”他把墨镜摘下来，露出五官后再来看他今天的打扮，居然一点儿违和感都没有。我一时无法把视线从他的脸上挪开，他凑近了对着我眨了眨眼睛，睫毛闪啊闪，“我好看吗？”

“好看，你这妆真不错。”

他猛地捧着我的脸亲了上来，我还没来得及挣扎，他就松开了。沈牧极少做出这些亲密的举动，之前往往都是我为了达到目的去扮演一个亲密的角色，他去主动配合，所以他刚才凑近的时候，我并没有对他设防。

我的脑袋空白了几秒。不管是上一世还是这一世，哪怕曾沉沦数年，我都从未得到过一个吻，更没想到给我第一个吻的会是沈牧。说起来，我好像在他身上得到了太多没想到，太多不应该。

“你觉得刚才那个男人怎么样？”

我换了个话题，像过去一样，将这一次的“不应该”也揉成了团扔到脑后。

“是我最讨厌的那种男人，笑面虎。”沈牧像野兽一样舔了舔嘴角。

看着他这副样子，我心口忍不住一跳，脱口而出：“你想干吗？”

“不干什么，我还能干掉他啊？”他话说得含糊，脸上的兴致却没有减半分。

不对劲……

我后知后觉地发现，从沈牧回国到现在虽然才两天，但他整个人都处在兴奋的状态，看上去随时都会失控。

“沈牧，我刚接触到他，他的底细我们都不清楚，还是先不要轻举妄动了。”

“我知道。”他嘴上答应着，脸上的笑意却没有收敛半分，我从他的眼睛里看到了明晃晃的无所谓。

我还想说什么，沈牧却突然把身子往后一仰，靠在座椅上张望着车窗外，一副不打算继续交流的样子。劝说的话在我嘴里转了一圈，但我也只能暂时先咽下，发动汽车送沈牧回去。

一到别墅，沈牧就钻进浴室去卸妆洗澡。我只能再次掐灭刚冒出来的话头，坐在外面等着他出来以后再好好谈。大概是猜到了我的心思，沈牧这个澡磨磨蹭蹭洗了快三个小时。金楚涵的消息倒是一条接着一条，直接替我约了贺风后天去打高尔夫。而贺风发来的消息只有一条简单的问候和一张照片。

“本来想直接回律所，但是路过了那家跟你提起过的咖啡店，忍不住进店买了一杯。他们出了新品，味道很不错，希望下次能和你一起来尝尝。”

照片是贺风握着咖啡杯的特写，骨节分明的手指捏在棕褐色的杯子上更显修长。

我没有回复他，直接从他的社交账号里下了几张照片，附上今天得到的身份信息，一股脑发给了一直在帮我做事的人，让他摸一下底。收到确认的回复后，我本打算像往常一样直接删掉记录，却突然迟疑了一下，犹豫片刻，还是多发了一条消息。

“送过去的那个女人怎么样了？”

“在接受心理治疗，精神状态已经稳定了不少，但是还没有完全达到要求。”

“知道了，好好照顾她。”

这条消息刚发出去，浴室的水声就停了。我迅速将信息全部删除，将手机收好，等着沈牧出来。沈牧穿着半束的浴袍，大大咧咧地走出来：“咦，你怎么还在啊？到晚饭时间了，你不回金家吗？”

他明摆着装傻。

我张开早就准备好的浴巾，站起身走上前，踮脚把浴巾披到他的头发上，戴着温柔宠爱的假面具给他擦湿发。沈牧却突然摁住了我的手。他的睫毛湿透了，软塌塌地垂下来，嘴唇带着湿润，看起来十分柔软，可他脸上的表情却将这些水汽一寸寸冻成了冰。

“不要做这种事。”他面无表情地看着我。

我在那双绿眼睛里看不到任何的情绪，似乎有什么东西藏在深处而我却看不穿。

他抓着我的手从浴巾上扯下来，自己摁着浴巾一边擦头发，一边绕过我往外面的衣帽间走去。这是沈牧第一次没有配合着沉溺在我带给他的假象中。

太奇怪了，几天前他还不是这样的。他来到这里以后整个人都很不对劲，到底是哪里出了问题，难道是我忽略了什么细节？

我几乎是一帧一帧地去回忆，从我说要带他回国的那天晚上，直到此时此刻我们相处的每一件事。是我哪里的表现出错了吗？我不知道回忆了多少遍，回忆到腿都站麻了，也没找出哪里不对劲。

“喂，你不回去了？”沈牧吃着吐司转到我面前，歪头问道。

我仔仔细细地望着他的脸，思索了一遍又一遍，我突然明白了过来：“我今天不走了。”

“为什么？你不怕被怀疑啊？”沈牧皱了皱眉。

“这件事我会处理好的，我要留下来，留下来好好看看你。”

“什么？”沈牧的眉毛都快皱到一起了，“我都说了，我不会惹事，Z国什么样我不知道吗？我又不是蠢，刚来就给自己惹麻烦。唠叨还不够，你还要看着我是吧？烦不烦啊。”

“不，我留下来不是要看着你，我留下来是因为我没做好，我肯定是忽略了你的一些东西。现在不是秋天了，我却还在提醒你裹围巾，这样不对。不管气候怎样变化，我都应该第一时间做出恰当的预报。”

沈牧的表情没有变，他大口咬掉一块吐司，一边嚼一边看着我：“随便你。”

最后他扔下这句话转身离开了。

我知道我猜对了，是我的问题。我太倦怠了，我自以为已经摸透了沈牧，所以开始不费心思去揣摩他了，以至于他都发现了这个问题，我却还没意识到。所以现在在他眼里，我变成了跟前世的外来人一样的存在。

不舍得丢，但用起来没那么顺手，就这么搁在身边。心情好时逗弄两下，心情不好就懒得见。

只不过我大概在他心里比前世的外来人还强一些，所以他懒得计较，直接将就。

他在提醒我。

我找了个借口跟家人说了一声，就留宿在了别墅。

沈牧一向觉少，有时候不睡觉就会在楼下书房看老影碟，所以我在别墅也给他准备了一个简单的家庭影院。我拿着冰桶、酒杯和一瓶威士忌推开了家庭影院的房门。沈牧抱膝靠坐在豆袋沙发上，影片映出明明暗暗的光，打在他的脸上。我走到他身边坐下，为我们两人各倒了一杯酒。

他在看《魂断蓝桥》。

黑白的人物，说话时带着老影碟特有的沙沙声。男主角深情地对女主角说：“我们要结婚，是你，不会是别人。”

他经常看这部片子，但他的生命里没有爱情，他对爱情也没有共鸣。他会看这部片子，大概是曾见证过别人对这部电影的共鸣。

“沈牧，你妈妈很喜欢这个片子吧？”

在喝掉了半瓶酒后，我说出了进门以来的第一句话。沈牧似乎并不意外，只是说："她不是我妈妈，她只是一个可笑的女人。"

他看着幕布的样子满是疲惫。

"你很少提起她，我跟她很像吗？"

"有一些吧，身形像，颊边痣一样，我记不太清了，她很早以前就被毁容了。这种事你当初没有查到吗？"

"沈牧，有时候走不到100步，不是因为不想走，也不是因为走得难，是因为一个人要向另一个人走100步的时候，是蒙着眼睛的，所以有时候会走错路。这个时候，只要对面的人向着他也迈出一步，这路可能就走对了。"

我学着他的样子靠在豆袋沙发上，至于疲惫，不需要模仿，只需要一点点放纵，它会像汗水一样在我身上到处冒头。

沈牧没有再说话，直到剩下的半瓶酒被他独自喝光，他才缓缓朝着我靠过来。我们就这样，沉默着用尽全身力气拥抱彼此，疲惫从我们的身体里争先恐后地冒出来，又消融在彼此的怀抱中。

《魂断蓝桥》一遍一遍地播放着，直到天亮。

沈牧一直都没有提起关于过去的只言片语，我也没有彻底搞清楚，他现在需要的到底是什么。但我知道，我向着他心里又迈了一步。

短暂的放纵后，我重新打起十分的警惕回到金家。

金家并没有因为我的彻夜不归有什么动静，换作以前，他们早就围上来问我到底干什么去了、跟谁在一起。可现在只有金楚涵问了几句，但她又紧跟着向我"推销"起贺风来。

她表现得太过殷勤，我想装傻都太难，毕竟我跟她过去关系如何，彼此都心知肚明。"妹妹，你这么积极地跟我介绍贺风，怎么？是收了他什么好处？"我用开玩笑的口吻说着真心话。

金楚涵沉默了几秒，眉眼也跟着暗淡了下来："我知道，我们之前不太愉快，你对我有误会也正常。可我现在是真的想清楚了，我知道你一时半会儿不会相信我。我以前过的什么日子你也明白，我突然知道原来我不用受苦，原来你替我享福了二十年，而你之前还一直很看不起我，我心里能不怨恨吗？”

她长长地吸了一口气："我知道我做的有些事也挺过分的。但是当初你跟我处处作对，还有图书馆的那件事在前，你的助手又在大会上一口咬定是我抄袭，我肯定会误会你们是合伙的。我心里有气，所以你来找我解释的时候我才说了那些难听话。很多事情就是一个疙瘩解不开，又累积了另一个疙瘩，才会搞成现在这样。”

她说着话，握住了我的手，眼睛直勾勾地盯着我，里面闪烁着坚定的光芒，好像在试图说服我："我跟顾泽言的事情也没什么好多说的，其实你自己也清楚。顾泽言并没有真的跟你在一起，感情这种事控制不了。但是不管怎么说，这件事就是我对不住你，所以我才想给你介绍一个好男人，让你早点走出来拥有新的幸福。”

我微微地吸了一口气，反握住她的手，开始配合地说出那些老套的台词。

悔改？真心？

就算我什么都听不到了，我也不会信。就算你在我面前剖腹自证清白，我也不会信。我只要你跟系统一起覆灭！

演完了今天的戏码，我在晚上收到了需要的资料。

贺风的履历很干净。他出身书香世家，父母一个是大学教授，一个是有名的外科医生。他是本地人，从小就学习拔尖、才艺优秀，还是个高考状元，一路绿灯进入最好的高校，年纪轻轻就已经在业界有了名气，开了一家规模不小的事务所，经济状况也很好。他跟金楚涵是在去年年末认识的，算算时间，那个时候应该是外来人刚出现正在适应新世界的时候。

他们的结缘也是因为官司。

应该是真正的金楚涵利用假期去一家家教机构兼职，结果机构的老板卷钱跑了，欠了员工的薪水不说，还利用他们的身份信息在不法平台贷了高额贷款。大家便一起报警，一起咨询律师想办法。这件事就顺理成章成了外来人结识贺风的契机。

按照我对外来人和系统的了解，这些出现在他们身边的异性，虽然不属于攻略对象，但他们也不会放过。系统一直在给外来人灌输她可以成为万人迷的想法，以此来提高外来人在攻略方面的自信，因为越自信越有魅力，所以这些异性大多会在外来人不动声色的暗示下对她青睐有加。

这个律师今天对我的浓厚兴趣八成是装出来的，那么，他会不会是因为喜欢外来人，所以才配合她来接近我？他们这么做的意图是什么呢？

“你球技真不错。”

贺风单手撑着高尔夫球杆站在一旁含笑夸赞。

他今天没戴眼镜，穿着一身休闲装，倒是比上次见面时看起来年轻不少，在阳光的照耀下浑身散发着自信。我的视线却忍不住越过他一次次落在另一头戴着墨镜的男人身上。

不得不承认，沈牧另一种风格的装扮倒是真惹人喜欢。

“怎么了？”贺风顺着我的视线扭头看了一眼，“认识的人？”

“没有，只是感觉他个子很高，像模特，忍不住多看几眼。”

贺风笑了笑：“是吗？我倒是没怎么注意到，全都被你漂亮的球技吸引了。”

“我觉得你也很不错。”

贺风因为这份夸赞变得肉眼可见的高兴。他的喜爱裹着含蓄，既明朗又不会让人觉得冒犯。如果他不是金楚涵介绍来的，我大概真的会被他的表演蒙骗，以为他此时此刻是真心的。我不知道他们的真实目的是什么，但我愿意释放出亲密的信号，配合他们演戏。所以我在下一球故意输给了他，手法很笨拙，脸上挂上因为察觉到这份笨拙而有些懊恼的表情。贺风挥动球杆拿下这一杆的胜利，扭头又对着我眨了眨眼睛，带着不点破的谢意。

当双方有意地迎来送往打起配合，一场普通的高尔夫比赛也能变成感情的温床。等球打完，我的称呼在他的嘴里已经变成了“宝珠”。打完球，我去休息室换衣服，刚脱下外套，身后就传来了温热的体温。

“你还真是在什么人面前就扮演什么角色，演得真好啊。”沈牧的声音压得很低，若有若无的，伴着呼吸一下下落在我的耳侧。

我扭头想跟他说话，视线转动时却被沈牧手上的血色狠狠刺了一下：“沈牧！”

我抓起他的手，手上的骨节带着细碎的伤口，上面布满了斑驳的血迹。

“你跟人打架了？”

“是那个人先惹的我！”沈牧的墨镜挡住了小半张脸，看不清神情，但那紧紧抿起的嘴角摆满了不高兴。

我微微抽了口气，心头涌起了不好的预感：“是谁？他怎么样了？”

“不知道。”沈牧没好气地扔下三个字，它们跟石头一样砸在空气里带着响，“你别管了，反正不是贺风。”

我被这个突发情况惊得一时说不出话来，脑海中飞速闪过一条条应对方法，又被我一条条否决。

“他人在哪儿？”我尽可能让自己的声音听起来柔和一点。

不能在这种时候激怒沈牧，也不能亲自去处理，不然一旦东窗事发了，会惹祸上身，我得想个其他的办法。

“没出什么事，骗你的。”

此刻贺风还在外面，沈牧的出现肯定会让人生疑，他留在这儿很容易节外生枝，得先把他……等等，沈牧刚刚说什么？

我瞠目结舌地瞪着沈牧。

他藏在墨镜后的眼睛似乎翻了个白眼，他一撇嘴：“我没干什么，就是把他揍了一顿，我动手的时候很小心的。没有监控，没有目击者，我只是把他打晕了，一会儿我就走了，他醒来也找不到人。”

沈牧一番话说得不情愿极了，简直像被人硬逼着吃下讨厌的食物一样。我一口气卡在喉咙里不上不下，也不知道该笑还是该骂，我刚才是真的被他吓到了。

“你说了那么多次，我又不是聋子。”

沈牧越说越不高兴，冷不丁地拿手重重拍了我额头一下，用力哼了一声扭头就走。我想拉住他，这时休息室突然又进来了两个女生，我只能收回伸出的手，眼睁睁地看着沈牧冲出了门。我匆匆换好衣服回到球场，粗略扫了一圈没发现沈牧的身影，倒是看见贺风拿着两杯咖啡迎了上来。

我得先离开这个麻烦的球场，便顺势提出去其他地方逛逛，贺风欣然答应。趁他去开车的时候我给沈牧连发了好几条安抚短信，但他一直没回。

我想了想，又发过去一条："你手上的伤不要沾水，药箱在客厅的电视柜里。我这边的事还没处理完，但我会争取早点回去的，不想自己擦药就放着等我回去。是我不好，我不应该不信任你。"

这条短信刚发过去，那边立刻就回复了，我就知道他从一开始就在看信息。

“嗯。”

我想再问问他跑哪儿去了，但是又怕他看出来我对他不放心，只能忍下来，发了个“抱抱”的表情过去。

我关掉手机，贺风的车缓缓地在我身侧停下。我钻进车内，座椅的加热功能已经开启了，贺风面带微笑问我有没有想去的地方。我一边跟他说话一边忍不住去想，其实贺风这样绅士体贴的男人才是我会考虑的对象。而沈牧那种总跟小孩一样、浑身充满不确定因素的男人是我连交朋友都不会考虑的类型。

但偏偏现在我唯一能谈得上信赖的对象就是这个人，反而真正该亲近的类型却让我每一秒都充满警惕。

人生有时候就是如此讽刺。

路上我试探着问起贺风，金楚涵是怎么介绍他过来的。贺风沉默了一会儿，才沉稳地开口道："其实不是她主动，是我拜托她介绍的。你可能不记得我，楚涵跟你同一天生日，那次不是办了个生日宴吗？我也被楚涵邀请过去了，那天你穿了件白色的礼服，这样说可能有点夸张……"

他一边开车一边絮絮说着那天见到我时的情景。他没有看我，似乎沉浸在回忆中，唇角微翘，眼中闪烁着细碎的光芒。几次接触下来，我几乎从他身上找不出一丁点破绽，不管是眼神还是语气，这些最难假装的东西他都做得很完美。能做到这种地步，要么是真心诚意，要么就是演技绝佳，我相信会是后者。

可到底是什么目的呢？接近我，让我爱上他，然后再利用爱的名义去设置情感陷阱，一点点打击我的价值跟情绪吗？等到我再次变得精神脆弱的时候好植入道具吗？

可这样做的话也太充满不确定因素了，他们就那么笃定我一定会爱上贺风？

或者说他们会做出一些事情，逼我不得不跟贺风在一起。

这个念头一出现，便如野草一般疯长缠绕住我的心，万千个可怕猜测随之而来。身边的男人突然变成了洪水猛兽，我连呼吸都轻了几分，警惕心越提越高。

我与他去了附近的美术馆，看了一场随机的展览。看完之后我悄悄打开了手机铃声，假装接到紧急电话，摆脱他的晚餐邀请离开了。

我在路上转了好几圈，直到确认没被人跟踪才回了别墅。

沈牧还没换装，四仰八叉地躺在沙发上，药箱被他端端正正地放在玄关，似乎生怕我看不见。我抱过药箱去给他的手上药，顺手把他衣服往下拽了拽。

"哼。"他极轻地哼了一声。

“沈牧。”我给他擦着碘酒，红红黄黄的液体在他洁白的手上混成一片，“如果你想要得到一个女人，但是要以不被仇恨、不被埋怨为前提，你会怎么做？”

沈牧抬了抬脑袋，瞥了我一眼，有些惊讶：“你要劝我，让我想办法去得到你？”

“我不是说我，我只是在假设。”

“喊，没劲。我还以为你想出什么新花样了呢。”沈牧又蔫了下去，“女人啊，想要什么就给她什么，钱、珠宝、花。”

“我说的是感情方面、婚姻方面。”

“我说的也是。”他懒洋洋地拉长着声音，“怎么，那个贺风跟你求婚啊？”

“还没有，但他应该是为了某种目的在追求我，只是我还没猜透。”

“你不是查过他的背景吗？要我说啊，这种人我见过不少，在那些所谓的精英圈子里多的是。”

“怎么说？”

“有钱跟真正的名门豪门可不是一个概念。好多人出身不错，能力也不错，长得也不错，他们的人生目标都很明确，找一个能力范围内能够到的最好的对象，实现一次阶级跳跃。那个贺风一看就是这种人，你们金家不是豪门吗？这种人你没见过？”

沈牧的这番话称之为棒喝也不为过。

这几天我一直在猜测贺风跟外来人之间的联系，把他们融为了一体寻找着他们的动机，所以下意识地忽略了这点。如果跳出这个圈再仔细看贺风，沈牧的话十分有道理。或许这个贺风并不是我想象的那种外来人衷心的守护者，为了她才来对付我。如今他对我的追求很有可能是两个各有所需的人恰好一拍即合促成的。

我仔细把之前收到的资料在脑海里重新过了一遍，有了一个全新的猜测。

外来人认识贺风的时候虽然贫苦，但她的长相外貌都很不错，又有名校光环的加持，再加上外来人对男女关系的驾驭能力，贺风很可能会被吸引。只是结合一下贺风带给我的感觉，他并不像是一个会感情用事的男人。所以他那时对外来人的喜欢，极有可能是一种整体情绪向下的喜欢，带着惋惜和遗憾的情绪。但是当外来人一夜之间成了流落在外的真千金，受尽宠爱，那一切就完全不一样了。

这份向下的爱一下变成了高不可攀的意外。

像贺风这样的人，他们看起来慕强，喜欢强强联手的感情，但实际上，他们的骨子里几乎都自视甚高，他们对女人的慕强，多是希望她足够高贵，同时又不失柔弱与依赖。

外来人可以说是完美地满足了这份心思，所以这份感情大概率会随着外来人身份的转变而变得更加浓烈。外来人对贺风来说，就像是从田野间一朵美丽、但想采摘就要走过泥泞路的花，突然变成了摆放在展示柜里可观赏、可隔着手套触碰、却无法拥有的稀世珠宝一般。他知道这个珠宝他无法拥有，却又留恋，同时他还有自己的野心。那么只要外来人适时地抛出橄榄枝，他一定会接住。

而我就是那根橄榄枝。

论学识、样貌、能力以及综合素质，我都有自信虽不是顶尖，但也足够优秀。如果我还是金家大小姐，自然是贺风这种身份够不到的。但我现在变成了养女，一个没那么重要的人，但是却拥有上层阶级的身份，是他使劲踮踮脚说不定就能够到的跳板。

只要得到我就实现了阶级跨越，一个养女并没有多重要，尤其是他还有金家的亲生女儿这个盟友。榨干了我的价值就可以一脚踢开，还能用来讨好心上人。

双赢的生意。

这些事情我能知道，外来人也能猜到，这也许就是她选中贺风的原因。

有欲望的人最好拿捏。

“喂。”

我想得太出神，棉球摁在沈牧手上很久没动，被他拍了一下才发现。他从我手里夺过棉球，捏了捏扔掉：“一看你这表情就知道你又打什么新主意了，你怎么一天到晚对那些人那么上心。我们不是说好了去W市吗？”

他伸手捏住我的腮晃了晃，碘酒凉丝丝的。

“W市啊……”我突然想到了一个好主意，一个帮着贺风早点达成目的的好主意，“好啊，我们去W市，叫上贺风一起。”

“嗯？”沈牧疑惑地微微眯了眯眼睛，下一秒，他响亮地吹了下口哨，“金宝珠，你胆子不小啊，我可不会每一次都换一副装扮。”

“这个随便你，只要不被人认出来你是沈牧，你就是扮成老头子都没关系。”

沈牧亢奋了起来，耳朵染上薄薄一层粉色：“有意思！”

他低下头，瞳孔因为兴奋猛烈收缩着，突然说道：“金宝珠，我们三个睡一间房。”

“什么？”他这句话实在惊世骇俗，震得我都做不出情绪反应了，“沈牧，我也不是这个意思。”

“我是这个意思。”

沈牧似乎是被我呆滞的样子逗得闷声笑了起来。

“别害怕，我没说要明目张胆地三个人睡在一间房。你想想，我在他不知道的情况下，像个影子一样跟着你们，这多有意思多刺激！”

这种事有意思吗？！

我完全理解不了一个变态的脑回路，只能在心里懊恼，沈牧最近乖了不少，我掉以轻心了。话都说出口了也收不回来，这下可怎么办……

我真搞不懂沈牧到底是怎么在我眼皮子底下搞来那么多的行头，

从哪儿学的这些技术的。从出现在同一架航班，到飞机落地入住酒店，再到去餐厅吃饭，不到一天时间，他已经见缝插针换了两套行头了。从都市成熟总裁变成清秀男大学生，跨度要多大就有多大，如果不是知道他是什么人，我都要怀疑他有什么特殊身份了。

贺风跟我介绍着他做的几个游玩攻略，体贴地让我根据自己的喜好去挑选。他手上还拆着烤羊腿的骨架，最嫩的肉都被他挑下来夹给了我。

前些日子为了计划能顺利进行，贺风的约会邀请我从未拒绝过。等到感情进度铺垫得差不多了，我便在金家的餐桌上，顺口提了一嘴上次去W市看到的盐湖很漂亮，有时间想再去一趟。没过两天，贺风就主动告诉我，他有个很重要的客户在W市，他最近想去拜访，正好也可以在W市游玩几天，放松一下，想邀请我跟他一起过去，我自然是爽快地答应。

于是此刻我就跟贺风坐在W市当地有名的特色餐厅一起吃饭了。

沈牧就坐在离我们不远的另一桌。

我听贺风说话听得有些无聊，便在心里分析着沈牧的装扮打发时间——他那个棕栗色的日系短发大概率是顶假发，他很宝贝他的头发，肯定舍不得剪的。美瞳遮盖了他的绿眼睛，黑棕色的瞳孔自然得像是他本来的瞳色。脸上能看出带妆的痕迹，让他的脸看起来跟平时不太一样，极大地中和了他的混血气质。但这妆容并不突兀，也不浓重，搭配上韩式休闲风的服装，让他看上去像什么偶像明星一样。

贺风没有见过沈牧，就算金楚涵曾经告诉他，给他看过照片，那也挺难认出来的。沈牧点了一大桌子菜，这个吃一口，那个叨两口，活蹦乱跳的那个劲，就差在脸上写着“我是第一次来W市旅游，我很高兴”了。

可等服务员上了一道鱼的时候，他的活泼到头了。

他应该是顺着菜单一通乱点，没注意到自己点的鱼是什么样。

他捏着筷子，把那条鱼翻来覆去地翻了好几遍，随后突然抬头狠狠瞪了我一眼。我有些想笑，沈牧不会挑鱼刺，但他很爱吃鱼。平时吃鱼要么吃无刺鱼，要么就是我给他挑鱼刺，现在我可没空给他挑刺。

“看来你喜欢森林公园？”贺风声音清朗，语气温柔，“刚才给你介绍了好几个景点你都没什么反应，提到森林公园你倒是笑了。”

“我上次来得匆忙没去成，所以一直记得，是丹霞地貌。”

“我明天上午去拜访一下客户，这边的事情就结束了，那我们第一站去哪儿？”

“先去盐湖，我们一站站地来。”

我这边跟贺风说着话，那边的沈牧迎来了一个小姑娘。她长发细腰，一双大眼睛忽闪忽闪，在跟沈牧搭讪。沈牧这家伙，在外面永远装得人模狗样。平时是穿花衬衣的美式绅士，今天是清爽亲切的邻家哥哥。从他阳光的笑脸和礼貌的谈吐，一点儿都看不出昨天因为我不让他给贺风下安眠药就气得满屋乱窜的幼稚德行。

贺风在W市除了重要客户以外，还有一个需要回访的公事，用完餐，他把我送回了酒店就去处理了。我拎着打包盒回到了房间，这是离开餐厅时我单独点的特色鱼外带。我脱下高跟鞋，赤脚半坐在地毯上开始挑刺。

一条鱼还没挑完，阳台传来“咚”的一声响。沈牧跟个贼一样挑开窗帘往里望了一圈儿，悄无声息地溜进来，回身又顺手把阳台门关上了：“贺风去哪儿了？”

他话刚说完，就跑进了卧室，接着是浴室，挨个房间乱转，不知道的还以为他是来抓人的。

“去处理公事了，他跟我又不是一个房间。别转了，过来吃鱼。”

沈牧遛完一圈便跑到我旁边坐下，我挑好一块，喂他一块，他吃得高兴，直眯眼睛，跟小狗一样。等吃完了，他往沙发上一躺，斜着眼睛上下扫了扫我：“别以为这样我就不跟你计较了，我准备好的计划都被你破坏掉了。”

提起这件事我就头疼。

之前还没等我想好怎么劝说沈牧放弃那个可怕的念头，外来人就添了把火。她知道我跟贺风要出去旅游，高兴得不得了，非要插手订机票酒店的事，然后自作主张地以好姐妹帮忙撮合的态度定了一间套房。

套房内有两个卧室，我跟贺风一人一间，既保证了隐私，又充满了暧昧。

沈牧知道这个消息后，高兴得不得了，闹着也要住进去，跟我睡一个房间，隔壁就是贺风。客厅、餐厅共用，约等于三个人住一起。他甚至打算每晚都给贺风下安眠药，把贺风扔到别的房间，杜绝被打扰的可能性。

很多时候我根本不能理解沈牧脑子里装的都是什么。

这种荒唐又危险的事情我自然不能答应，所以想办法推拒了外来人的“好意”，在出发前扔掉了沈牧的安眠药。

等我们到了酒店后我才发现，沈牧的房间、我的房间、贺风的房间一字排开，阳台靠得很近。沈牧刚才就是从他房间的阳台翻过来的。

“我们明天去看盐湖吧。”

我不想跟他提这个事，假装没听到。

“哼。”沈牧极不高兴。

我一看就知道他憋着坏呢，计划被我打乱了，他怎么能甘心，绝对要在其他地方找补回来。

我主动提起了新的话题：“沈牧，我好像还没跟你说我的计划是什么吧？”

“我管你计划是什么。”

沈牧骂骂咧咧地翻了个身背对着我。

“哦，你不想知道啊，可我特别想说，你就勉为其难听一听吧。”

“哼。”

沈牧又翻回来了。

不管沈牧再怎么变，有一样永远都不会变，就是孩子气。他没能好好长大，所以他永远都在寻找弥补。

“既然他们那么想让我跟贺风在一起，为了达到这个目的，指不定会做出一些事情来逼我。为了避免这个结果，我打算主动出击，给他们提供一个合适的机会，一来可以避开未知的风险，二来可以让他们对我爱上贺风的事情多几分自信。”

“那你准备做什么？”

“这种事无非就是英雄救美、生死考验，我们来个加强版，英雄救美的时候遇到生死考验。”

“可是？”沈牧摸了摸下巴，“如果这样的戏码不是他们安排的话，你确定贺风会去救你吗？”

“不救也没关系，反正是我安排的，不会真的伤了我。更何况我本来就是得了抑郁症的人，受到了刺激，病情变得更严重了也在情理之中吧？弱者总能得到更多的宽容和同情，我后面做事也会方便一点儿，贺风这步棋也算废了。”

“那你是怎么安排的？”

“不是我怎么安排，是你。”我拿出早就准备好的手机递给沈牧，“因为这种摆在台面上的事，难保不会有人去查，特别是金楚涵，所以不能由我去布置。之前在国外的事情，我代表金家跟你闹得并不愉快，你对金楚涵爱恨交加却无法亲自对她动手，便挑中了我来威慑发泄。”

就像放风筝，要紧一下，松一下，线才不会断。

我抓住沈牧的手，将手机塞到他的手里，在他的手背上一下下地摩挲着：“沈牧，那份鱼不是补偿，这个才是，这种事难道不比下安眠药更有意思吗？”

沈牧突然抬起另一只手盖住眼睛，仰头笑了起来：“哈哈哈有意思，金宝珠你还真是，真是有意思。”

“为了让你玩得更开心，你不需要告诉我你是怎么安排的。”

沈牧足足笑了好几分钟才停下来，他举起手指往上抬了抬。客厅本来就只开了一盏小台灯，在手指阴影的掩盖下，我看不清他的眼神：“你难道不怕我失控，真的给你带来危险？”

“天下没有免费的午餐，我既然想从你这里得到一些东西，必然也要付出一些东西，比如信任。”

“我不是那些蠢货，我可不相信你这句话。”

“你信不信对我来说不重要，重要的是我给了，更重要的是我需要让你足够开心。”

沈牧沉默了很久没说话，我虽然看不清，但我知道此刻他的眼睛里只看得到我：“金宝珠。”

他挡在眉眼间的手滑了下来。他躺在沙发上，轻轻合上了眼，微微向上仰了仰头，喉结上下滚动了两下。

“金宝珠。”他又叫了一声我的名字，“过来吻我。”

昨夜没有睡好，我有些头疼，思维也转得慢，但我仍感觉出了沈牧的不对劲。

他平时虽然黏人，但是肢体上只喜欢若即若离，可现在的他简直像个狗皮膏药。我一时想不通是怎么了，难道昨晚的吻打开了他什么奇怪的开关？不应该啊，他上一世跟外来人又不是没有过亲密接触，一直都是没什么兴趣的样子，现在是在干什么？

他不搭理我，只那么皱着眉头看着我，而被我不知道扔到哪儿去的手机此时响起了铃声。

“我先接个电话。”

点亮屏幕，我才发现已经快九点了，我居然睡到了这个点。手机屏上面是贺风的未接通话，明晃晃地挂着。我回拨回去，那边几乎是立刻就接通了。

“我吵醒你了？我以为你已经起床了，抱歉。”

“没有。我刚才起床了，就是没找到手机，有什么事吗？”

“没什么要紧事，只是我这边的事情都处理完了，想问问你吃早饭了吗？”

“还没有呢，我刚起床。”

“那正好，我也没有，我就在门口，不如我们一起去吃早饭？”

“好，但你要等一下，我还没洗漱，不如你先回房间等我吧。”

我跟贺风客套了几句，挂掉了电话，压低声音对沈牧说：“贺风在门口，他要找我出去。你先回自己的房间，大白天的小心点，别被人看到。”

“不回。”

沈牧整个人就跟那拧巴在一起的钟表发条一样，卡在一个数上来回摆动，报时的动静要响不响。

“沈牧，你到底怎么了？如果有什么事你想不通，可能说出来大家一起想会更好。”

沈牧轻叹了口气，似乎很遗憾做不到什么：“我发觉自己对你下不了手。也不是下不了手，是无处下手。”

我忍不住倒抽了口冷气，这一早上无语的次数加起来大概比我此前的一个月都多。

这个问题让我一时无法回答，沈牧似乎也不需要我回答。他看我的样子像是捕猎的蛇在审视猎物，寻找着最鲜美的那块肉。

“这个问题我一时之间也不知道该如何回答你，但是贺风那边还在等着我，不能让他看出异样，不然接下来你就没得玩了。”我试图劝说沈牧，“你一夜没睡，先回去休息吧。”

沈牧看上去似乎并不在意我说什么，只是直勾勾地望着我，眼中明灭闪烁的情绪让我禁不住背上发寒。我装作若无其事地挣开沈牧的手，转身往洗手间走去，他没跟上来。

等我洗漱完再出来，沈牧已经不见了。

屋内只有阳台门大开着，窗帘被风吹得不停地鼓动。

Chapter 07 山雨欲来

我跟贺风一起去吃早饭，他一如既往地温柔，挑不出一点错来。

他在 W 市本地租好了保姆车，又请了私人导游，只等着我定一个出发时间。我记挂着沈牧的异常，思来想去把出发时间订到了下午。如果晚点去看盐湖，说不定还有时间能安抚他一下。

这个提议有些仓促，但贺风微笑着照单全收。吃完饭他就忙着去跟导游和司机沟通，我回房间收拾行李，给沈牧打了个电话，讲了讲接下来的安排。沈牧语气懒散，他敷衍了几个字就挂了电话。

我搞不懂他到底在盘算什么，只能先扔下他，专注对付贺风。我不能表现得对贺风太热切，也不能冷淡，要循序渐进地做出被他一点点打动的样子，只有这样才有信服力。

等到了盐湖已经是晚上了，贺风提前联系好了酒店。我本来想着去周边逛逛，外边却起了风。西北已经初冬了，夜风格外凛冽，吹得人只想躲进温暖的屋子。一路上有贺风在，我没敢联系沈牧，直到入住房间后我才给他发了第一条信息。

没回。

等了十分钟我又发了一条，还是没回。

我又拨通他的电话，没人接。

接下来，我大概每半个小时就会联系沈牧一次，但这些消息却如同石沉大海一般没有激起任何回应。我之前曾经想过让沈牧随身携带定位器以便掌握他的动态，但怕引起他的不满，只能不了了之，此刻我真是懊悔没有做这件事。

这家伙跑哪儿去了……

我一直等到凌晨都没有联系上沈牧，W市那么大，我根本不知道他跑哪儿去了。明天我还要见贺风，只能先休息，却根本睡不好，昏沉一会儿就会惊醒，醒来也是先看看手机有没有动静，就这样翻来覆去地折腾到天亮。第二天早上见到贺风时，挡不住的疲惫让我对着他连打了三个哈欠，面对他的关怀，我只能用舟车劳顿没睡好的理由糊弄过去。

他劝我留在酒店，休息好了再出发，可还没等我给出回复，金楚涵的视频电话就打了过来。她甜腻的声音隔着手机弯弯绕绕地传过来，满带着关怀与记挂，最后还适时地问了贺风几句，而贺风面对着金楚涵时，尺寸拿捏得刚刚好，熟悉却又不过度热情。

我真的挺怀念系统没休眠的日子，因为那样我就可以知道这两个口是心非的人到底在想什么了，而不是像现在这样，一边要担忧着沈牧会不会惹出麻烦影响我，一边又要细心琢磨着外来人说出的每一句话，猜测着每一个可能性。

等这个寒暄的视频电话结束，贺风含笑问我要不要回去休息。

“不用了，越睡越困，还是出去散散心吧。”

待在酒店里也是干着急，出去转转说不定还能找到沈牧的踪影。

贺风沉吟了片刻，答应下来。他提出要带我去当地的一个民俗村逛逛，等中午暖和点儿再去盐湖。

在他说出这句话的那一刻，我脑海中突然拉紧了一条线。

自从来到W市，不管是吃住还是游玩路线，都是贺风在安排，我不主动插手就是为了让他们放松警惕。我知道这趟W市之旅他们不会白白安排，一定有什么计划在等着我，我也在等着一个机会，所以我从没有拒绝过贺风的安排，但此刻……

或许是沈牧不在让我多了几分没有后援的恐慌，也或许是我的第六感作祟，我总觉得那个民俗村有问题，不能去，于是假装随意地说道：“就在附近逛逛吧，中午还要去盐湖，我想保存下体力。”

我观察着贺风的反应，试图从他脸上找出一丝一毫的端倪来佐证我的猜测。贺风却无比自然地点了点头，完全没有劝说我的意思：“好啊，那我们就在附近散散步吧。除了安排好的计划，在陌生的环境下散步也许会偶遇不一样的风景呢。”

这么轻易就放过了民俗村这个计划？难道是我因为焦虑而过度敏感了？

我跟贺风沿着酒店外面的小路一边散步，一边聊天。我控制不住要用余光扫一眼路过的每一个人，不管男女老少，看谁都像是沈牧伪装的。

沈牧这个不定时炸弹到底跑哪儿去了？他是被刺激到了，思前想后觉得我没意思，直接撇下我走了？还是被刺激到想发泄，跑到哪里去做坏事了？

但是他之前不管干什么都没有失联过这么长时间，他该不会因为人生地不熟乱惹事，被人抓了吧？

无数个猜测在我脑海里转啊转，搅得满脑子都是泡沫，细细碎碎的，拼不出一个合理完整的推断。

“小心！”

我一心二用，并没有注意到从小胡同里突然窜出个电动车，贺风眼疾手快地一把拉住了我。借着惯性，我跌入他的怀中，男士香水混着初冬的寒气让他闻起来像是一棵挺拔的松柏。

“你没事吧？”

“没事，谢谢。”

我站直身子，离开了他的怀抱，贺风的手却还抓在我的胳膊上："宝珠……"

他低头凝望我的样子，似乎有千万的爱意呼之欲出，却又被他硬生生压下去，颇遗憾失落地松开了手。

什么也没说却又道尽了一切。

这般的真情实意我却不敢相信，只猜测着他大概是为了取信我在演戏，真正的告白恐怕就安排在随时可能到来的"意外"之后了。

直到我跟贺风连盐湖都逛完了，沈牧还是一点儿动静都没有。

天色微暗，贺风招呼我离开，但上车前我忍不住又回头看了一眼。

初冬的盐湖，湖水干涸了很多。蓝晕的湖面结着薄冰，岸边卷着堆砌的洁白，远远看去让人分不清是雪还是盐。风吹得烈，这湖像是被吹开铺卷而来的天。

不知道沈牧来看盐湖了没有。

我收回这一眼，上车跟贺风去吃饭。吃完饭回到酒店，在通往房间的走廊上，贺风突然叫住我，从口袋里掏出一个小小的锦盒："之前去见客户，他是做珠宝生意的，我看到这个的第一眼就想到了你，就买下来了，一直没找到机会给你。"

锦盒里是一对小小的宝石耳坠，做工精致却又不显得十分贵重，一个小礼物，让人找不到拒绝的理由。我收下了这个锦盒，与他提前互道晚安，回了房间。

插入房卡，昏黄的房内灯光从玄关依次亮起。光落到客厅时，照亮了沙发上半坐的背影。

"沈牧？"我被惊了一下，连忙迈步上前。他还穿着昨天的那套衣服，假发不知道去哪儿了，他垂着眼，黑发乱糟糟地扎在脑后，胳膊搭在膝盖上，垂在腿前的双手上全是淤青，脸上也有一些细碎的伤口。我忙问："沈牧，你去哪儿了？怎么搞成这样？"

我伸手去抓沈牧的手腕，想看看他是不是受伤了。还没有碰到他，他抬了头，四目相对的那一刻，我伸出的手忍不住往后缩了一下。他的眼神，看起来像是刚出去和一百个人打了架一样，带着阴冷。

“沈牧，我看看你的手，你受伤了吗？”

我忍下恐惧，握住他的手腕，试图查看上面有没有伤口，沈牧却狠狠地挣开了我。

“装什么，你现在心里害怕得不得了，不是吗？”

沈牧最可怕的时候不是他暴跳如雷的样子，而是他平静地说着话，嗓子却因为压抑而抽搐着发颤，就像现在这样。

这副样子我只见过一次，引发这个状况的人下场会十分凄惨。尽管他们只是阐述事情的基本情况，也会被沈牧惩罚得满身伤痕。

如果是外来人面对这种情况，她一定会温柔地否认，然后使出浑身解数去表演那无限包容、毫无瑕疵的爱意。但是这招没用，沈牧根本不会相信这种爱，我不能去学。往日那些拉扯和慈爱也不能用在这个时候，他现在应该没有配合我的心情，那么，沈牧现在想要的是什么呢？

我凝视着他那双死气沉沉的眼睛，开口道：“是，你刚才突然看我的那一眼，我是害怕。但我的害怕是下意识的，我不是怕你毁了我，是你太突然了。这种害怕就跟被恐怖片里一惊一乍的音效吓到一样，我恐惧的并不是你本身。”

“你撒谎，你以为我看不出来吗？我们两个朝夕相处，演技再好的人也会有松懈的时候。有时候，你看我的眼神全是冷眼旁观，你一直都是俯视着我，试图掌控我，你只是假装跪在我面前罢了。”

沈牧垂下的乱发挡在脸侧，细碎的伤口让他看起来像是被揉碎后绽出道道汁痕的花。他的唇色很苍白，眼睛却猩红，他说着话极轻地笑了一声，那笑让这朵花显得更加枯萎。

“这重要吗？这些事你不是早就知道了。”

我再一次抓住他的手，将那双冰冷的满是血迹的手贴在脸上。

“你需要我，只有我可以让你觉得高兴，我也愿意让你觉得高兴，你想要的一切我都能给你，我们现在这样不好吗？如果我真的爱你，你肯定早就舍弃我了，不是吗？”

沈牧沉默着。

我恨沈牧上一世带给我的痛苦，我也怨他这一世的残忍冷血。但不知道为什么，很多时候我觉得，如果我是一只铃，沈牧就是摇铃的手，总有那么几刻，我的铃声与他的情绪是合到一起的。

或许是因为在这喧闹的世上，我与他是两棵对立相望、生长在荒漠中的树。于是，我望着他的眼睛，忍不住落下了两滴泪，这泪不是为他落的，也不是为我落的，而是为这片望不到头的荒漠落的。

沈牧强烈地抖了一下，好像我落在他掌心的不是两滴泪，而是两根刺。

“沈牧，你也很累吧，不要想那么多了，不要自己为难自己，就一直这样下去吧，只要快乐就好了。”

我知道沈牧为何会突然地崩裂了。

人永远是自我矛盾的生物。

他渴望着母爱，却又一边厌恶着肢体接触，一边迷恋着那肌肤的热度。他想要得到一个吻，却又无法接受那个吻。因为在他眼中，那是肮脏的，所有的亲密都是肮脏的。

我明白那是什么心情，因为我也一样。

我将自己变成藤蔓，从这只手一路缠绕到沈牧的肩侧，将他拥入怀中。这时我才发现沈牧背后也有大片的伤痕，身上还有一股被掩盖的酒气。

沈牧没有回抱我，他只是疲惫地依靠着我，渐渐在我怀中睡着了。等他睡熟了，我小心地将他平放到地毯上，检查他的伤势，除了一些擦蹭的小伤口之外什么都没有，也不知道他这一天一夜到底干什么去了……

我将他的手擦干净，拿了床被子，睡在了他旁边。虽然我并不想跟他一起睡，但现在这种情况下我不想节外生枝。我本以为今晚是个难眠夜，结果刚躺下睡意便铺天盖地袭来。欲睡未睡的时候，我突然想，沈牧到底为什么会这么抗拒亲密接触，是因为被绑架的那段日子？

不像，如果是那样，他厌恶的应该是男人，而不是热衷于折磨女人，为什么……

可连假设都没做完，我就陷入了抵抗不住的梦乡。

这一觉我竟然睡到了第二天中午。

我睁开眼的时候沈牧还在睡，他蜷缩着身体，毛茸茸的脑袋拱在我的耳侧。我小心地从被子里退出来，找到手机，里面塞满了贺风的问候。

本来约好了今天早上要跟他去一家特色早餐店品尝，我连连给他发消息道歉解释。他那边回得很快，轻描淡写地将我的爽约揭过去了。客套了几句后我本想结束聊天，他却突然发来一句："下午要不要去我昨天说的那个民俗村看看？我中午跟导游去吃饭的时候，他正好也提起来，大力向我推荐。反正今天的计划也打乱了，不如去那边看看。"

又是这个民俗村……

会是我太多疑吗？还是因为这个民俗村确实有问题，只是贺风知道过于殷勤会让我怀疑，所以昨天没有多劝我，而是隔了一天才找了个合适的机会提起呢？

不行，先不能答应，晚一点儿再回复，先把沈牧那边安抚好再说。不管这个民俗村有没有问题，我不能单独跟贺风出去，不够安全，我得让沈牧跟着我。

沈牧向来爱凑热闹，一听说民俗村有问题，立马就答应了。他又恢复了往日的样子，仿佛昨夜种种不过是一场酒醉带来的疯癫。他没有主动提，我自然也不会问，装聋作哑下，好像他从来没有离开过。

那个民俗村离酒店有些远，本该由司机开车带我们过去，导游陪同。但偏偏在出发前，司机急着去取车，不小心被一辆摩托车撞到，伤得不轻，只能把导游留下来处理这个意外情况。

四人行变成了我与贺风的二人约会。

这个意外加深了我的怀疑，但好在沈牧就在附近，让我多少安心了一些。一路上，贺风比平时更加健谈，不知是想洗刷意外事故造成的凝重，还是想放松我的警惕性。

我就这样猜忌着来到了他口中的民俗村。

村子不大，是当地土著居民的村落，很有特色气息。路边有几个阿妈聚在一起纳鞋底，黑蚕豆一样的小孩围着跑来跑去，肥嘟嘟的黄狗趴在路边的石阶上晒太阳，彩色的幡旗在风中猎猎作响，怎么看都只是一个宁静的小村庄。

贺风带着我在村子里逛了一圈，路过一条小溪时，有一个衣着脏乱的中年男人怀抱着一个旧旧的袋子痴痴地望着溪水。他像是听到了脚步声，扭过头来，对着我们露出了一个质朴的笑容。

一切发生得很快。

中年男人立在原地傻笑，我们没有停下脚步，三人之间逐渐拉近了距离。中年男人突然跳起，他抡圆了袋子，带着重物破空声砸下来。贺风慌张的面容出现在我眼前，他头上的血迹蜿蜒而下。

当贺风踉跄着摔在我怀中的时候，我仍有些回不过神。不是因为这突如其来的状况，而是疑惑——这就是他们的安排？就这样？一个疯子突然伤人，贺风替我挡这一下？就这么简单？

我以为会是什么绑架，等我被逼到最崩溃的时候，贺风再从天而降。又或者是什么名声被毁，贺风不计前嫌接纳的烂俗故事。

那个看起来疯疯癫癫的男人几乎连停顿都没有，冲上来狠狠地打了这一下，就沿着反方向大笑着跑远了。只有我怀抱着踉踉跄跄的贺风在这条无人的小路上目瞪口呆。

“你没事吧？”贺风半张脸都是血，他勉强笑着半靠在我身上，十分虚弱。

“我没事！贺风，贺风你忍一忍！我这就叫救护车！”我连忙压下心里那些荒谬感叹，摘下围巾摁在他脑袋的伤口上，适时地落下几滴泪。直到贺风被送进医院，我都一脸的不可置信。

这难道就是他们的部署？我防范了这么多天就是为了这个？

“那是个真疯子。”沈牧像个幽灵一样，神出鬼没地从我背后冒出来，他今天打扮成了中年绅士。

“你确定吗？会不会是装的。”

“不会，我用了点手段，他应该就是真疯子，不是假的。”

真疯子？怎么可能是真疯子，如果他是计划的执行人，那这个计划的不确定性也太大了吧？还是用道具动了手脚？不应该，就算现在系统苏醒了，可积分对他们来说太珍贵了，不会轻易用在非必需的事情上。

“我觉得这件事可能是个巧合。”沈牧说话的时候一直眯着眼睛，用大拇指跟食指沿着人中分头去摸胡子，一下又一下。

这个动作实在是太奇怪了，我很难不在意：“你为什么要一直摸胡子？”

“你不觉得我今天打扮得很像中世纪的绅士？”

我居然一瞬间就明白了他在表达什么意思。看来是跟他在一起待太久了，我的脑子也有点不正常了：“算了先不要管这个，那个村子你觉得有什么问题吗？”

“有，有三个男人，当地人打扮，一直跟在你们身后。我一进村就发现他们了，所以我选择跟在他们身后，这叫什么来着？”

“螳螂捕蝉，黄雀在后。”

我忍不住皱了皱眉头，事情果然不那么简单。如果这个疯子是真的，那么八成是这个突如其来的疯子破坏了他们原本的计划，而贺风为了保证不露馅为我挡了这一下。但是如果是这样，那贺风对自己也太狠了吧，万一被打死了呢？

“对了，那个疯子你是怎么对付他的，能肯定他不是伪装的吗？”

沈牧摸胡子的动作一顿，他漫不经心地收回手：“我自然有我的办法。”

斜对面的清创室钻出一个小护士，包扎好的贺风就跟在她后面。沈牧侧身轻飘飘地越过我离开，像是一个无关紧要的路人。

“你还好吗？”我没有看他的远去，径直走向贺风。

“还好。不是都检查过了吗？除了轻微脑震荡，就只有一点儿皮外伤，养一段时间就好了。”

他温柔带着风度的笑容，在一脑袋白纱布的衬托下显得少了几分距离感，多了几分滑稽的亲切。

“没事就好，要不要留院观察？”

“不用，我没……”

他的嘴在我的视线中一张一合，我却不合时宜地想到另一件事。本来想等民俗村的事情结束，就带沈牧去看看上一次的盐湖……

还是算了吧，那份风景不该是我与他一起看的。无论贺风这一次的舍身相救是不是真心的，我都顺理成章地放出了更亲密的信号。我与他的关系到了只差一句话就能一锤定音的地步，但贺风却放缓了动作。

他太聪明，太擅长拿捏感情间的尺度了，他在等我按捺不住。如果只是他一味地付出，那他在这段关系里就太被动了。

我决定给他这个机会。于是在陪他去医院换药的时候，在拥挤的医院走廊上，我主动握住了他的手。贺风的手轻轻颤了一下，他用力地握了回来。

这个悬而未定的音就这样落了下来。

我趁着这几天照顾贺风的机会，把我们的关系变成了一团搅烂的蜂蜜。金楚涵给我打了好几次电话，语气里都是欣喜和调侃，她告诉我爸爸妈妈也知道了这件事，都很高兴，连远在国外的哥哥都拨来了电话。

一切好像回到了正轨。

父母疼爱、姐妹情深、爱人温柔，我曾梦想的一切以另一种方式回到了我的身边，但我却只觉得不真实，好像踩着棉花走路。每天只有回到房间看到沈牧的时候，我才能从这种飘浮感中脱离出来。

我没有继续追问那个疯子的事，沈牧也若无其事地陪在我身边。自从那天酒醉以后，他天天都睡在我这儿。我每天早上都是在他的怀抱中醒来，但也仅仅是怀抱，谁都没有进一步的动作。

“什么时候去看盐湖？”沈牧闭着眼睛，下巴顶在我的头发上蹭来蹭去。

他抱人的时候像是抱枕头，手脚并用，缠得密不透风。

“贺风这边我走不开。”

“嗤。”沈牧松开我，从床上坐起身来，“你确实是走不开？你天天跟他黏糊在一起，答应给我的补偿呢？到底什么时候兑现？”

“快了，你不要急。他刚受伤，总不能现在又出事吧？”

“为什么不行？你怎么这么磨蹭，赶紧把事给我解决了。搞得我一天到晚束手束脚的，这也不行那也不行。”沈牧俯身像蛇一样盯住我，“金宝珠，你该不是舍不得现在的日子，打算将错就错沉溺下去了吧？”

“我没有。算了，就这几天吧，你安排一下。金楚涵今天联系过我，问我们什么时候回去，贺风也问过。回到本地的话这件事就不方便做了。”

我有些不敢看沈牧，我的确是有意在拖延。我找不出贺风的破绽，所有的一切都是我的假设，他表现得越好，我就越怕我猜错了。

我跟沈牧朝夕相处了半年，他是这深渊中唯一我能拉住的枝条。这根枝条我拽得太久了，有些时候我都忘了，他不是大树，他是缠绕在树上的杀人藤。我怕这根杀人藤在我的授意下伤害了不该伤害的人。可是贺风始终是外来人介绍的，我无论如何都无法放心。

“沈牧，这件事随便你按照自己的兴趣去安排，但是有一点，贺风不是小人物，不要太过火。”

我说出这句话的时候，自己都觉得苍白无力。沈牧要是真一时兴起，我根本拦不住。我本想掌握一切，但人心又怎能真的被掌握。

“金宝珠，你真该看看你现在的表情，怎么，现在才发现我是什么人？害怕了？”沈牧毫不留情地嘲讽我。

自从那晚酒醉以后，我与他的关系在不知不觉中，从互相配合着演戏变成了一种诡异的赤诚。

“我不是害怕，我只是有点累了。沈牧，我输不起。”

“这么输不起还敢找我，后悔了？”沈牧的脸贴得很近，近到他的呼吸好像与我融在一起。

“我不后悔，沈牧，我只是在求你。”

沈牧轻笑了一声，翻身下床离开了房间，之后接连三天都没有回来。而贺风的脑震荡已经好得差不多了，在他的要求下，我们收拾了行李准备回去。在去往机场的路上，后视镜中突然出现了一辆灰色商务车，像苍蝇一样黏在我们的车附近。

我猜是沈牧来了。

新找到的司机想加速甩脱这辆车，前方的一辆黑色轿车却突然急刹车，司机躲闪不及猛地撞了上去。即便是早有准备，我还是被这一下“闪”得不轻。贺风更是狼狈地撞上了前座，伴随着痛呼，头上的纱布又渗出血来。

可还没等我们人仰马翻的一车人回过神来。灰色商务车一个急刹停了下来，几个戴着口罩墨镜的壮汉手持破窗器冲下车来，不过两下，车窗玻璃便哗啦碎了。他们把手伸进来从里面打开车门，粗暴地将我和贺风拖拽下车。他们动作太快，我们连反应的机会都没有，就被挟持上了商务车。

等我再醒来的时候，是在一间废弃的仓库。我的双脚双手均被捆绑，躺在冰冷、满是尘土的水泥地上，像屠宰场待宰的猪一样。贺风就在我不远处，他被五花大绑，额上渗着血迹，还在昏迷中。

这件事真是沈牧安排的吗?

恐慌姗姗来迟。

我艰难地往贺风那边挪动了几下，试图叫醒他："贺风，贺风你醒醒。"

贺风躺在那儿一点儿反应也没有。

"贺风……"

我第二次的呼唤刚刚脱口，仓库大门"嘎吱"一声打开了，五个男人走了进来。为首的是一个光头，大冷的天他却只穿了一件贴身线衣，肌肉跟石头一样夸张。我迅速扫了一圈，这几个人个子都很高，但没有一个身形像沈牧。他们都戴着帽子、口罩和墨镜，完全看不清长相。

"呦，醒了啊。"光头男人似乎刻意压低了嗓子说话，语调很奇怪。

"你们的目的是什么，求财吗？"

找不到沈牧，这件事不是沈牧干的？那是谁？外来人?

那几个男人越走越近，影子像山一样笼罩下来。这熟悉的一幕唤醒了我灵魂深处的恐惧，虚汗一层层往外冒。

"不愧是豪门的大小姐，就是跟普通人不一样，遇到这样的事都这么冷静。"

光头男人在我身前蹲下来，他太高太健壮了，好像一伸手就能像掐麦子一样掐断我的颈椎。他往贺风的位置转了转脑袋，身后一个男人心领神会走上来，狠狠地踹了贺风几脚。

伴随着潜意识的痛叫，贺风从疼痛中睁开了眼。

我死死盯着他。

人刚苏醒时的反应是很难作假的，而他脸上下意识冒出来的恐惧和惊吓之意让我的心狠狠一沉。看来这事他不知情，那么只有三种可能。

一是外来人搞出来的，但是没有提前告诉贺风。这种可能性比较低，除非贺风也成了不重要的棋子，外来人根本不在乎贺风的反应，只想对付我。

还有一种可能是沈牧搞出来的。他根本没有听进去我的话，甚至产生了逆反心理，所以放任计划失控。

另外一种可能是我足够倒霉，碰上了真的绑架。这种事在我们圈子里不是没有发生过。

“怎么回事？”贺风到底也是见过大场面的人，在片刻的惊恐过后，他迅速冷静下来，“你们，你们这是绑架，你们想求什么？”

“求什么？贺大律师，你说我们求什么？当然是求财还有你的命了！”光头冷笑了两声，伸出手重重地拍了贺风的脸两下。

冲贺风来的？难道是私怨？

“不知道是我哪里得罪了你，麻烦给个明白。”贺风脸色有点白，似乎也想到了什么东西。

“得罪？贺大律师真是贵人多忘事！”

光头揪着贺风的头发狠狠地甩了他几个耳光，贺风本来就有伤在身，几个耳光下去人都要晕过去了。光头骂骂咧咧地质问贺风想起来了没有，贺风咬死什么都不知道，试图从光头嘴里套出点信息。我跟剩菜一样被冷落在旁，心里却紧张得要命。

完了，如果这是私怨，那他们绝对不可能放过我，我必死无疑。

怎么办？赶紧想想怎么办！

我不能死在这儿。我还没有消灭系统和外来人，我都努力到这一步了，我不能输。

我看了一眼还在对峙的两个人，斟酌着插话道：“大哥，我不知道你们两个到底有什么私怨，但我不想死。你也很清楚你在做什么事，想必你也调查过我的身份了，我可以帮你。”

“哦？”光头扔下手中的贺风，一把把我拎了起来，“你怎么帮我？”

“大哥，绑架是重罪，你们应该也不想把自己搭在里面。我有钱有人脉，我可以帮你们跑路。”

“胆子倒是不小，但是你一个小丫头片子，我凭什么相信你？更何况我们哥几个敢这么做，难道自己没准备后路吗？”

“我相信你们肯定准备了，但是你确定自己足够了解金家的地位和能力吗？绑架对我们这些豪门来说也是丑闻，能花钱解决的事情我们绝对不会自找麻烦！”

光头沉默了下去，我看不清他的表情，只能等待着他的回应。每一分每一秒都变得十分缓慢，好像油炸心肝一样痛苦。不知道等了多久，光头松开了我，我直接摔在地上。他一句话没说，站起身向仓库外走去，其他几个人跟了上去。

大门一闭，仓库再次被寂静包围，贺风奄奄一息地躺在地上。

“贺风，你到底得罪了谁？”

贺风没说话，只是疲惫地半合着眼睛，有气无力地说：“我不知道，我根本不认识他。”

“你确定？我看他不是这么说的。”

贺风沉默着不说话，只沉重地呼吸着。

他一定有问题。

虽然他自始至终不承认得罪了光头，但看他的样子肯定是心虚的。

他到底干了什么，人家这样要他的命？

我正盘算着，有人进来了，看样子是刚才五个人中的一个人，他直接奔着我而来。

“我们大哥想了一下，觉得你的提议很不错。但是为了保证你不会背叛我们，我们得抓点把柄。”话刚说完，他就弯腰把我拽起来了，像扛麻袋一样将我扛到肩上。

“你干什么！”我忍不住大声喊出声，下意识地看向贺风。

贺风愣了一下，大声喊道：“你们干什么！你们不要乱来！”

他重复地喊着这几句话，还扭动了几下身子，看起来像是着急，但是言行都卡在一种试图帮忙但又不会真的惹怒对方的尺度。

是了，当时那个疯子左不过只有一个人，贺风还有三个同伴在附近。他看似舍身替我挡砸下来的那一下，其实是在可控范围内的危险中求了一次富贵。

但现在情况不同，对方来势汹汹，他孤立无援，更不用说这些人还跟他有瓜葛，所以他在恐惧。这种情况下，什么事都没有保命更重要，这戏就演得不真了。

我指望不上贺风，眼看着这个突然折返回来的男人把我往仓库的小房间扛，各种乱七八糟的恐怖设想铺天盖地地向我袭来。

“你不要乱来，你们是求财的，把我逼急了玉石俱焚什么都没有！”我疯狂地调动口舌试图劝阻他。

不管我说什么，他都无动于衷，径直将我扛到了小房间。房间的门一开一合，我被男人放到地上。我彻底陷入绝望，整个人都控制不住哆嗦起来，生理性的泪水根本控制不住滑落下来。

“别怕，是我。”

伴着熟悉的声音在耳边响起，好像世界在这一刻静止了，只有沈牧摘下口罩帽子的动作是活的。他缓缓露出的完整面容像是扎破气球的一根针，我满腔情绪在这一刻崩裂。

“你，你……”

大悲又大喜，让我哆嗦得几乎说不出话来。

沈牧的脸色不太自在：“你怎么怕成这样？不是都说了随便我发挥吗？”

“我……”

我一口气卡在嗓子眼里，骂不出来也喊不出来。

“你不让我动他，我吓唬吓唬他总行吧？谁知道你竟吓成这样。”

他嘟囔了几句，抬起手拍了几下我的脑袋，动作很僵硬。我能看到他瞳仁中小小的倒影。

我几乎用尽全身的力气才挤出一句完整的话：“我以为是被别人截和了，我没想到是你！”

大概我现在的样子实在是太凄惨，沈牧罕见地露出了心虚的模样：“我，我这不是为了效果逼真吗？你怎么吓成这样？我会来救你的。”

他这句话简直是太火上浇油了。我被吓急了，眼泪止也止不住，忍了又忍，还是没忍住蜷起被绑的腿狠狠地踹了他一脚，用劲之大，我整个身体被冲得往后蹭出一段距离。

除了刚见面时的那一巴掌，别说动手了，我连重话都没对他说过。沈牧猛地瞪大了眼睛，一瞬间露出了凶相，又生生忍了下去，紧咬着牙，下颌角都绷了起来。

满腔的情绪随着这一脚倾泻而出，我虚脱一般躺在地上，汗打湿衣服，一时没力气说话，只直愣愣地看着沈牧。沈牧单膝跪在地上，垂在双侧的手握成拳，松松紧紧了好几次面容才缓和了些。

“沈牧，你为什么会那么问贺风，你是不是查到什么了？”

“没有。”沈牧的语气很冲，“就他那种人，我不信他私底下没做亏心事，我诈他的。”

“什么？”

诈他？万一猜错了呢？这太容易露馅了。一场催化事态的绑架而已，为什么不用更稳妥的……算了，沈牧这人做事本来就是只图痛快，根本不会考虑后果，跟他说这个也没用。都怪我，是我之前怕一味压制沈牧会引起他的不满，让他触底反弹乱来惹出麻烦，才把这事交给他的，谁知道这家伙是没乱子也要搞出乱子。

“你接下来打算怎么办？”

因为刚才踹他那一脚，我往后滑了一下，胳膊被压在身下的姿势很不舒服。我动了动身子想找到一个合适的角度，却因为惊吓过度现在还浑身发软，没什么力气。

“就照原计划进行。”沈牧站起身，拽着我的胳膊把我拎了起来，跟摆弄娃娃一样让我坐正。

“行吧，那你自由发挥吧。”我疲惫地叹了口气，真不知道该跟他说什么。

“你放心好了，我不会留尾巴的。至于金楚涵……”

他从口袋里拿出一部手机递给我，我看着他一时无言以对。

“哦！”他愣了一下才反应过来，把手机往旁边一搁，给我被缚的双手解绑。我活动了下手腕拿过手机查看。

这是贺风的手机，应该是他昏迷的那段时间沈牧拿他的指纹解锁的，然后取消了锁屏密码，所以现在我可以畅通无阻地探索他隐藏的秘密。

他的手机很干净，除了必要的软件没有多余的东西。相册短信都很正常，连通话记录里也都是正常社交中偶尔夹杂一条外来人的电话，通话只有几分钟。我点开他的社交软件，我的对话框被置顶在最上方，我翻到下面找到外来人的对话框。他们两个人最近一次交流是在昨晚，外来人问他是不是明天要回来了，他回复了几句，上面的记录也很普通，找不出异样，不知道是不是删减过内容。

我犹豫了一下，还是点进了外来人的账号翻看她发过的动态，结果却发现了一条我没看到过的动态——只有一张天空的照片，没有配文。

下面却有贺风的评论，几乎是每天都有一次，评论很简短。

“进度0。”

“进度10。”

一直到最新的一条是今天早上。

“回归路上，进度百分之百，可开始下一步。”

果然没猜错，他们两个就是一伙的，他们应该是在一开始就把一切沟通好了。计划开展后，两个人都很谨慎，平时应该就是见面交流，不会轻易在电子产品上留下痕迹，仅仅靠着这条动态去传递计划是否每日都在正常进行的信息。而且就算这个动态被发现，也根本无法被当成证据，他们大可以说这是代表我与贺风感情进展的汇报。

这样谨慎的作风像是贺风的主意。

下一步？他们下一步的计划是什么？让我想想，如果我是他们，我接下来要怎么做？

先结婚，拿到想要的东西，同时因为婚姻的产生，一旦妻子无民事行为能力或民事行为能力受限，丈夫将成为妻子的第一监护人。妻子有抑郁症的病史，因为生病很多疑，不停地猜忌丈夫与妹妹有什么问题。即便丈夫和妹妹细心地呵护照料妻子，妻子依然不可理喻，出现过激行为，逐渐成为众人眼中的疯子，最后被变相软禁在某个暗无天日的地方，在外界的人们眼中失去踪迹，只有可怜的丈夫和妹妹受到了大家的同情。

我能想到的他们应该也可以想到。

从他们目前透露出来的信息，以及我对外来人的了解来看，这极有可能是他们的计划。为了保证这个计划顺利进行，才会有民俗村那三个男人。如果不是那疯子横插一脚达到了同样的目的，那三个男人估计也会给贺风制造一场英雄救美的意外，让我对贺风彻底倾心。现在虽然我和贺风在一起了，但不会那么快就谈婚论嫁。他们没有这个耐心等上个一年半载，所以他们肯定会想办法逼我不得不尽快嫁给贺风。

这也是我让沈牧制造这次意外的目的——把机会掌握在我的手里。

贺风成功英雄救美，可以进一步加深我们的感情，取信外来人，让她早点露出爪牙。贺风不成功，那么他们前面的部署就相当于废了，我合情合理地规避了这次的感情陷阱。而沈牧误打误撞把事情搞成现在的局面，或许比之前的安排更方便让我利用。

我把我的分析讲给沈牧听，沈牧却有些兴味索然。他半垂着眼，手里把玩着从我腕上摘下的绳子，修长的手指绕来绕去，声音慢条斯理的："金宝珠，你好像对触碰这件事反应格外的大。上一次在国外也是，被拍了下胳膊就吓哭了。这一次，我只是把你扛过来，你就直接崩溃了。按照你平时的样子，你应该会先想办法周旋。还有 R 国女人那件事，你反应也很大。我当着你的面干的坏事可不少，你只有那一次那么不高兴，还把人要走了。”

他慢慢说着话，缓缓抬起了眼睛，直勾勾地盯着我，把玩绳子的样子好像处决者在整理他的绞刑架。

“这件事情很难理解吗？”我刚平静下来的心跳再次加速起来，“不管怎么样，我是个女人，对这种事情的恐惧自然是男人很难去理解共情的。”

“是……吗……”沈牧弯了弯唇角，这两个字念得极轻极慢，跟落在皮肤上的羽絮一样让人发痒发毛。我凝聚着眼神，试图让自己看起来更肯定。他伸出手，粗糙炙热的拇指摁到了我的嘴唇上，摩挲了两下，“算了……”

他没头没脑地说了这两个字，表情松弛了下来：“不过你这种身份的女人，要是发生了这种事，肯定会有风言风语传出来的，我没道理查不到。更何况，那个金楚涵对你虎视眈眈，真有这种事，她早挑得全世界都知道了。”

我对他笑了笑，继续说道：“好了，现在时间紧迫，我们言归正传。反正事情已经到这一步了，一会儿我会假装被你们掌握了把柄，你要配合我把这件事透露给贺风知道。但是不要直接跟他说，给他一点点线头，让他自己去猜测就好了。接下来我跟贺风会想办法逃跑，你不要放水得太明显，以免引起怀疑，总之我们随机应变，好吗？”

“知道了。”沈牧应了声，收回了手顺势拿走了手机，重新把我绑了起来。

“把头发衣服都扯乱点，这样比较逼真。”

“哦。”

沈牧伸手就是一顿乱扯。

“够了够了，差不多了，别来了。”

“就这样？”

他脸上满是意犹未尽、跃跃欲试。

“够了，你带我出去吧。”

沈牧撇撇嘴，不情愿地重新伪装好自己，把我扛了出去。贺风还躺在原地，见到我们过来欲言又止。沈牧一把将我扔在地上，暗中拿脚在我脑袋落地的位置上垫了一下，没让我被磕到。

“行了，你们两个好好告个别吧，很快就没这个机会了。”沈牧吊着嗓子阴阳怪气地骂了一句，往外走的时候还看似不经意地往贺风小腿上踩了一脚，贺风短促地呼了声痛。

我静静地躺在地上，扮演一个遭到重击、无助崩溃失神的可怜女人。

“宝珠，你怎么了？”

等沈牧离开了仓库，贺风才问出了第一句关心的话。我默默无言地闭上了眼睛不去看他，一行眼泪适时落了下来。我看不见贺风，但我知道他现在的眼神一定是落在我身上。

“宝珠……”久久沉默后，传来了贺风极其哀痛的声音。

一切不言而喻。

我睁开眼哀切地望向贺风，哽咽地质问道：“这帮人到底是什么人？你到底怎么会得罪这样的亡命徒，我本来说那些话是为了拖延时间想办法等待救援，他们居然如此丧心病狂！”

“我不知道，宝珠，我真的不知道。”贺风眼睛通红地否认，“宝珠你别怕，不管发生什么事情，我都是爱你的。”

“现在不要说这些，我们都还不知道能不能活着回去。”我啜泣了两声，紧咬着下唇，做出想止住哭泣却因为忍耐陷入巨大崩溃的样子，凄切地哭出声。

贺风跟虫子一样扭动着身躯蹭过来，低声安慰着我。

人都是在寒冷的时候才会依靠取暖。贺风很清楚这一点，所以他把爱意变成庆典时的糖果大把挥洒。

哀伤的气氛不知道持续了多久，整个仓库都没有窗户，白炽灯明晃晃地挂在天花板上，不知白天黑夜。直到光头再次带人闯入，我才能从那短暂开合的大门窥得一抹黑暗。

他这次来是勒索钱财的，并再次询问贺风到底想起自己做过什么事没有。

贺风依然嘴硬，而嘴硬的下场就是被狠狠地教训了一顿。

我看得心惊肉跳的，忍不住给了人群中的沈牧一个眼神。

这种事情真的很奇怪，明明沈牧还穿着改变身形的肌肉衣，蒙得严实，混在一群看上去差不多的人里面，但现在的我却能清楚地分辨出哪个是他。

“大哥，别把他打死了，钱还没到手呢。”沈牧夹着嗓子，装模作样地过去劝说，光头这才让人停手。

他挥挥手让手下拿来一台笔记本电脑，要求贺风将所有的存款都汇到一个海外账号。贺风借机提出登录银行账户需要很多验证，向光头索要他的手机。在一顿纠缠与不满之后，光头还是叫人把贺风的手机拿给了他。贺风发现手机被取消了锁屏密码时明显一愣，深深地看了光头一眼，忌惮更深。他短暂地获得了双手自由，在光头的监视下操作着银行账户。

沈牧却突然向我走了过来，在我面前蹲下，捏了捏我的脸：“大哥，这女人长得可真漂亮啊。”

“你干吗！别碰我！离我远点！滚！滚啊！！”我配合地做出崩溃的样子，大声哭喊挣扎着，真恨不能挣开束缚羽化成蝶离开这个地方。

“闹什么闹，都落在我们手里了！”在我的尖叫哭喊中间，沈牧插入了喝骂，将嘈杂声弄得越来越大。

“你吵什么！别忘了，你还有把柄在我手里！再吵你看我怎么收拾你！”光头把视线从贺风身上挪开，指着我怒骂了几句。

我却不管不顾地继续发疯，把自己当成发狂的马，身子乱晃，腿到处乱踩，让所有人的注意力都顺理成章地从贺风身上挪到我身上。最后这场闹剧以沈牧掐着我的脖子，挡住众人视线，装模作样地给了我一耳光结束。

转账成功，光头带着人退了场，贺风这才有空安抚我："宝珠，你别怕，我刚才没管你，是因为我在求救，多亏你刚刚吸引了他们的注意力才让我有这个机会。"

贺风身上的衣服皱巴得像是咸菜干，尘土血迹沾得到处都是，他以一种滑稽的扭曲姿势对我释放着温柔。

"求救，你怎么求救的？电话？短信？会不会被他们发现？而且救我们的人能找过来吗？"我闹得嗓子都哑了，说话直疼。

"你放心，我的手机里有卫星定位软件和一键求救的功能，只要我发出信号就会有人收到，信号发出后会自动删除，不会被发现的。"

怪不得沈牧会突然跑过来搞这么一出，看来也是发现了这个猫腻，只是不知道这个求救对象是谁？是外来人吗？沈牧可千万不能被发现，按照本来的计划，就算被查出来，也是他为了报复策划了这件事，不会被怀疑。但现在指向变了，他的身份绝对不能被发现。

唉，算了，不想这么多了。走一步看一步吧，事情都这样了。

我放下担忧，专心地跟贺风比拼演技。只是折腾了这么久，我与他都已经筋疲力尽了，没几个回合便都沉沉睡去了。直到嘈杂声将我唤醒时，这场风波已经悄无声息地结束了。据说是贺风的助理收到了求助信息，直接联系了金楚涵，金楚涵太着急，来不及知会父母，便和顾泽言一起带着保镖赶赴了W市，一路按照坐标寻到了仓库。

他们几乎没有正面交锋。

大概是因为拿到了钱，光头那些人发现暴露了之后没有选择反抗，而是极其迅速地逃离了现场。不过这也导致虽然我与贺风获救了，却没有抓住幕后黑手。爸爸妈妈十分愤怒，要去报警，花重金追查，但被外来人以"为我的名声考虑"为借口拦下了。

这点我倒是早就猜到了。

助理八成是个幌子，真正接到信号的人是外来人。这个意外并不在计划之内，为了避免节外生枝，她才没有通知家里，没有直接报警，而是先确认了情况再做打算。贺风肯定有怕被人发现的过去，也怕金家会迁怒于他，所以这件事他一定不会承认跟他有关系，就算猜到什么怀疑对象也不会说，横竖只是损失了点钱。和他同盟的金楚涵自然与他是一条心，因此会出面提出低调处理。

虽然沈牧这件事办得莽撞，打乱了我原本的安排，但是也给了我一个好借口。有贺风这颗迷雾弹在，他们不会把矛头指到我身上。只要这件事不是大张旗鼓地查，不闹到明面上，沈牧就好隐藏。

至于接下来……

我看着连夜坐飞机赶回国的哥哥那憔悴的面容，心里已经有了个大概。看来我疑似被捏住把柄的事情大家都已经知道了。

是从什么地方听到的那句话来着?

如果一个名贵的瓷器得不到，那就把它摔碎了，摔碎了它就不值钱了，就能得到了。现在的我已经碎了，这个时候贺风就应该登场把我捧起来，告诉所有人我在他心里还是那个名贵的瓷器。

Chapter 08 苦夜将明

“姐姐，怎么样？你今天要出去散散心吗？”金楚涵面带关怀柔声问我，哥哥陪在一旁面容温柔。

“你们不用这么小心翼翼地呵护我！我跟你们说过好几次了！我没事！那天他们只是对我进行了恐吓和肢体威胁，逼迫我录下与他们狼狈为奸的录像，试图拉我下水变成共犯，没有发生你们想象的事情！”我扮出烦躁的模样大声反驳回去。

哥哥连忙在一旁插嘴道：“好，好，我们都知道的，我们没有那个意思，就是想让你陪着我们出去散散心。”

“是啊姐姐，你别老闷在家里了，多无聊啊，一块儿出去走走吧。”金楚涵撒娇一般晃着我的手。

我沉默地皱着眉头，好一会儿才点头答应下来，烦躁的情绪却仍盘旋在脸上。

这些天，在外来人跟贺风的努力下，大家都知道我在绑匪手中遭遇了不好的事情。我找了个借口解释，却根本没人相信我的话。大家都觉得，我是因为不能面对，所以故意撒谎，出于同情，他们便一致决定假装相信我的谎言。

而这些看法却正是我所需要的。

我要让所有人都在外来人和贺风的引导下误会我。要所有人都看到我是如何疲惫地一遍遍解释，却无人相信，最后被逼得心力交瘁。

就像拉皮筋，现在扯得越紧，等弹回来的时候就越疼。

唯一糟糕的就是我现在受到的关注太多，怕被人发现我跟沈牧的关系，因此这些日子我不敢轻易去见他，只能花上比平时多好几倍的精力隔着手机屏幕不停地去安抚他。

哥哥跟金楚涵带着我去附近的公园散心。两个人把我夹在中间，一左一右跟苍蝇一样嗡嗡地说话，旁敲侧击地安慰着我，希望我早日从创伤中走出来。我敷衍地应对着，心里却想着三天没见过沈牧了，不知道他老不老实。

没逛多久，贺风就出现在小路的尽头。哥哥和金楚涵惊讶地跟他寒暄，但我却清楚，这肯定是他们三个早就安排好的戏码。

自从绑架案之后，我就一直对贺风避而不见。贺风却劲头十足地扮演着一个深爱我的男人，在外来人的大肆宣扬下大家都以为我跟贺风本来是一对爱侣，只是因为发生了意外，导致我产生了心理阴影，无法面对贺风，贺风却始终不肯放弃。因此大家现在都在想办法帮我们和好，贺风也伴着流言正式在我们的圈子里冒头，并广受好评。

寒暄过后哥哥跟金楚涵装模作样地退场，将舞台留给我和贺风。

“宝珠……”贺风未语泪先流，他看上去憔悴了不少，下巴上一圈青色胡楂，任谁看了都要感叹一声，可怜痴心人。

“我不是说了不想见你吗？你还来干什么。”我装作冷硬，却又要别过脸去不忍看他。

“我知道，可我控制不了我自己，我太想你了。宝珠，我们不要这样好不好，有什么事我们一起面对不好吗？”

“你不用跟我说这些，我不想听。”

“宝珠，你别这样，我知道你很痛苦，这些天我也不好过。”

他伸出手试图握住我的手得到一点儿回应。我连忙躲开，含泪看了他一眼，扭头就走，贺风在后面呼唤着我的名字却没有追上来。我走出很远才在小路的转弯处看到了等待的哥哥与金楚涵。

哥哥见我满脸是泪，很是不忍，长叹一声：“宝珠，贺风这些天一直都在我们家附近等着，他真的很爱你……”

我不耐烦地打断了他的话：“哥哥，我不想听这些！他要是真的爱我，就应该帮我澄清绑架的事情。我不想见他，我们回去吧。”

金楚涵拉了拉哥哥的袖子，对他使了个眼色，两人眉眼间都带着心知肚明的怜悯。我越逃避，他们就越觉得我是无法面对，也就越坚信我遭受了极大的创伤。当下两人都不再多说什么，只是继续温柔地陪我散步。

气氛已经铺垫得差不多了，我可以开始下一步计划了。

我让沈牧那边 PS 了一些照片，挑了一个只有我跟外来人在家的日子通过匿名包裹的方式寄上门。我当着金楚涵的面打开那个包裹，然后大惊失色地捂住盒子，跌跌撞撞地抱着盒子冲回房间，任她怎么呼喊都闭门不出。

就算听不到外来人的心声我也能猜到她的心思。她一定会怀疑我被人威胁了，而且盒子里极有可能就是我那个神秘的把柄，她一定会想办法探查。所以等到晚上哥哥来找我的时候，我在他的循循善诱下装模作样地离开房间，跟他去花园谈心。

这一谈就谈了半个多小时。

等我再回到房间，找出紫外线灯对着屋里照了照。一排排杂乱的脚印在地板上显现，床头柜里放照片的盒子上也赫然出现一排手指印——我出去的时候在门口跟盒子上喷了些荧光剂。

她果然是来过了，估计也看到照片了。

这些日子我都不肯承认绑架时的遭遇，拒绝见贺风，他们肯定正盘算着怎么把这件事彻底做实，逼我不得不嫁给贺风。这些照片他们一定会利用起来，只是会在什么时候利用呢？

让我想想……再过三天顾家有个慈善宴会，我们都会出席。慈善晚宴不比家宴，贺风也能顺理成章地参加，如果我是外来人，一定会选在这个宴会上借机发挥。

看来这场戏就快要迎来高潮了。

不管是什么样的宴会，也无论大小，对我来说都是一样的感觉。就好像往琉璃盒子里撒一把钻石，大小钻石丁零当啷地撞在一起，越大就撞得越响。从前我一定会是那颗大钻石，现在却只能靠边站，给新的钻石让路。

不管金楚涵跟顾泽言如今的感情如何，他们站在一起的模样仍然像一对眷侣。贺风如我所料也来到了宴会，他在得体的打扮下仍带着几分疲惫，正跟哥哥在说话。不用听我也能猜到他们在谈什么，话题八成是在我身上。

周围的这群人大多听了点风言风语，碍着金家的地位不敢随便议论。眼神却像钩子落在我的皮肤上，恨不得扒了我的皮看看里面有几根骨头。不过这点程度对我来说可不算什么，比起上一世遭到的厌恶非议，这已经温柔许多了。贺风几次想靠近我，跟我说话，都被我躲开了。

一直折腾到顾泽言作为晚宴主理人上台说话、主持募捐活动的时候，我知道，重头戏来了。在一张蓝色珠宝项链的照片展示完后，大屏幕上涌来的照片像是黑夜中突然亮起的一盏白炽灯，刺破了平静，刺伤了眼睛。

“天哪！怎么回事！”

“这不是金宝珠吗！”

不管穿得再怎么高贵典雅，这些人碰到事后还是会跟鹅圈里受惊的鹅一样，“嘎嘎”乱叫起来。顾泽言拼命摁着遥控器想关掉大屏幕，但大屏幕却不受他控制，仍在一张张地展览着那些照片。他对保安大声嘶吼着：“愣着干吗？去给我关了！”

他失态地抓起失灵的遥控器狠狠地砸向大屏幕，却只听到鸡蛋撞石头般的一声脆响罢了。哥哥忙转身捂住我的眼睛，小声在我耳边说：“别看，别看。”

金楚涵更是慌了神，又急切又关怀地抓住我的手，贺风痛心的呼唤声也越来越近了。

我好像一捧鲜花，在闹剧中被这些人撕扯着都要分一朵。我推开这些人伸过来试图拯救我的手，挺直腰板上了台。顾泽言还带着手足无措的慌乱，我从他的手中拿过了麦克风。

“各位，不必忙着关掉这个屏幕，因为这并不是我的照片。想必各位最近也听到了一些风言风语，都对我前段时间发生的事情有一些好奇，我正好就借着这个机会跟大家解释一下。”

我轻轻地看了金楚涵一眼，没有错过她脸上一闪而过的慌乱：“我前段时间在W市跟一名律师朋友游玩的时候，不幸遭到了绑架。为了拖延时间等待救援，我假意配合那几名绑匪，那几名绑匪为了保险起见，逼我录下了与他们是共犯的录音，之后很快，我的妹妹就带人来解救我们了，只是……”

说到这里我顿住了，轻轻皱眉望向贺风的位置：“我不知道为什么，获救之后这位律师朋友居然跟大家暗示我的身上发生了其他不好的事情，不管我怎么解释都没有人相信。我与这位律师朋友在W市旅行的时候曾经互有好感，但是因为家世悬殊比较大，我始终没有下定决心与他走到最后。结果这件事之后，倒是所有人都觉得我应该跟他在一起，这给我造成了很大的困扰。”

我转身望向大屏幕：“我没想到会在这种地方看到这样的照片，刚看到的时候，我的确是被吓了一跳，但是我从没有过这样的经历，所以我很快就镇定下来了。大家只要仔细看看，就会发现这个照片是合成的。”

我走近屏幕，抬起手指向照片上的大腿下方位置："我本人在这个地方是有个胎记的，但是照片上并没有。"

我今天特地穿了一条有开衩的裙子，我把开衩的位置往上提了提，又往一边转了一下，将大腿上那块粉色的胎记展示出来。

"各位，我本不该在这大庭广众下做出这种不雅行为，但是请各位原谅，我身为一名女性，这些日子本就遭受流言侵扰，又在这种场合被人污蔑，实在是难以忍受，这才强忍痛苦上台澄清。谣言止于智者，希望大家不要被这些莫名其妙的照片欺骗。"

说到这儿，我才恰到好处地露出几声哽咽，微红了眼眶，尽情地将我强忍的脆弱暴露在灯光下。这是外来人那种菟丝花永远不会明白的，比起一昧地哭泣，坚强女性的体面下掩盖不住流露出的脆弱更有信服力。

我含着泪水深深地望向贺风，他的脸色不太好看，但他还是维持着基本的社交礼仪。

"这些日子我一直被这位律师朋友纠缠，所有人都觉得我是遭到了迫害才无法面对他，一直在试图撮合我们，不管我怎么解释都没人听。我今天看到这位律师朋友出现在宴会上的时候就觉得不舒服，随后就发生了这种事情。你何必呢？"

"顾先生……"我叫了一声顾泽言，"我记得你有个私交很不错的朋友精通摄影、电脑一类，不知道他今天在吗？能麻烦他帮我证明一下这个照片是合成的吗？"

我说的那个人是顾泽言很好的朋友，顾家举办慈善晚宴，他怎么会不来呢，更何况我已经提前确认过名单了。

我看着顾泽言将那位朋友带上了台。这个与我有过几面之缘的青年义愤填膺地打开顾泽言叫人从后台拿来的电脑，开始还原这几张照片的原貌，时不时还怒视几眼台下的贺风，充满了正义感。等他漂亮地将照片还原，留下一场清晰的讲解，这场闹剧该收场了。

我对着贺风点到为止地留下了一句深深的叹息，放下麦克风下了台，留给大家无限的遐想空间。等到走近了，我才看清贺风脸上的每一处僵硬，他大概是怎么也没想到会发生这种事吧。他先是扮演一个体贴温柔的绅士，一个忠心耿耿的爱人，然后是遭遇意外被强行拆散的痴情人，下一步就是在宴会上，等到我颜面尽失终于无法维持冷硬面具的时候，他就可以乘虚而入了。

可现在一切都破碎了。

他变成了一个处心积虑设计一切、想要毁掉我名声、想攀高枝的心怀叵测之人。就像他们糟践我的时候，我百口莫辩，如今换成他被议论纷纷，他的自证又有谁在乎呢？没人在乎真相是什么，大家只在乎八卦流言落到耳朵里时带来的那片刻隐秘刺激罢了。

我与他擦肩而过的时候，隐约听到了一声破碎的声音。

是什么？是他那可笑的野心吧。

我走向哥哥，作为朝夕相处二十一年的亲人，他自是清楚我有那个胎记的。没等照片被还原，他就已经满脸的羞愧自责，如今更是连连低声跟我道歉。金楚涵在旁边脸色也不太好看，但还是勉强加入这场认错安慰大会中。

我乐得欣赏她强颜欢笑的样子。我可不是那些攻略角色，她根本不在意我身上有没有胎记。更何况她早就默认我一定是被人侮辱了，发现那些照片只会欣喜，哪里会去怀疑。

真是个蠢货。怪只怪我从前一叶障目才着了道，现在的我可早已经不同了。

慈善晚宴就这样草草收了尾。贺风几乎是被顾泽言给轰出去的。哥哥也冷了脸，看了贺风一会儿，避开人群出去打了几个电话。

他大概也是明白此事无回转余地，没有闹，没有争论，维持着最后的体面在保安的夹送下黯然离场。

临出门前他回头看了一眼。看起来像是在寻觅我的身影，但我知道他看的是金楚涵。

一根绳上的蚂蚱，哪有一个死了另一个还蹦跶的道理。

我微微侧头对上金楚涵有些心事重重的眼睛，含着勉强的笑意，用哭过的声音，轻轻地说道："楚涵，以后还是不要着急给我介绍男朋友了，我暂时没有这个想法。唉，我不是想怪你，只是，当时是你带着人去救我的，也是你先闯进仓库的，其他人在外面接应。你应该也看到了我跟贺风都是好好的，除了挨了点打，其他什么也没有……唉，我理解你跟贺风关系很好。算了，你就当我什么也没说吧。"

我含含糊糊、半真半假地当着哥哥跟顾泽言的面提起这些话，金楚涵的脸色微变。如果只有一个贺风乱说话，我的事不会轻易被这么多人取信，最关键的还是她的证词。去解救我们的时候，外来人为了优先确定贺风的情况，在发现光头他们逃跑的时候，煽动顾泽言带人去追，自己带着剩下的几个保镖去救人。

结果摸到仓库的时候，她却把保镖留在仓库外面，自己闯了进来。等顾泽言找过来的时候，我与贺风已经恢复了自由身。因此，当时具体是什么样子，只有外来人看到了。之后她一直明里暗里地附和着贺风的话，这才让大家对此事深信不疑。

如今，既然贺风说的都是骗人的，都是假的，那她呢？她一直以来是出于什么心理，为什么不管我如何解释，她都选择坚定地跟贺风站在一起呢？

金楚涵听了我的话眼圈一红，眼看要哭。我赶在前面补了一句："楚涵，你是不是心里还有些疙瘩没解开？你之前不是一直说，以前的事情就当过去了，你也知道错了，以后会好好跟我相处，还说要跟我当好姐妹，特意委托了妈妈来当说客……如果你有什么事别憋在心里，我们可以好好地再沟通沟通。"

我清楚地看见哥哥眉心极快地皱了下。

信任就是如此，一旦出现了裂痕，即便修补好也不像从前坚固。曾经我就是输在这上面，一次两次被认为做了坏事，以后事事就都是我的问题。现在轮到你了。

虽然当初在Q国一事被勉强糊弄过去，但是你当时那副撒谎的丑态，承认与我作对的道歉大家可都记着呢。所谓道歉，是只道此事为错，心怀歉意，再不敢为。可若是再犯，所谓道歉也不过变成了笑柄一般的狡辩。

“我，我没有。姐姐，这件事情是我错了，我当时被吓坏了，加上贺风是我的好朋友，我很信任他。他看起来那么爱你，所以我才相信他的话，我根本不知道他有这种心思。”金楚涵颦眉咬唇，泪意如雾气说来就来。

我这一次最大的目的是除掉贺风，顺便在外来人这面修补好的破镜上敲几下，并不着急让她当场就碎，所以见好便收：“对不起，楚涵，你别怪我，我实在是……这些日子谁都不相信我。”

我啜泣了几下，双手捧着脸哀哭出声。我掉下的每一滴泪都落在手心，如同悲痛的化身，企图刺伤每一个人的心。我要愧疚，要怜惜，要以牙还牙，以眼还眼。

哥哥喉咙都发紧了，好像有一声接一声的长叹正源源不断地从他的胸腔中涌出来。他安慰我时的样子简直像是恨不得以身相替，仿佛我的泪是从两个人的心中一同流出的。他向来是这般，多情而温柔，如同春日的桃花，熙熙攘攘地开满了枝头，沉沉坠下来，只要路过，谁都能闻到那股花香。

因此当外来人设计污蔑我抄袭她还倒打一耙的时候，流言蜚语如冰雹一般向我砸下，他那些丰沛的感情让他毫不犹豫地选择了所谓的正义，伸出手为心中那可怜又无助的小白花撑起伞，眼看着我被砸得头破血流。

顾泽言安静地站在一边，握着金楚涵的手给予着无声的安慰。从他在台上大发雷霆，到暴怒着让人将贺风赶出去，再到现在，他都没有跟我说一句话，只偶尔对我投来几个欲言又止的眼神，却始终没有主动开口。我早已习惯他的这副样子。

当初我还是他的唯一时，野蜂野蝶从未停歇过，拍着翅膀往他身上扑，他却连看都不会看一眼，任凭它们在耳边嗡嗡乱叫也只当没听见。可当我不再是唯一的时候，那我便连第二个选择都没有，只能与那些野蜂野蝶为伴，沦为一团嘈杂的麻烦。

他从小就是这样霸道，要么付出全部，要么一点儿都不会给。前世我何尝不知道这一点呢？我只是不甘心罢了，所以被爱蒙住了眼睛，昏头昏脑地在禁区一顿乱撞。我只是说不出来，到底是多情的温柔更痛苦，还是坚定的冷漠更残忍。

我们四人在无人的宴会厅逗留了好一会儿，我才收拾好外放的情绪，离开这个搭好的戏台子，和金楚涵他们一起回了金家。

宴会上的闹剧早就传开了，爸爸妈妈提前回来等在了家里。一进门，金楚涵像小狗一样呜咽一声就哭了，奔着妈妈的怀抱而去，一边哭一边忏悔道歉。爸爸妈妈心疼得要命，一个劲地安慰着金楚涵，自始至终都没有问过我一句。他们在金楚涵的哭诉中将此事轻轻揭过，不愿再提。

有那么几瞬，在恍惚间，我仿佛看到爸爸妈妈的脸变成了纸糊的。他们黑洞洞的眼睛在灯光的照耀下闪烁着呆滞诡异的光，那光细细长长的，拉出的一条线正握在外来人的手中。

不管是前世还是今生，爸爸妈妈的疏远都是对我最痛的打击。

我当了二十年的“亲生女儿”，我是他们分出来的骨，是他们掉下的肉，我与他们是这世上所有难以估量的爱的集合体。曾经，只要想一想，他们将来会老去离世，我就忍不住要掉眼泪。就是这份对我来说最重要的爱，就是这些组成我身躯的骨与肉，在外来人出现后，毫不犹豫地从我身上脱离，痛得我站不起来。

恢复记忆以后，我一直在自我安慰，或许他们是被系统动了手脚才会如此决绝，仿佛从未爱过我一般。系统神通广大，可以通过吸取足够的积分，让攻略对象发泄欲望的时候忘却伦理道德，那么让爸爸妈妈格式化所有对我的爱也不是难事。

或许是自我安慰的话听过太多，就真的相信了，又或许是我已经被仇恨重组出了新的身躯，便不再在乎过去的创伤了。再看他们这般样子，都不如电视剧里上演的狗血桥段更能拨动我的心绪。

我看得无聊，想找个借口回房间，却听到了一个令人怀念的声音。

“宿主。”

还是那个熟悉的声音，只是听上去有些有气无力。

“系统！你回来了！是不是休息够了！”

伴随着系统的回归，外来人的心声久违地在我耳边响起来。

一瞬间那个在浴缸里做过的梦浮现在我眼前。

是真的？系统陷入了休眠？所以我才听不到外来人的心声？我能听到这个心声的关键原因果然也是在系统身上！

“宿主，怎么回事！我休眠了这么久，怎么任务一点儿进展没有？沈牧的好感度都负百分百了，我休眠前不是还在负百分之五十吗？顾泽言的好感度之前是百分之九十八，现在是百分之九十九，居然才加了一点！金成一百分之四十八，倒是比休眠前的百分之三十多了不少，等等！今天早上还是百分之五十六，居然又掉了百分之八！怎么搞的！”

系统一张嘴就是劈头盖脸地一顿骂。

“我，我，这不是有点意外情况吗？沈牧从Q国回来以后，我们就没有联系了，临走前为了保住顾泽言的好感度，我找了那个借口，他肯定不高兴。至于顾泽言，他的好感度只有百分之九十九吗？我们和好了这么久，他对我跟以前一模一样啊，我以为早就百分之百了。哥哥的情况你也知道，他一直在国外，才回来没几天，这已经有进步了……”

“这也算进步？搞什么！金宝珠怎么还在这儿啊！算了不跟你说了，我直接读取你的记忆。”

短暂的平静后，系统的声音一下子拔高了好几个度。

“你这个蠢货，蠢货！这么好的机会都被你搞砸了，居然被金宝珠反杀了！我不是让你有情况求助我吗？”

“我求助了啊！自从你休眠以后，我求助过好几次了，但是你都没反应，我，我以为你还没休息好。”

金楚涵大概也是理亏，声音怯怯的，越说动静越小。

“你求助过我？不可能，我没有接收到任何信号！我这次苏醒就是因为休眠时间过长，没有接收到你的信号，所以回来看一眼情况。”

“我求助过的！我就是按照你教我的方法做的，怎么可能收不到！”

“我就是没收到！怎么搞的？给上面的反馈也发出去那么久了，一直没收到回信……”

“啊，怎么会这样啊，系统，那现在怎么办？系统，系统？”

正如系统来得突然，走的时候也很突然。外来人在心里一个劲地叫唤却没有得到回应，念叨着系统是不是又休眠去了。

我倒觉得不是，如果它休眠了，我就听不到外来人的心声了，但现在能听到，所以系统应该是干别的事去了。

怎么回事？听他们的对话，系统显然是出了很大的问题，是因为积分不足直接崩溃了吗？

我正想得出神，系统再次响起的声音吓得我不由惊呼一声。

“怎么了？”

全家人的视线都向我投来，我胡乱地找了个借口遮掩过去，凝神倾听着系统的动静。

“宿主，现在我需要回收你身上所有的道具。”

“什么？为什么！”

“我的程序一定是出问题了，之前我是打算向上级发出反馈，然后进入休眠，最大程度减少能量的耗损，等待上级的消息。但是现在上级的消息迟迟不来，我的问题却越来越大。你身上的道具都是我耗费积分给你兑换的，我现在能量不足，必须要回收你身上的道具消化补充，然后再进行下一步。”

“这个不行啊！你把道具都回收了我怎么办？”

“我是在通知你，不是在跟你商量，别忘了，你的一切都是仰仗着我。我要是出问题了，你也要跟着完蛋。”

我眼看着金楚涵的泪珠还挂在腮帮子上，神情却变了。她什么也顾不得了，话都没交代一句，拔腿就往房间跑。爸爸妈妈一头雾水地跟在后面叫唤着她的名字，却无人回应。

我推断得一点儿也没错，积分就是系统的能量，所谓道具不过是系统用多余能量给外来人的甜头罢了。就跟在驴前面吊根胡萝卜一样，当主人饿了，自然是要把胡萝卜收回来的。

道具回收，还真是意外之喜啊……

当初外来人用这些道具，随随便便就取代了我二十年辛苦结出的果。那样轻松，不知道可曾担心过，这么便利得来的东西万一哪天没了，到时候要怎么办呢？

不过这么一来，系统的能量就补充完毕了，那它出现的这些问题是不是也会被修复？它到底是因为积分不足而程序崩溃才一次次出错，还是因为别的事情？

还有那个隐藏了我真正行踪的坐标，那个掩盖着我与沈牧来往交流的手机搜查，以及那个奇怪但是似乎是真实状况的梦境，这一桩桩一件件的怪事到底为什么会发生？

我不认为这能被划归到系统的错误中去。

因为这三件事的指向性太强了，事到如今只能有一种推断——这三件事的出现是有目的地在帮助我完成自己的计划。只是不知道是出于善意，还是为了从我身上谋取什么其他的东西。

金楚涵躲在屋里，任谁叫门都不肯出来，只喊着心情不好要静一静。

大家聚在门外面面相觑，只有我一个人能听到她心里一声高过一声的哀求。但这些话语都跟砸进水里的石子一样，只留下了声响。

系统每剥夺一个道具就会通报一声，我仿佛看见一个贴满金箔、企图混入珠宝箱的铁疙瘩正一点点露出本来的面目。

真正的金楚涵聪明刻苦，凭借自己的努力，在父母双亡的情况下，硬是走出了一条平坦的大道。可这个外来人只是一个早年辍学混迹娱乐圈的小角色，除了认识几个名牌的英文，知道怎么撒娇，怎么用不入流的手段争斗，她还有什么？那些出色的设计天赋、流利标准的三国语言、出口成章的文化底蕴、举手投足的优雅仪态、技艺精湛的琴棋书画、自然纯真的无辜眼神可全都是系统的功劳。

她不过是一个被系统涂脂抹粉穿上华服推到幕前的人偶罢了，在台前待久了，真以为成角是因为她自己的本领了。真是可笑！

我实在是太喜欢听外来人那绝望的哭号了，喜欢到即便是听到系统说“积分回收完毕，只需重启一次就能恢复正常状态”时，那股子高兴仍是止都止不住。

这是我长久以来最痛快的一次。我二十年的努力成果，她随便凭借一个道具就能拥有，且达成的效果甚至更甚，我如何能不忿不妒，如今可算把这口积压的浊气出了。

我心情大好，连睡觉的时候都难得不失眠了，睡意袭来得很快。

我做了一个梦，梦里我正站在一间空白的房间里。墙是白的，天花板是白的，地板是白的，室内没有门窗，甚至都看不清墙与墙之间的折角。我好像被一团模糊的白雾包裹住，四周只有一片深深的寂静。但很奇怪，我能清晰地感觉到我在做梦，这一切都是假的。

“金宝珠。”耳边突然响起一个温和的女声，可当我回过头去，却发现什么都没有，她继续说，“别找了，你看不到我的。”

“你是谁？”

我总觉得这个声音很耳熟。

“我时间有限，你先听我说。我是真正的金楚涵，我被困在系统里面了。你的坐标，还有隐藏手机信息这些事，都是我帮你做的。

我知道你想对抗系统，我与你目标一致。因为你一直在阻碍系统吸取积分，导致它出现衰败，我才能渗透进它的程序中，做出这些事。我本来已经快要渗透完成了，但是它现在吸取了积分，又回到了健康的状态，我只能暂缓渗透，隐藏起来，但我会继续掩护你的。你的方向是对的，只要继续阻止宿主攻略对象，将她毁掉，我就有办法解决系统。”

几乎在这个声音消失的那一刻，我突然从那种无比寂静的状态中脱离了出来。我先是感觉到从身体深处传来忽远忽近的呼吸声，然后听到远处挂钟的秒针缓慢走动的声音。

我缓缓睁开了眼睛，长长地舒了一口气。

难怪我会觉得耳熟，是金楚涵本来身体的声音。只是平时外来人说话的腔调不同，所以一开始我没有认出来。

她还活着，不对，真是她吗，会不会是陷阱？可是没道理啊。相比于系统的神奇，我只是小角色，如果真的发现了我，能除掉我的办法很多，没必要绕这么多圈子。

那么真的是她，难道她一直被困在系统内部吗？那个白色的房间就是她所处的地方，所以她一直都在？还是因为我对付系统，导致系统出现衰败，这才唤醒了她？

一个又一个的猜测涌入了我的脑海中，得不到答案的我只能将它们一个个地压下去，但震惊却在我的心口久久盘旋，挥散不开。

如果真的是她，那么希望她是因为系统衰败才被唤醒的吧。

用早饭的时候，妈妈在门外劝了很久，金楚涵才出来。她看上去没什么变化，但又感觉少了些什么。从前的她虽然不是顶级美人，但一颦一笑都楚楚动人，是韵味悠长的美，只要看一眼就难以忘怀。可我知道那是“柔光特效”道具的功劳。

现在她没了它，虽然皮囊依然清丽，但感觉却非常不同，像是一个二十四小时化着浓妆的人突然素颜了。她大概也有这种感觉，所以今天的装扮十分精心，从头发丝到脚趾头都用足了心思。

“对了，楚涵，就快考试了，我记得你好像还选修了法语课对吧，准备得怎么样？”我在饭桌上轻轻地用法语问了她一句话。

我们几个虽然还在上大学，但是基本都在为将来进公司做准备，所以大部分时间都不在学校，不过考试还是要按时去的。

金楚涵的表情有一瞬的僵硬，她疯狂地在心里质问系统，我刚才说的这句法语是什么意思。可系统没有回应，我和哥哥含笑望向她，都颇为关切地等待着她的回答。

她笑了两声算是回应，想糊弄过去。

“怎么了？”我哪能放过她啊，用法语又问了一句，紧接着我小声惊呼了一下，将语气转为失落，“啊，你是不是还在为昨天的事生气……”

一句接着一句的法语砸得她都要在心里尖叫了。我能听到她的心声，就证明系统没有休眠，可这种时候却没有回应，看来是真正的金楚涵动了什么手脚，难道是信号屏蔽？

哥哥在旁边帮腔：“楚涵，怎么了？”

这句话用的是中文，金楚涵听懂了，她如释重负地开口道：“没怎么啊，对了，还有煎蛋吗？我想再吃一个。”

她试图岔开话题。她本人虽然不懂法语，但是当初为了出风头，曾在学校一次设计展会上，仗着道具在台上跟法籍评委大肆交流了一番。有这样的前尘往事，现在可没办法再装出不懂法语的模样。

我欲言又止地轻叹了口气，装作黯然地站起身，不再用法语：“我去帮你拿吧。”

这个话题没有如金楚涵所愿被岔开，反而使气氛变得更糟糕了。我点到为止，金楚涵怕说多错多，只能硬着头皮当什么也感觉不到，一顿饭吃得味同嚼蜡。

等早饭用完，我看到哥哥悄悄将金楚涵叫到了书房，看来他是觉得金楚涵心里有意见，故意在给我脸色看，所以准备苦口婆心地劝解她一番。

这只是一点点开胃小菜，我得早点让她彻底原形毕露。对了，好几天没去见沈牧了，他一向就爱搅和乱子，说不定在这方面会有什么好点子。

但当我一进别墅，却被吓了一跳。这里像是被人洗劫过一样，能砸的东西都被砸得稀烂，连窗帘都被扯下来半截。

“沈牧，沈牧？”我在别墅找了一圈都没找到他，只能给他打电话，顺着手机铃声来到了花园的一棵树后。大冷的天，沈牧只穿了毛衣跟单裤，坐在树后的排椅上盯着天，不知道在看什么。

我已经近一周没有过来了，我从来没有离开过他这么长时间。

“怎么坐在这儿，多冷啊。”我摘下厚重的羊毛围巾抖开，披在他肩上。

“宴会上玩得开心吗？”沈牧没有看我，他嘴里叼着一根烟，却没有点燃，只是咬着转来转去，说话声音有些含糊。

我就知道他会因为没有让他参与宴会这件事生气。

“还好吧，贺风不过是个小角色，我们之前都对付他那么多次了，不新鲜了。倒是金楚涵有了一个大乐子。”

沈牧一下子把烟咬住不动了。我把他手里攥着的打火机抽出来，俯身为他点烟。他深深吸了一口，微眯起眼睛：“什么乐子？”

“你觉得金楚涵在大家的眼里是个什么样的人？”

“白富美！”沈牧没好气地敷衍着我。

“我不是特指这个。算了，我带你去见见她，你就知道了。”

“呦，舍得带我见人了？不怕被发现啊？”沈牧一不高兴，说话就阴阳怪气的。

“舍得，哪里不舍得，我都是为了你的安全着想。”

沈牧不轻不重地哼了一声，倒也没再纠缠这件事。

我叫了几个保洁人员把别墅简单收拾了一下，又陪着他吃了顿饭，他的脸色才缓和不少。看他心情好了些，我跟他交代了接下来的计划，让他从现在开始随便找个酒店入住。我不联系他，他就不要联系我，把别墅当成我们偶尔接头的据点。

沟通好一切之后，我便回了家。

今天回来得晚，大家都休息了，只有哥哥还等在客厅。他大概以为我被金楚涵的态度给伤到了，所以才一整天都没见到人。于是他便特地等在这儿，就为了安慰我，也替金楚涵解释几句。我简单地将他敷衍走，回了房间休息。

睡前我突然又想起了那间白色的屋子。不知道今晚“她”会不会再出现，我还有太多的问题想要问一问。我怀着期待入睡，却一夜无梦。

我只能收拾好失落的心情，重新挂上笑容去面对接下来的挑战。

金楚涵大概没睡好，黑眼圈有些重，妆倒是比昨天的淡了一些，吃饭的时候乖巧得像只鹌鹑一样，都没抬头看过我一眼。

吃完饭后，我和金楚涵都要回学校，从现在直到考试周结束，我们都要按时去学校报到。已经毕业的哥哥则兴致勃勃地当起了今天的司机。

出发前我悄悄给沈牧发了一条消息。等哥哥即将看到校门口的雕像、准备放缓车速时，一辆黑色机车从后面猛地超车上前，一把打横，拦在了路中间。哥哥慌忙踩了急刹，险些撞了上去。

骑车的男人穿了一身黑色的骑行服，长腿一跃翻身下车，顺手还摘下了头盔，黑发扎成小辫，绿色的眼睛微微眯着，笑得嚣张跋扈。

“沈牧！”金楚涵在旁边惊呼出声，我配合地做出惊讶的表情。

“你们先不要动，我去看看。”哥哥脸色难看地扔下这句话，下了车。

金楚涵紧跟着把车窗玻璃降下了一半，整个人紧贴在车门上，生怕漏下一点儿动静。我饶有兴致地看着她微弓起的背、缩起的肩膀和前倾的脖子，没了那个“优雅光环”的道具，她真实的仪态暴露无遗。

倒还算不上丑陋，至少比普通人要好上一点点。毕竟她再不入流，也是拍过几部网络电影的人，也算受了点镜头的锻炼，但到底还是只山鸡，放在凤凰群里就变得格外显眼了。

外面的哥哥跟沈牧有些争执，声音顺着车窗缝溜了进来。

“沈先生这是什么意思？我以为过去的事情已经结束了。”

“没什么意思啊。我也算半个Z国人，我回故乡看看不行吗？”

沈牧说着话歪了歪身子，隔着哥哥往车里看了一眼，意味深长地挑了挑眉毛。哥哥连忙挪开一步挡住他的视线。仅仅只是一个背影，我都能看出哥哥在这一刻如临大敌。

“你怕什么，我还能把她给吃了？故人叙叙旧不行吗？”

“请沈先生注意措辞，我想你跟楚涵的误会早就解释得清清楚楚了。楚涵不过是因为年纪小，报恩心切才会跟你认识，没了那层身份，她跟你也只是陌路人罢了。”

“哦——”沈牧拉长了声音，“那她可真是个女菩萨，为了给死去的人圆个梦，连自己都搭上了。”

那些暧昧的日日夜夜一直都被所有人刻意忽略。所谓报恩的解释，与其说是大家被外来人给蒙混过去了，倒不如说是大家选择去接纳了这个借口，留了彼此一个体面。按照我原本的计划，我会借着那些视频，让沈牧咬住外来人不松口。想要毁掉一个人，很多时候并不需要做些什么，几个唾沫星子就能把她钉在耻辱柱上。

这是外来人教给我的道理。

我本打算在Q国的时候就原原本本地还给她，但是突如其来的变故打乱了我所有的计划，我不敢再轻举妄动，只能借着她的解释将此事暂且画上句号。如今是时候让沈牧把一切再翻出来了。

“我可是很怀念她带给我的快乐呢。”被哥哥挡住了视线，我看不到沈牧的脸，只能听到他被风送来的声音里缠满了暧昧。

金楚涵猛地拉开车门冲了出去，我跟着她下了车。

“你胡说什么呢！”金楚涵说出口的话该是愤怒的，语气却软绵，听起来倒像是在使小性子。她冲到哥哥的身边，一把抓住他的袖子，半个身子贴在哥哥的背后，如同想骂人却又害怕的小孩子一样，从哥哥的背后伸出脑袋去瞪沈牧："沈牧，这种话不能乱说！我什么时候这样了？"

"这话说得，摘得可真干净啊。你瞒着未婚夫，假冒小月牙的身份接近我，绞尽脑汁招惹我的那些事都忘了？视频我可都还留着呢。哦，对了，差点忘了你的借口，为了报答救命之恩是吧？"沈牧抱着胳膊，挑衅地扫了哥哥一眼，顿了一下又开口道，"这种低级的借口也就骗骗他们了，报恩？圣母都没你这么伟大。"

"你到底想怎么样！"哥哥的牙关都咬紧了，压低的声音中怒气挣扎着要脱笼而出。

这里离学校门口不远，我已经看到不少熟悉的面孔，他们一个个装模作样地徘徊在校门口。

如果不是碍于身份面子，恐怕早就围上来看热闹了。

沈牧的恶意明晃晃地挂在脸上："我没想怎么样，我就是想她了，来看看。"

从他一出现，外来人的心声就一直骂骂咧咧到现在，面上还跟受了天大的委屈一样，她拽着哥哥的袖子不撒手，就差哼唧两声了。沈牧把该说的都说了，该惹的事也惹了，就痛痛快快地骑车离开了。哥哥被他气得不轻，压着火气把我们送进学校，也没了怀念母校的心情，扭头就走。

久违的校园里，大家嬉笑着如往常一般打着招呼，看上去风平浪静。但我却很清楚，刚才校门口的闹剧正隐秘地在这些人的笑容与私语中疯狂传播，很快就能传到顾泽言的耳朵里。

在这个学校里有很多人都看我不顺眼，因为我处处压他们一头。所以当外来人将我从神坛上拉下来时，人人都乐于踩一脚，但这并不代表他们有多喜欢外来人。只要给他们机会，他们还是会迫不及待地冲上去撕咬，因为人人都觉得"凭什么我不是最好的那个"呢？

系统姗姗来迟地上线，外来人急切地跟它探讨着沈牧到底想干什么，系统的声音却听起来有些飘忽。我知道，这是因为它根本不确定沈牧到底要干什么，他到底是怎么想的。

沈牧是过往所有攻略对象中最轻易拿下的一个，因此他们在他身上花的心思也是最少的，对他的了解更是寥寥无几。可当沈牧不再配合着拿出那些好感度，他就变成了最难以掌控的那一个。

而且……不仅仅是不确定，系统似乎已经丧失了对攻略进度的焦急。它听上去好像并不在意此事了，只叮嘱着外来人，无论如何都要保住顾泽言跟哥哥的好感度，不要让数据再继续下降了，其他的让它来想办法。

为什么呢？对系统来说，应该没有什么事是比攻略任务更重要的。它之前为了稳定自身程序而回收道具这件事很好理解，毕竟它才是任务的一切基础。我本以为当它稳定好程序后，会继续催促外来人去做任务吸取积分，却没想到它居然完全不着急了，甚至还有些心不在焉。为什么会是这个态度？

我试图把自己代入系统的角度一步步分析着。

以目前的情况来看，任务进展不顺利，屡次出现未曾遇到过的问题，包括“我”本身都出现了重大问题，逼迫“我”不得不回收道具来补充能量，这对“我”跟宿主来说都是极其不利的局面，任务也等于陷入了某种僵局中。

虽然还有一些其他的攻略角色可以选择，但攻略对象似乎是有排列规矩的。顾泽言是第一个对象，金成一是第二个，沈牧是第三个，后面的依次排开。

顾泽言排在第一个，跟他的身份性格有很大的关系。宿主所附身的躯壳本身就跟顾泽言有婚约束缚，是一个名正言顺的切入点。而且顾泽言的情感给予方式向来极端，要么一点儿不给，要么就给全部。只要拥有适合培养感情的身份，再加入足够的了解和恰到好处的心机，就可以拿下一个忠诚的守护者，得到一份不会被轻易撼动的爱。

就如同想盖一栋房子，就要选择一个稳定的地基，顾泽言绝对是最合适的，而他那遭受巨大羞辱后的好感度也恰恰证明了这一点。

至于哥哥会排在第二，应该是近水楼台先得月的缘故。同居一个屋檐下，她可以在攻略顾泽言的同时，光明正大地培养哥哥对她的好感。一石二鸟。

虽说是兄妹，他们之间终究没有血缘关系。更何况哥哥一开始认识外来人的时候，彼此不过是陌生的成年男女。在这种状况下外来人获得的所有欣赏都来自异性的好感度。当真相被揭露，以哥哥的性子，怜惜愧疚会让那些好感度成倍地增长。

他们从未以兄妹身份朝夕相处过，只要外来人拿捏好尺度，再配合道具的作用，就可以迷住哥哥，让他困在沼泽中，分不清前路，不明白此刻是生是死，最终变成一只困兽。而外来人在最关键的时候拿出道具，至此拿到两个人的足够多的好感度，就可以启动那个不知名的功能，将理智从这两个攻略对象的思想中剔除，让他们心甘情愿地被她攻略。这栋房子的地基与构架也就此打好了。

最难的部分解决了，剩下的就方便多了，只要慢慢往上堆积就可以了。因此好感度最容易拿到但贸然放在前面位置上却会不利于稳定攻略进度的沈牧就该登场了。接下来的几个角色的攻略难度跟稳定度都相差不大，可以依次出场。

但是现在地基发生了波动，眼下才稳住，更别提根本没能搭起来的框架还处在要塌不塌的状态。而最简单的攻略对象的好感度也全面崩盘，一路崩到几乎无法挽回的地步。

在这种情况下，基本只有两种选择。

一种，先想办法把地基跟框架重新稳住，然后越过崩坏的角色去攻略后面几个，等积分足够了，说不定可以利用道具或者其他渠道重新将这个崩坏的角色纳入麾下。

但是这样做有极大的弊端。

信任是感情的基础，一旦被打破，想要修复如初是一件很麻烦的事情，变数太多。更何况，现在已经没有积分可以使用了，宿主也被回收了道具。她之前利用道具在所有人心中塑造了一个完美的人设，如果现在贸然用最初的样子再去重新攻略，极有可能会起到反作用。

如果是这样，不如选择去攻略陌生的角色。可她已经翻过一次船了，如果这次还没稳住，再翻一次，那真的就是覆水难收了。一个角色的崩坏还能收场，多个角色的崩坏可就不是闹着玩的了，所以这不会是一个好选择。

那么就只有另一种选择了。

如果想找一个比喻的话，这个世界就如同打游戏时的副本。宿主就是玩家，每一次都会让不同的玩家进入这个副本，攻略角色就像是打怪，积分就像是掉落的奖励物品。本来这个副本玩家已经进了无数次了，闭着眼都知道怎么打，但偏偏这一次在阴沟里翻了船。

玩家不仅没能拿到奖励，还把装备都丢了。

没有装备，副本的怪变得很难打了，玩家想请求场外的外挂却联系不上，硬着头皮打下去可能要被团灭，不如搜刮干净所有能搜刮的东西，重来一次。

如果是我，我一定会选择第二种。至于系统的选择……

除非是有什么我猜不到的第三种选择，从它跟外来人的交流来看，似乎也更倾向于第二种。

如果是这样的话，就牵扯到一个最核心的问题。

这个循环是怎么开启的?

我现在已经知道系统获取能量的机制是什么，也猜到了这个循环任务的内容是什么，但我仍对这个世界重启的机制一无所知。虽然我只拥有前世的记忆，但是通过长久以来窥探系统得到的只言片语，我很清楚这个世界已经循环过无数次了。

我一次次地死去，又一次次苏醒在最初的襁褓中，失去所有的记忆。如同到了时间就清空数据重新刷新的NPC一样，懵懂地重复着前二十年的人生，直到外来人的出现。

这一世的外来人跟上一世的并不是一个人，由此可以推测，每一世的外来人大概都不是同一个人，但是系统根本没有将这件事透露给她。

在外来人的眼里，这个世界是她打的第一个副本，等她拿到奖励，把副本打通关了，就会被系统带着前往下一个副本。这样的欺骗也侧面证明了事情的真相是外来人绝不能知晓的，同时也是她无法接受的。

但仔细想一想，系统曾经说过，如果没有它，外来人就是个孤魂野鬼。那么大胆设想一下，“金楚涵”这个身份，就像是一个漂亮的花瓶，外来人就是山野田间的野花，系统就像养蜂人。它摘下了这些花，摆弄着插到花瓶里，吸引着蜜蜂为她采蜜酿蜜。但是花无百日红，当花瓶里的花被采干净了，要枯萎了，就应该把它取出来扔掉，再换上新的花。

扔掉……如果这是定好的结局，系统自然不会告诉外来人。

这个大胆的猜测不由得让我心跳加速。我隔着几个位置远远看了外来人一眼，她正坐在座位上低头偷偷玩手机。我现在听得到她的心声，知道她在跟顾泽言聊天，时不时在心里分神骂几句沈牧。

她看起来年轻雀跃，如同奔跑在山谷中的鹿，只想着明天去哪里看一看鲜花。然而她却不知道，这是一个空心谷，说不定哪一脚踩下去，这里就会塌了个窟窿，会直接坠入无间地狱。

不过我可没有多余的同情分给她。我更关心的是，如果系统现在开启了循环，那么一切说不定会回到最初的位置，我是不是又会重新失去所有的记忆？我还能再次听到系统的心声吗？我还能回忆起这一切吗？

就算我还能拥有这两个能力，一旦重启，恐怕我很难再次成功撼动系统了。这一次的顺利，很大程度得益于系统因惰性生出的松懈。

因此，我只有一次机会，要么直接击溃系统，要么就需要面对一个更加警惕谨慎的系统。更何况系统背后还有一个神秘的上级……

我很清楚我的能力有限，所以一直以来我都在刻意忽略这一点，只闷头奔着击溃系统这一个目标而去。

我很清楚还有很多我无法面对的问题，比如，系统到底是从哪里来的？它与这个世界的关联到底是什么？就像打游戏的副本，我把系统除掉，这个副本的入口就会关掉吗？会不会有第二个系统重新进来，将这个副本继续循环下去？我会不会被新的系统重点关注？被它们压制，再无翻身的机会，永生永世地做一颗垫脚石？

这些问题我根本想不出应对方法，我只会被这些问题压垮，所以长久以来，我只能把自己变成一头闷头跑的牛，只看着脚下的路往前冲，不在乎会不会撞到南墙。

但是现在该面对了。

我想起了白色房间里的那个“声音”，我迫切地希望能再见到“她”一次。我选择相信她是真正的“金楚涵”，选择相信她的话是真的。

怀疑是燎原的火，我已经快被烧干净了，不能再去点燃新的火星了，我会疯掉的。如果她是真的“金楚涵”，她一直在系统内部，那么她知道的可能会更多，我的这些疑问或许能从她那里得到答复。

但我要怎么再见到她呢？

系统！因为系统的恢复迫使她隐藏起来，只要我加紧脚步让系统重新衰败，她就有喘息的机会，说不定会再次来找我！

我能感觉到我的呼吸突然变得有些沉重，如同一只饥饿的野狼，正盯着外来人这块肥肉，饿得口水直流、饥肠辘辘，鼻端都是肉香。我的视线里白茫茫一片，只有这块肉似乎正隐隐发着光，冒着热气，只要咬上一口就能成精成仙。

她似有所察，回头看了我一眼。我对她露出一个笑容，收回视线，耳边轻轻擦过她骂我有病的声音。

铃声响起，这节课该散了。

我知道外来人肯定会去找顾泽言，她现在一心抓着顾泽言，想把那缺失的百分之一的好感度补上。按道理来说，我应该选择好感度远远低于顾泽言的哥哥下手，但是哥哥在感情方面太拖泥带水了，加上我与他又是明面上的兄妹关系。虽然他的好感度不高，一直在起起伏伏，却很难彻底消失，像是一包棉花，使劲压扁后松松手，还是能回弹几寸，只是得花上慢功夫一点点地琢磨。

顾泽言却不同，他的感情决绝强硬，如同石头。虽然难以撼动，但是只要找准角度，说碎便会立刻碎得四分五裂，再难挽回。想要速战速决，他才是最好的选择。

我没有跟着外来人去找顾泽言，我得想个办法让他主动来找我。

沈牧在校门口闹的动静一定会传到顾泽言的耳朵里，不管外来人如何解释，沈牧始终是顾泽言心里的一根刺。这根刺平时碰不到就算了，碰到了还是会疼，所以他一定无法忽略沈牧的回归。我要把沈牧这根刺扎得更深一点儿，扎破顾泽言现在平静的伪装，把那些愤怒、怀疑、羞辱全都再翻出来。

只是有一点——在国内不比在Q国，沈牧是弱势的一方，不能彻底惹怒金顾两家，不然拔出萝卜带出泥，他出事了，我也跑不掉。所以顾泽言不能直面沈牧，最好是由我在这二人之间光明正大地周旋，更好地把握尺度。我也可以利用沈牧想办法暴露外来人的粗鄙，摧毁她在顾泽言心中的形象。

我很了解顾泽言。

伤痛不会让他破碎，失望才会。比起“我爱的人心里还有别人”，他更在乎的是“为什么我会为了这样一个人放弃尊严”。

过于刚烈执着的爱总是可以爱错，却不能爱得不值得。

Chapter 09 困兽之争

我心里早已经有了一个计划，现在的思考不过是将这个计划推进得更快一些，接下来，我该好好给男主角讲讲戏了。

我现在不方便跟沈牧见面，但自从有了真正的“金楚涵”的庇护，我便可以肆无忌惮地通过电子手段联系沈牧，不用再战战兢兢，担心被系统监控。

男主角今天心情好，入戏入得也快。

等我们下了最后一节课准备回家的时候，他早早地捧着一大束玫瑰花等在校门口。他换了一身牛仔服，蜂腰宽肩，在身后夕阳的照耀下，惹眼得像电影海报中真正的男主角。

金楚涵正挽着顾泽言的胳膊撒娇，见了沈牧像见了活阎王一样，脸色直接就变了。顾泽言垂在身侧的手一下攥紧了，腕间青筋都爆了起来。沈牧倒是乐呵呵地捧着花就过来了。

“沈牧！”我抢在前面冲过去拦住沈牧，“你怎么来了？也没说一声。”

我回头冲金楚涵使了个眼色，确保顾泽言也能看见。金楚涵沉默地抓着顾泽言的胳膊，垂下了眼睛，似乎默认了我的出头。顾泽言愣了一下，脸色变得有些复杂。

我们几个早上在校门口的争执已经传得到处都是，大家都在猜测，沈牧是奔着谁来的。现在他又大摇大摆地带着玫瑰花过来，不管金楚涵接不接，绯闻一定会传得满天飞。

别的绯闻也就算了，嚼舌头的事谁也管不住，不搭理就是了。可如果这个绯闻对象是沈牧，顾泽言绝对无法忍受，所以这个时候我一定要冲出去，主动迎上沈牧，为他们解围。这样一来，我既能光明正大地跟沈牧搭上线，又能凸显出我对金楚涵的关怀与爱护。

沈牧配合地瞪了我一眼，张嘴就要骂。我凑近了在沈牧耳边极小声地说道："今天穿得够漂亮，这花也不错，一会儿我们去吃什么？吃烤鱼吧，我知道附近有一家不错的店。"

沈牧听着我的悄悄话，装模作样地摆正了脸色，做出思考的样子点了点头。

我重新拉开距离，转过身对着身后的两人眨了眨眼睛，抛出一个安抚的眼神，说道："那我先跟沈牧去叙叙旧，就不跟你们一起回去了。"

金楚涵在心里一个劲地猜测着我刚刚到底跟沈牧说什么了，但面上只是怯生生地挂着点关怀，沉默地望着我。

倒是顾泽言有些沉不住气，他心里对沈牧的印象极差，虽然知道我是在为他们解围，但看上去还是有些不放心："金宝珠，你……"

"沈牧，我们走吧。"我故意打断他的话，扭头看向沈牧。

沈牧把花往我手里一塞，深深地望了金楚涵一眼，有些粗鲁地拉扯着我的胳膊，将我带出了校园，塞进了路边的一辆小跑车里。我还没坐稳，他就一打方向盘驶离了学校。

那玫瑰花上大概洒了香水，顶在我怀里熏得要命。我扯下两片花瓣揉捏："怎么样，见了金楚涵两次，有什么新感想？"

沈牧"啧"了一声："变丑了，感觉好像没有之前那么腻人了，但又感觉变成另一种腻歪了，还不如之前的感觉。”

“她本来就是个低端角色，现在才是她本来该有的样子。不仅如此，她还是个不学无术的家伙，之前只不过是装出来的。一个偷了袈裟的黑熊精，真以为披上那袈裟就是高僧了。”

“所以你就打算利用我挑起顾泽言的嫉妒心，让我咬死了，把她脚踏两条船的丑事全翻出来是吧？”

“是啊……前面右拐就到了，就那个蓝色牌子，停下就行。”

我指挥着他来到目的地，刚下车进店找了个包厢，还没来得及坐下，哥哥的电话就打来了。我直接挂掉，给他发了条“现在有事要处理，有话等我回去再说”的短信，把手机给静音了。

沈牧跟大爷一样叉着腿坐在椅子上，拿着菜单狂点一气，对着服务员挥了挥手，把人赶了出去：“对了，那个姓贺的怎么样了？”

“能怎么样？于情于理，金家都不会轻易放过他的。他本来就是硬钻进鱼缸的泥鳅，靠着跟金楚涵一唱一和才有了那么点余地。现在东窗事发，金楚涵为了保全自己可是把责任都推到他身上了，一口咬定她是被贺风的话给骗了。”

“那姓贺的也不像个软柿子，就这么算了？”

我听了这话，突然觉得有些想笑：“不然呢？他是个聪明人，这场戏他唱砸了，还被我反将一军，根本没有证据证明他说的是真的。更何况，金家绝不会给他任何辩解翻盘的机会。”

我吹了吹杯中的茶叶，那小小的茶叶不由自主地在水面上打起了转：“所以他很清楚，不挣扎、不反抗或许对他来说是最好的结果。他已经得罪透了金家，就算金楚涵把事情都推他身上，他也没办法。乖乖认了，他和金楚涵这条线还不会断，说不定能得上点帮衬。要是不认，那就是撕破了脸，对他目前的处境来说岂不是火上浇油。”

我没有把哥哥调查贺风的事说出来。与我有限的能力以及沈牧在国内的限制不同，金家出面自然能挖得更深。一来二去哥哥还真查出了贺风手头有几个蹊跷案子。

沈牧眯了眯眼睛说："那句话怎么说来着？"

"最毒妇人心。"

"这可是你说的。"沈牧笑了笑，一耸肩，接着说道，"你那个哥哥还真是难缠。今早的事没过多久他就查到了我住的酒店，还派人跟踪我，不过都被我甩掉了。"

"在Q国，是你的地盘，他们自然会客气几分。可现在回国了，你在Q国那一套就行不通了，所以我才设计刚才那出戏，小心一点儿做事，等事情完了，你还要回Q国呢。"

"Q国？"沈牧坐起身，胳膊撑到桌子上，像是活动身躯准备开始捕猎的野兽，眼睛绿莹莹的，仿佛在发光，"你还会跟我回去吗？"

"你会留我在国内，一个人走吗？"我没有看他，抬手给他也倒了一杯茶，轻轻推了过去。

沈牧看了我一会儿，才缓缓开口道："你说呢？"

"那就不要纠结这个没什么意义的问题了，好好享受你的Z国之行。"

我拿起茶杯跟他身前的杯子碰了一下，水倒得有些满，不小心泼出一些，正洒在他搁在桌面上的手上。

我撕开桌上的消毒湿巾，抓过他的手擦了擦："脏不脏？一会儿要吃饭的。"

沈牧一愣，表情变得有些古怪，我忍不住笑出了声。沈牧瞪了我一眼，倒也没说什么，老老实实地等我把手擦完后便猛地抽了回去。

他知道我在故意耍他，随后那股子脾气就上来了，不仅连鱼刺都不会挑了，筷子也不会拿了，想吃什么就拿眼一瞥，下巴一抬，我就得夹到他嘴边喂他。

一顿饭下来我忙得团团转，不由拿话刺了他两句："被当成皇上来伺候也就这么个待遇了吧。"

沈牧轻飘飘地扫了我一眼："这不是你自愿的吗？"

他话里有话。是啊，他自愿，我也是自愿的，要不然我们两个也不会走到今天这一步。

吃完了饭，我跟沈牧也散了局。我一回家，顾泽言、金楚涵、哥哥一个不落都等着我呢。我人还没进客厅，哥哥就先迎上来了："怎么样？宝珠！他没为难你吧！"

"没有，放心吧。"我面带疲惫的神情，明明是对着哥哥说话，却不由自主地看向金楚涵。

"怎么了？那个沈牧跟你说什么了？"哥哥也跟着我回了一下头，紧跟着又看了回来，着急地问道。

我摇摇头："没什么，就是随便聊了聊。"

"到底怎么了？那个沈牧不是什么好人，他为难你了？"顾泽言难得主动插了句话，眉心都皱出印了。

他边说话边向我走了过来，我闻到他身上全是烟味，看来沈牧再次出现这件事对他的刺激真不小。

"唉……"我长叹一声，眼神流转着，就差在金楚涵身上写上"她在这儿我有口难言"几个大字了。

哥哥跟顾泽言对视一眼，顾泽言扭头去劝金楚涵先回房间。金楚涵自然不愿意，一拒二闹三撒娇，换作平时，顾泽言哪舍得，可现在沾上了"沈牧"两个字，顾泽言是一步也不退让。

金楚涵心里也知道，这事是她理亏，不好对顾泽言太强硬，只能幽怨地答应下来，临走还不忘可怜兮兮地说一句："你们别听沈牧胡说，他是故意在污蔑我。"

这句带着哽咽哀伤的解释跟她那声咒骂的心声放在一起，显得格外滑稽。送走了金楚涵，我对着顾泽言和哥哥开始了我早准备好的表演——我拿出手机找出一份录音，这是我跟沈牧在吃饭的间隙时录的。为了让心情不好的沈牧配合我，我连汤都是一勺一勺地喂着他喝的。

我点开这份"忍辱负重"换来的录音。

"金宝珠，你别跟我说这些废话，是金楚涵先来招惹我的，怎么？

完事以后想走就走？她以为我沈牧是什么人？”

“沈先生，楚涵这件事做得确实不对，但是在Q国的时候不是都解释清楚了吗？你怎么又……”

“解释？我那是给她留脸呢。什么为了报恩，真拿我当傻子啊？我跟小月牙本身就没有那层关系，我把她接回来的时候也只是当成普通朋友照顾，是金楚涵绞尽脑汁地招惹我，她是你妹妹，你不清楚吗？只是为了报恩用得着做到这种地步吗？”

“沈先生，话不能乱说！楚涵是做了一点儿出格的事情，但是她跟我们保证过，她绝对跟你没有肌肤之亲！”

“她说的话你也信？她整天撒谎，当着自己男人的面撒谎说是去陪家里人，结果屁颠屁颠地跑到我面前来。当着我的面一直伪装，把自己打造得像仙女一样纯真，说眼里心里从来只有我一个人，结果呢？”

“这，她只是报恩心切。”

“报恩心切？这话说出来你自己信吗？我调查过你们金家，你跟金楚涵的事情我也一清二楚。自从她出现以后，你的日子可是一落千丈，还闹出很多之前不会做的丑事。就金楚涵那个心机手段，你敢说她没害过你？你难道不恨她吗？”

“这是我的家务事，跟你好像没什么关系。我今天只想知道，你到底想怎么样？”录音片段中出现了片刻的沉默，顾泽言脸色很不好看。

他紧紧地盯着手机屏幕，那样子简直像犯人注视着法官手里的法槌，期待着它落下，可以迅速结束煎熬的等待，却又深深害怕它落下。

“我想干什么……”沈牧低沉的笑声缓缓传来，“我什么也不想做，她耍我一次，难道就想这么抽身走了？就这么跟那个姓顾的小子郎情妾意去了？她没资格甩掉我。”

“你想跟顾泽言去争楚涵？”

“争？那个女人也配？一个满口谎言的女人难不成我还要娶她？我又不是没见过女人，你以为我是姓顾的小子吗？”

“沈先生，请注意你的用词，我们金家可不是什么软柿子！你敢对楚涵不利，金家不会放过你的！”

话说到这里，录音里猛地传来一阵瓷器破碎的声音，紧接着是我的惊呼声，伴着一阵嘈杂声，录音中断了。

这里是我让沈牧摔了个碗，做了场戏。

“他跟你动手了？！”哥哥的声音猛地拔高了。

我连连摇头：“没有，他就是摔了东西，没伤着我。那个，顾泽言……”

我叫了顾泽言一声，他抬眼看我的时候，我从他的眼睛里品不出一丝情绪，那里面全是木然。

我用叹息表露不忍：“唉，按道理来说，这个录音我不应该给你听，但是这些话我不给你听，沈牧也会讲给你听，不如一开始我就原原本本告诉你。但是不论如何，这些话都是出自沈牧的口，是真是假我们谁也不知道。”

我将犹豫掺杂进话中，随着一句句话说出口，而露出坚定来：“我知道我说这些话并不合适，但即使我们之间没有那层关系，我们也是认识了二十年的朋友，楚涵也是我妹妹。正是因为我希望你们两个都好，所以我才不顾尴尬地说这么多。这件事追根究底，其实是你跟楚涵的事情，我觉得你应该跟她好好谈谈，问问她到底有没有什么事是瞒着我们的，这样我们才能早做打算，不至于被沈牧打个措手不及。”

顾泽言明明看着我，眼神却没有落在我身上，他像是变成了一片云，正被风吹来吹去，四顾茫然：“我知道了，谢谢你，我明白的。”

这句话他说得有些轻，说完就向楼上金楚涵的房间走去。他的反应远远比在Q国的时候冷静多了，大概因为在他内心深处从未放下过这件事，所以当这件事再被翻出来时，便没那么难以接受。

一时间客厅里只剩下了我跟哥哥。他有些失魂落魄，脸色发白。他总是喜欢粉饰太平，总觉得很多事睁一只眼闭一只眼就过去了，所以金楚涵那件事他放下得最快。回到国内，他还是个好哥哥，有着一个乖巧可爱的妹妹。

但现在，我生生地撕破了这层自我欺骗，逼他直面与他想象中背道而驰的"妹妹"，他的心情恐怕比顾泽言更复杂。

我等了好一会儿都没有等到系统出来播报好感度变化的声音，反而是外来人在一声声地呼唤着系统。听她的话音，顾泽言应该正在质问她，到底跟沈牧发生了什么。好一会儿后，系统才从她接连不断的呼唤声中现身。

"吵什么！嗯？怎么回事？顾泽言跟金成一的好感度为什么处在强烈的波动中，你又搞什么呢！"

"沈牧找上门来了，还说我之前故意招惹他！系统，现在怎么办啊！"

"什么怎么办，我现在没道具给你用！你就死不承认，先想办法稳住好感度，不用升高，只要别再大幅度下降就可以！"

系统听起来冷漠又不耐烦，像是在打发一只恼人的苍蝇。

"这怎么能行！系统，你……"

外来人也不是十足的蠢货，再迟钝也该发现了系统的敷衍。

"我怎么感觉，你现在完全不在乎攻略这件事了。为什么？你不怕任务失败吗？而且这几天我找你，你老是不在，你不是都回收道具修复那些问题了吗？怎么好感度变化这种事，直到我叫你，你才发现？"

系统沉默了一瞬，突然生气了。

"你好意思问吗？会弄成这样还不都是因为你！我是回收了那些道具，但你以为是说修复就能修复了？你更新个手机系统都需要时间，难道我不要吗？你以为我做这些是为了谁？还不是为了继续带你做任务！你以为我不急吗，我急又能怎么办？还不是得等！"

它劈头盖脸地发了顿火，紧接着声音又缓和了下来。

“我这两天想了想，这个世界搞成这样怕是不好再继续了。我们现在有两个选择，要么宣布任务失败，你会被抹杀掉，我也会被回收，这个选择不用考虑，对我们两个来说都是最糟糕的。所以干脆选另一个，我耗费能量想办法把这个世界重置回某个时间点，重新做一次任务。”

“还可以重置时间，你怎么不早说！太好了，我早就受够了。这段日子处处不顺利，我都快憋屈死了！什么时候能重置？”

“你着什么急，重置可不是件小事，要耗费很多能量，我先修复好系统再说。不过重置的前提是你尽量稳住现有的状况，不要再有负好感度的情况出现了！你毕竟不是这个小世界的灵魂，一个角色这样也就算了，如果再出现第二个，很容易引起小世界的波动。到时候我还要花费精力去稳住小世界，重置的时候会变得更麻烦。”

“好！我知道了，那你快去忙吧！”

外来人兴高采烈的，我却觉得奇怪。系统可不像是那么好心的家伙，外来人搞砸了一次，它难道还会给她第二次机会？有那个精力，不如干脆换一个人。

而且它刚才的做派太像一方被戳中痛处后不知道怎么回答，就假装愤怒地把责任都推到另一方身上，然后再给两个甜枣安抚一下。大棒夹甜枣一顿下来，外来人自然就会把重心转移到别的事情上面，不会再想着追问了。

恐怕它想重置是真，带外来人走是假！

重置应该是要耗费能量的，我不知道之前如何，但在这一次的任务中，它基本算得上是颗粒无收，依靠着回收道具才填补了自身亏空。重置之后，它需要继续做任务。如果我是它，我绝对不会去耗费身上现有的积分了，不然就算重置了，也会捉襟见肘，照样很难继续完成任务。

那么就只能从别的地方获取能量了。

按现在的情况分析，它应该是被真正的“金楚涵”动过手脚，所以它联系不到上级，那么现在，它最有可能的解决方案就是在这个世界里想办法。

它光依靠顾泽言、金成一这些人的好感度就可以获取积分，不管原理是什么，都可以肯定，这些可以源源不断提供能量的人对它来说，绝对是最重要的，所以它应该不会对这些人下手。

至于其他人，既然无法通过好感度给它提供积分，那么他们身上就没有系统可用之物。至于我们这种人，即使再不重要，或多或少都是循环中不可或缺的一环，最好不要乱动。

既然如此，其他人包括我都可以被排除在外。

那它要从什么地方获取呢？有什么是它可以从中取所需，但又不会影响下一次任务的东西呢？

是外来人！一个随着任务交替，随时可以替换的灵魂！

它只需要保住“金楚涵”这个身份躯壳就可以了，就像是棉花娃娃，只要娃娃还在，内胆就能随时换。如果按照这个思路去推测的话……

之前那些无故消失的外来人是不是在任务完成以后都被系统自我消化了，变成了重启世界循环的能量？这也是它要欺骗外来人“后面还有好几个世界等着他们一起去做任务”的原因！

虽然不知道灵魂和能量之间是不是有关联，但这是我现在能推测出的最合理的假设了。我必须要加快步伐，把攻略对象的好感度降下去，这样系统就需要花心思维护世界，真正的“金楚涵”才有出来找我的可能性。

我一边在心里推测着，一边跟哥哥一起等顾泽言。

好久之后，顾泽言才终于下了楼，金楚涵没跟他一起出来。他神情淡淡的，谈不上好，也谈不上不好，只是看上去好像很累：“我跟楚涵谈过了，她说她跟沈牧什么都没发生过，是沈牧为了报复她才乱说话的。”

顾泽言将一个小时的沟通变成了短短一句话扔了过来。

我开口接住："既然如此，那我就放心了。他之前给我们看过一次视频，所以我一直担心他手里会不会还有什么我们不知道的对楚涵不利的证据。既然没有，那只要想办法把人赶回Q国就可以了。"

顾泽言极冷漠地点了点头："嗯，这件事我会去办的。"

"不，谁都能去，你不能出面。沈牧那个人，你们也调查过，也打过交道，他就是一个疯子，把他逼急了谁知道会做出什么事情来。你跟沈牧的关系可以称得上是针锋相对了，万一沈牧来劲了，只会更麻烦。我看这件事还是让我出面，我都跟他打了好几次交道了。"

"不行！"

顾泽言跟哥哥几乎是异口同声地拒绝。

"我知道你们在担心什么。首先，我今天为了给楚涵解围，已经当着大家的面跟沈牧有了交集，知道这件事的人越少越好，所以顺着我这边把这个麻烦解决掉是最低调的办法。其次，现在不是在Q国，我身后还有金家，沈牧也不是个傻子。相反，我觉得他应该是个聪明人，他的目标是楚涵，不会为了一个无关紧要的我再增加更多的麻烦，所以我会是安全的，还有……"

哥哥跟顾泽言还是不太情愿，我费了番口舌才说服他们。本以为顾泽言会再去见见金楚涵，谁知道事情刚商量好，他直接就要走。临出门前，他问我："你到底跟沈牧说了什么，他居然跟你走了？"

"没说什么。他的目的就是楚涵，最能吸引他的自然也是楚涵。"我对他笑了笑，开始编瞎话，"我告诉他，我知道你是想找楚涵，但你想不想知道，楚涵为什么一开始明明都为了你背叛了顾泽言，却最后还是选择了他？想知道的话就不要反驳我。"

顾泽言紧绷的脸上有一瞬的难堪，却又很快松懈下来，露出了些许自嘲的笑意："不管怎么样，今天都谢谢你了。我知道我说这话很虚伪，但是……"

"你不用说这些。我说过了，不管怎么样，我们两家是世交。

我们从小一起长大，没有爱情也算熟人吧。以前的事情我早就释怀了，你也不要再提了，我们还是朋友。”

我用早已排练得无懈可击的诚恳博得了他的信任，他的神色透露出一分复杂和几分怅然，望着他远去的背影，我知道我接下来的路会更顺利。

因为在顾泽言心中那架信任的天平上，我终于比金楚涵重了。

一直到吃晚饭时金楚涵才走出房间，两只眼睛又红又肿，幸亏爸爸和妈妈今晚有饭局不在家，不然要心疼坏了。哥哥见到她这样，犹豫再三还是温柔地上前安慰起来。

我就知道，哥哥的好感度才是最难被消磨干净的。

上一世我被外来人设计得身败名裂，变成了一个恶毒残忍的坏女人。因为我一次次伤害金家的掌上明珠，金家剥夺了我所拥有的一切，打算广宴宾客，当众跟我断绝关系，以此来安慰处处受委屈的外来人。

是哥哥阻止了这件事。

当我被要求连一件衣服都不能带走、直接滚出金家时，他明明看见我从台阶上摔下来，那根钻石项链从我裤子口袋里掉出来，却什么都没说。他只是别过头去对着我挥了挥手，驱使我离开。

他总是这样留一丝心软。

金楚涵在他的安慰下终于露出了些许笑意，嘟着嘴娇嗔：“我都说了我跟沈牧什么也没发生，是他诬陷我，往我身上泼脏水。你们不相信我，还来质问我，我可难过了。”

我乐得看她表演，她现在装得越委屈，到时候打脸就越狠。要知道我对她这具身体和一些习惯可是了如指掌。

晚上入睡前，我接到了一个有些意外的电话。如果不是他们打来这个电话，我都差点忘了那个 R 国女人了。

“老板，那个女人的精神状态恢复得差不多了，能达到正常人的标准了，要开始下面的训练吗？”

“这么快？”

“对，现在就等你的下一步指示了。”

……

“老板？”

“开始吧，记得随时跟我汇报进度。”

“好。”

挂了电话，手机屏幕突然钻出来一条信息。“画廊沈老板”几个字在这个秘密电话之后出现，简直像针一样扎在我心口，带来了极短暂的心惊。

我点开这个对话框——是一个毫无意义的表情包。一只棕色的卡通藏狐，一手举着一颗心正在左右扭动着身体。

沈牧以前一直生活在Q国，没接触过国内的社交软件，这个软件跟账号是回国以后为了方便，我帮他弄的。他很喜欢一些乱七八糟的表情包，收集了一个就发一个。这个刚发完又跳出来两个，变成了卡通羊驼站着跳舞。

不知为何，我突然想起好久之前还没回国的时候，我跟沈牧去码头一家餐厅吃饭。

当时正赶上有人求婚，餐厅里放了一首很好听的舞曲，整个餐厅的人都跟着音乐庆贺跳舞。沈牧穿了件绿色豹纹衬衣，跳得格外欢快，餐厅的工作人员还送给他一顶帽子，那天他很开心。

我看到手机屏幕上映出我模糊的脸，唇角上翘，带着没察觉的笑。我点亮屏幕，删掉了他的对话框跟刚才的通话记录，照常上床睡觉，只是睡到半夜的时候，我莫名其妙醒了一次。

睡眼蒙眬中我突然想，再带沈牧去一次盐湖吧，他还没看过呢。

接下来几天我们照常吃饭、上课，沈牧没有再出现。

很快就来到了考试周。

考试周开始前，系统声称有些问题，要再休眠几天，开放了程序内一个百科搜索功能给外来人帮助她作弊，之后就不见了。可谁知这个搜索程序根本什么都搜不出来，一点儿用都没有，她几乎每一场考试都考砸了。所以一连几天她的脸色都不太好看，心里的咒骂一声高过一声。有时候气急了，仗着系统现在听不到，她连系统都骂几句。

我倒是觉得这事跟系统应该没什么关系，八成是真正的“金楚涵”动的手脚。不过说到底，还是怪外来人自己不学无术，只想着依靠便利，这才会落到“场场垫底，全校议论”的下场。

这些日子大概是外来人最难挨的日子了，走到哪儿都有对她的非议。

她的变化渐渐显露在人前。这副皮囊本就不是浓烈明媚的长相，而是偏清丽秀美。说到真正的金楚涵那份倔强自傲的气质，她就像是姹紫嫣红中自岩石夹缝中开出的一朵小白花；而外来人用道具营造的气质，就是袒露在阳光下映着暖意、滚着朝露的诱人玫瑰。不管是哪一种，都是俗世红尘中令人一眼惊艳的独特风景。可现在没了这些，就只剩下小家碧玉的清淡了。

再加上外来人自身仪态平平，慢慢地，这小家碧玉就变成了小家子气。

她这些日子别说是跟我同进同出了，就算是跟学校另外几个漂亮姑娘站在一起，都能被人家举手投足的优雅大方给衬托得缩手缩脚。加上学校本就是多语言的环境，授课交流也多是用外语，她现在什么都不懂，时常闹出跟之前饭桌上那样生硬地转移话题的举动。

次数多了，她的古怪越来越引人注目，流言蜚语也越来越多。

作为她的好姐姐，我自然是站在她这边的。为了让这些流言散去，我还主动帮她接下了在学校中法交流会上担任形象大使的任务。金楚涵自然不情愿，想拒绝，但我先一步把这个消息散播了出去，她骑虎难下，不答应也得答应，只能偷偷在心里盘算着到时候装病，把这件事糊弄过去。

除此之外，从她那日渐暴躁的心声中，我知道她跟顾泽言也出现了很大的问题。他们没有共同话题了。

顾泽言喜欢摄影，喜欢滑雪，喜欢收集雪茄、邮票和国内外各朝各代的盔甲。他说起这些来头头是道，十分沉迷。过去外来人仰仗着道具，一听到这些话题，那些答案或知识自然而然地就脱口而出了，只过过舌头，从未过过脑子。现在没了道具，她再听到这些就是双眼发黑，头脑发蒙。不只是这个，就连在日常相处中，她现在也要么是接不上话，要么接错话。

她初中都没毕业就跑到社会上混，借着几分姿色，想尽办法牟利，有点钱就花在那张脸上，再大一点儿就绞尽脑汁往娱乐圈里钻，除了吃喝享乐什么都不懂。

我曾听她跟系统谈起过，在她活着的时候，有一次在社交账号上发祝福语，还把一个贬义成语当成褒义成语拿来用了，年年都被人拿出来嘲笑。她来到金家这么久也是只顾着享受，只要是跟攻略对象和害人无关却需要动脑子的事情，她全靠道具一笔带过，因此这么久了，她还是胸无点墨。

其实顾泽言也好，哥哥也罢，他们都见过太多人了，像她这种人，是最令他们厌烦的类型。如果不是披了那层完美的伪装，她根本无法靠近他们，那些手段也没机会施展。而现在她的真实面目正一点点地暴露出来。

只可惜我听不到顾泽言的心声，不然他现在应该想破脑袋也想不通，他的完美爱人怎么会突然像变了一个人。

事情铺垫得差不多了，该让沈牧上场了。

我挑了一个好机会，选在了学校举办中法交流会的那天。金楚涵原本打算在后台准备的时候假装晕倒，把这件事糊弄过去。于是我让沈牧在这一天，直接从后门混入了化妆间。

“呦，好久不见，你怎么变丑了？”沈牧穿得西装革履、人模狗样的，一张嘴说出的话却难听得紧，直让金楚涵立马变了脸色。

此时这屋里除了化妆师、造型师，就只有我和金楚涵。我抢先一步冲到金楚涵面前，做出保护的姿态，质问道：“你怎么来了？”

“我不能来吗？”沈牧吊儿郎当地走上前，伸出手就要摸金楚涵的脸。

这家伙，又看了什么乱七八糟的电影了吧？学得一副流氓相。

“沈牧！你干吗？我跟你没关系了，你别死缠烂打好不好！”金楚涵噌地一下站直了，瞪着眼睛毫不客气地开骂。

她现在一心想着，只要稳住顾泽言和哥哥的好感度就可以开启重置，已经完全放弃了其他的角色，对着沈牧再没有之前矫揉造作的劲了。

沈牧看上去颇有些意外。我悄悄对化妆师使了个眼色，她心领神会地出去叫人。沈牧来之前，我刚借着金楚涵要换衣服的名头把顾泽言赶到了外面走廊上。

“你还真是够无情的，之前一口一个沈牧哥哥，现在怎么不这么叫了？”

“你还来干什么，我都说了是为了帮小月牙报恩才接近你的，我对你一点兴趣都没有！”

她话音刚落，顾泽言就闯进了门：“你又来干什么！”

他怒气冲冲的，像是赶来捍卫领地的雄狮。

沈牧姿态极高地瞥了他一眼：“我来看故人不行吗？”

“什么故人？你不要继续胡说八道了，我跟你一点儿关系都没有！”没等顾泽言说话，金楚涵先急得跳脚。

“哦？没关系？”沈牧极轻地笑了一声，朝着顾泽言走近了几步，暧昧地说道，“她就是这么跟你说的？没关系，我可记得她右边大腿上有一颗红色的心形胎记。她最爱喊哥哥，还喜欢……”

他把声音压低了，却又足够让这个屋子里所有人都能听到。顾泽言的脸随着沈牧的话一寸寸地抽紧了，他微微瞪大了眼睛，像是不可置信般看了金楚涵一眼。

大概是因为太震惊，连愤怒都迟来了片刻。

他额头的青筋猛地爆出来，攥起拳头狠狠给了沈牧一拳。沈牧早有防备，直接躲开了，还反手给了他一拳。这一拳彻底击碎了顾泽言所有的理智，他极其愤怒地扑上来对着沈牧拳打脚踢。沈牧也丝毫不退让，直接抱住他，跟他扭打在一起。

“叫保安！快点！”我对着傻眼了的化妆师和造型师大喊，整个后台一下子乱了。

金楚涵穿着一身粉白的晚礼服呆愣在当场。等保安推开看戏的人群从门外冲进来的时候，顾泽言正被沈牧摁在地上捶。

这大概是顾泽言人生中最丢人的一天。他不仅被心上人背叛，还在众目睽睽下被情敌给打了。被拉开的时候，他整个人都崩溃了，每一寸皮肤都是拧在一起的，脸上、脖子上都被怒气逼红了，上面的青筋像是爬在红色土地上的蚯蚓。

他的眼睛猩红湿润。

金楚涵也跟着哭了起来，她冲上去搀扶他，小声说道：“我没有，他是骗你的。”

顾泽言闭了闭眼睛，喉结上下滚动着，他一点点挣开她的手，声音有些颤抖：“我信了你，你却又骗了我一次。”

“我没有！我没有！”金楚涵边哭边喊，追着踉跄离开的顾泽言而去。

保安围着沈牧虎视眈眈，我连忙上前解围，驱赶围观的人群，将沈牧带离了这个是非之地。沈牧脸上也挂了点彩，因为顾泽言经常健身，又在盛怒之下，他哪能全身而退。

“敢打我脸，我刚才就应该下狠手。”沈牧摸了摸破皮的颧骨，不满地嘟囔。

我把他推进车里，开出去好远，找了个僻静的地方，才有空看他两眼："没事，皮外伤，几天就好了。"

沈牧面无表情地歪着头看着我："就这样？"

"我没带伤药，莫名其妙带那些东西也太显眼了吧。先，先放着吧。不过你今天表现得很好，效果比我预期的更棒。"

"哼，那个姓顾的，我早就想揍他了。对了，你知道那女人的胎记就算了，她那些小习惯你怎么知道的？"

"不是，是我调查所得。"我含糊了两句，试图把这个话题糊弄过去，总不能说是我听到过几次外来人和系统的对话吧。

沈牧突然靠了过来，伸手捏住了我的耳朵："金宝珠，你好奇怪啊。那个金楚涵也好奇怪，感觉跟之前完全不一样了，为什么？"

"奇怪？我哪里奇怪？"

他凑得太近了，鼻尖离我不过两指宽的距离。他跟顾泽言打架的时候压碎了一瓶香水，是款女士香水，甜腻的味道铺天盖地地向我袭来，捏在我耳朵上的手指也很热。

他声音有些低："说不上来，是直觉。"

我望着他那双与众不同的绿色眼睛，这就是野兽吗？这种莫名其妙的直觉。

我抬起手从他的头顶向着后颈的方向顺去，摸了摸他的头发："直觉吗？那你不妨猜猜看你的直觉准不准呢？"

他骤然压低了身子，鼻尖凑近了我的脖颈，喘息间热气缠绕上来。他轻轻地嗅着，像是在确认猎物的味道，鼻尖若有若无地沿着我的脖颈一路轻擦到耳侧，轻轻地留下两个字："好啊。"

有那么一瞬间，我好像连呼吸都屏住了。

可下一秒，他直起了腰，如同晴日突然飘来挡住太阳的一抹云，又飞快地带着阴影离开了："接下来干吗？我看那姓顾的那样子，应该不会再喜欢那个女人了吧。"

他懒洋洋地靠回椅背上，正经地发问。

我定了定心神："不好说，但是以他的性格，短时间内一定会产生很大的情感波动。”

顾泽言性子烈，在这样巨大的刺激下，他的好感度极有可能一下子波动到负数。虽然可能会回弹，但短暂的波动对我来说也够用了。

“沈牧，我要睡一会儿，你不要吵我。”我从包里拿出早就准备好的两粒安眠药，用水吞服后，把车椅放倒，十分期待地准备进入梦乡。

“睡觉？你吃什么呢？金宝珠你要在这儿睡觉？你为什么莫名其妙地要睡觉？”

沈牧吵得要命，他伸出手推了我几下，我紧闭着眼不理他。他嘟嘟囔囔了几句，似乎也放倒椅背躺下了。我没睁开眼看他，只静静地等待着药物催发出的睡意到来。

当我在熟悉的白色房间里睁开眼睛时，我长长地出了一口气，我赌对了。

“你在吗？”

“我在。顾泽言的好感度刚才强烈地波动了，有几个瞬间一下子到了负几十。我透过金楚涵的眼睛能看到一直以来你在做什么，你很厉害。”

“你管她叫金楚涵让我觉得怪怪的。她是金楚涵，那我又该如何称呼你呢？这次的时间应该没那么紧张了吧？”

“一个名字而已，不重要，我想你能把我们两个区分开的。托你的福，这次我可以跟你好好聊聊了，我想你应该有很多问题想问我吧？”

“的确，我有太多的疑问。首先，我很好奇系统的来历。其次，我推测系统是不是可以把外来人也就是金楚涵躯壳里的灵魂变成某种能量，然后借着这个能量把这个世界的时间重置回某个时间点，并且它现在正在谋划此事？”

“我先回答你第二个问题吧。你猜得没错，不只是这一次，每一次都是这样，它会带着一个灵魂来到这里，利用那个灵魂去攻略对象，然后吸取积分。等任务都完成了，一点儿积分都吸取不到了，它会把那个灵魂当作重启世界的能量撕碎、消化，让这一切周而复始。它这次的任务很不顺利，所以正打算提前这么做呢。”

“有办法阻止它吗？”

“当然有。我切断了它与上级的联络，又因为你的阻碍，它一直吸收不到积分，反而要不停地贡献积分、换取道具，故而能力不足，所以它才狠下心靠回收道具稳定自身。其实它已经差不多修复好程序了，可以用这一次的灵魂当垫脚石重置时间了。只不过因为联系不到上级，即便是重置了，也得不到新灵魂，那就没办法继续进行新的任务，这同样是个死局，所以它正在想方设法地联络。要感谢你又搞了这样一出戏，使得世界发生了波动，不然我真的快要撑不住了。”

“这样啊。所以你的意思是，只需要我继续捣乱，就能给你争取喘息空间，你可以继续阻止它向上联系，这样可以慢慢耗死它是吗？”

“是，但不是慢慢耗，而是要想方设法地让这个世界波动。到时候它联系不到上级，就只能先重启，维持住世界稳定，而我们必须逼它在不稳定的时候选择重置时间点，这样我才有机会……”

“什么机会？”

“回到身体的机会。”

她说这话的时候很平静，我从中听不出任何期待或者失落，哪怕是麻木都没有，只是普普通通的一句话。

“你回到身体会怎样？难道可以摆脱系统？”

“金宝珠，你难道没好奇过为什么这个世界会是这样？为什么系统要选择顾泽言那些人攻略？在他们身上，到底是什么东西化成了积分供给了系统？它又为什么选中了我当躯壳？为什么一定要针对你呢？”

这段话让我忍不住把心提了起来，变得有些紧张。我隐约觉得好像有一双手正缓缓揭开我头顶伪装成天空的幕布："为什么？"

"因为这是一个小说世界，我们所有人都是小说里的角色。"

因为太震惊，我好一会儿都说不出话，很久才找回溃散的理智："那我们的结局都是被安排好的吗？"

我以为我问出这句话的时候会很平静，但一张嘴语气却是颤抖的。

她沉默了良久，并没有回答我这个问题。

"我先给你讲讲这个世界吧。一部完整的文学作品是有一套完整的故事链的，这是由人物轨迹、人物故事组成的某一角世界。而当一个文学作品受到了足够多的喜爱，寄托了太多人的喜怒哀乐，就会慢慢衍生出一个小世界。在小世界的运行中，它会自给自足地补充所有的空白，将一角填充成有血有肉、有理有据的完整故事，而我们就是这个故事里的角色。"

这段话实在是太惊世骇俗了，我猜测了很多种可能性，却没想到真相还是远远超出了我的预料。

我竟然只是一本书里的角色？

"如果这是小说世界的话，你是女主角，我是女配角，那谁是男主角？"

"按照一开始的设定的确是这样，顾泽言是原定的男主角。但是自从系统出现，一切都不一样了。"

"系统到底是从哪里来的？"

"文学作品有很多，能衍生出我们这一个小世界，自然还会衍生出其他的，而除了像我们这样的小世界之外还存在更多的文明。系统就是来自一个科技极其发达的高等文明，就像我们看到的科幻电影那么神奇。在他们的世界里，已经依靠着科技机械化摆脱了生老病死和低级趣味。但即便再智能、再全面的机械化世界仍然需要一个支点，就如同人要吃饭，车要加油，他们也需要能源。"

这点倒是有些印证了我之前的猜测，系统果然是来自更高文明的侵略者。

“一个世界的能源始终是有限的，为了更多地获取能源，他们一直在研究各种办法。直到他们发现了这些由文学创作衍生出的小世界。这些小世界，几乎都是靠其他时空人类的喜怒哀乐赋予能量而产生的，是极其薄弱、很容易入侵的。于是他们成立了时空管理局，由一个高等智能的机械来统领，他就是系统的上级。他编了无数的系统，它们就如同一株藤蔓上延伸出的枝条，这些枝条会伸入那些小世界吸取能量从而供给他。”

“那外来人呢？她们到底是从哪里来的？也是小说世界吗？”

“不，他们是各个世界中意外横死的灵魂。上级编了一套筛选机制，他们需要的灵魂有男有女，但基本都是虚荣贪婪、喜欢不劳而获、擅于操纵感情关系的灵魂。上级将他们捕捉后，会诱骗这些灵魂签订契约。一开始，系统的确会带着一个灵魂不停地穿梭于各个世界执行攻略任务。因为那个时候，他们以为每个小世界只能被他们吸收一次能量，所以只能耗费心神和能量去打开一个个新的小世界。直到偶然间，他们发现这些小世界可以用灵魂为代价进行重置。从那以后，每个系统都会选择一个小世界驻扎，每捕捉到一个灵魂就会诱骗他们进行攻略。当能量吸收完毕，系统就会用这个灵魂作为钥匙，开启重置。”

“能量就是积分吧，那到底是什么东西？”

“是气运。”

“什么？”

“小说世界与普通的世界不同，小说世界是围绕着主角人物展开后自我填充的世界。即便有一套自我运行规则，但主角仍然是这个世界的核心，整个世界的气运几乎都受主角影响。这是一部女性向的作品世界，我就是这部小说的女主角，我是整个世界最核心的气运，所以他们挑中了我。顾泽言是男主角，其他几个男性角色都是男性配角，而你是女二号。”

她说到这儿的时候停顿了一下，明明周围什么都没有，但我却觉得她似乎在端详着我。

“他们从男性角色身上吸取气运，至于你……他们是通过打压你的办法吸取气运。一方面可以用你当垫脚石去激发宿主打脸的快感，另一方面，当你衰败后，你的气运会被女主角吸收，气运也就神不知鬼不觉地被系统拿到了。”

“那么你呢？你是怎么知道这一切的？”在整个讲述过程中，我隐隐察觉到，她似乎都在刻意模糊自己的信息，“你既然是这个世界的核心，应该不仅仅局限于一具身体上吧？你的灵魂应该更重要，为什么你没有被系统吸收？”

“就因为我是核心，所以我才没有消失，我的消失会影响整个小世界，整个小世界的局面都会因此改变。所以他们剥夺了我的身体，让我的身体变成了一个傀儡，将我的灵魂囚禁在系统内部。外来的灵魂附着在我的躯体上，这样可以蒙骗世界规则，这个小世界会以为我还在。这么久以来，系统一直在缓慢蚕食并试图同化我的灵魂，可能再过几世，它就能彻底取代我，成为整个小世界的核心了。”

那这么多世你一直是清醒的吗？

这个问题有些残忍，我没能问出口。

“那么接下来，我只要继续想办法拖低好感度，你阻碍系统向上联系，等它在不稳定的状态下重启，你就可以重新回到自己的身体里，之后呢？系统就会彻底消失？他们不会再次出现吗？”

“这件事我现在没办法给你一个很准确的答案，但是我可以保证，只要这么做就能够结束这一切。”

“可是……”

我话还没有说完，突然控制不住打了一个冷战，一下就醒了。望着熟悉的车顶，我一时有些茫然。我看向旁边，沈牧抱着胳膊躺在放平的车椅上，侧头盯着窗外，不知道在看什么。大概是察觉到了什么，他突然扭过头来："醒了？"

他的眼睛很亮，我能看到我在他眼中小小的倒影。我伸出手轻轻碰了碰他的脸颊，我的手指很凉，他的脸温热。

原来我们都是一本书里的角色啊……真是不可思议。

"怎么了？你做噩梦了？脸色这么难看。"他说话的时候，脸上的肉在我指腹下微微颤动着，鲜活得像是一尾鱼。

"没什么。"我收回手，坐起身，"我得回去了。你这几天先不要乱跑了，我怕顾泽言会找你的麻烦，我先去探探风头。"

沈牧一听到顾泽言的名字立刻就开始骂骂咧咧，我无心去回应他，望着车窗外的风景，心思仍是飘的。

深冬的日子里，哪怕是常青树都带着萧条，它们裹着北方的干燥拧巴着身子用力舒展，染着灰的天空上没有一丝云。

我在这座城市生活了二十一年，同样的景色我看过成百上千次，可这一刻我竟觉得如此的陌生，甚至找不出一个合适的词来形容我此刻的心境。

"你看什么呢？"

"没什么，就是觉得天气很好。"

"你怎么奇奇怪怪的。算了，我饿了，我们去吃饭吧，吃完饭你再回去。"

"好。"

金家上一次如此阴云密布，还是金楚涵和顾泽言闹出丑闻的那一次。

上一次也就罢了，两个情投意合的年轻人做了点出格的事，随便就糊弄过去了，但这一次可不同，她可是背着未婚夫在外面和他人暧昧，两个男人还因此当众打了起来。此事不仅让金家难堪，更让顾家下不来台，如此的高调可是历任外来人都没享受过的"殊荣"。

她既慌张又害怕，眼睛哭肿了，嗓子哭哑了。她也知道，事到如今再咬死跟沈牧什么都没发生只会更加败好感，索性就避开这个重点，只说一开始是为了报恩，谁知却跟沈牧越走越近，酒醉后发生了一点错误，但她只爱顾泽言一个人，非常懊悔之前的行为，她现在对沈牧一点儿感情都没有。

她向爸爸妈妈跟哥哥求情，期望着他们能往顾泽言面前递话。只可惜此事全是金楚涵的过错，加上顾家跟金家之间的关系错综复杂，除非顾泽言先表态，否则他们不能贸然去替金楚涵求情。大家虽然在小事上处处迁就她，但遇到大事还是拎得清的，个个都不同意。

直到外来人哭得都不出声了，系统才带着怒气姗姗来迟。

哥哥的好感度在百分之二十上下波动，至于顾泽言的好感度则一直在正负之间强烈起伏着，到现在都没有稳定下来。系统把她骂了个狗血淋头，外来人求着系统帮一帮她。系统大概对她彻底不抱希望了，只冷漠地告诉她，它现在没多余的积分可以分出来，让外来人自己想办法挽回，不然就不带着她重启了。

当晚，外来人就闹出动静了。

当然她不是真的想死，只是拿苦肉计博同情罢了。

到底是血亲，见她这样，爸爸妈妈的心疼远远盖过怒火，他们让哥哥出面去找顾泽言，希望他能来医院看一眼。我主动加入了游说的队伍，跟哥哥在一家私人酒吧找到了喝得烂醉的顾泽言，包间门口还站着两个顾家的保镖。

于涵正在门口跟这两个保镖争吵，但不管她说什么，这两个保镖都像山一样，站在那里不可撼动。见到我们来了，于涵似乎有些难堪，一扭头走了。哥哥和保镖说明了身份，保镖确认过后打电话请示了顾泽言的爸爸，这才把我们放了进去。

一进门，我们就看到顾泽言坐在地毯上半靠着沙发，酒瓶子、酒杯滚了满地，酒气熏天。他脸上还带着沈牧留下的淤青擦伤，见了我们只转了转眼珠，不说话也不动。

我跟哥哥对视一眼，哥哥走上前，有些艰难地开口道："泽言，我知道我不该说这些话。只是，楚涵已经知道错了。她很愧疚，她很爱你，这件事对她刺激也不小……昨晚，她差一点就救不回来了，情绪起伏很大，一直闹着要见你，你能去看看她吗？”

顾泽言轻哼了一声，似乎想笑却又笑不出来，他转了转头看向我们，整个人都是散的。神情是散的，心也是散的，似乎想说什么却又懒得说。

哥哥微微抿了抿唇，很是不忍却只能硬着头皮继续劝说顾泽言：“泽言，这件事是楚涵的错，是我们金家对不起你。你想取消婚约，想分手都没问题，只求你去见一见她。我真的怕她会继续做些……”

顾泽言赤红的眼中只有冷漠，对我们的冷漠，对他自己的冷漠。

其实外来人走了一步错棋，如果她在沈牧一开始出现的时候就认了，承认她曾对沈牧有过心动，然后再忏悔哭诉，上演苦肉计，或许能挽回顾泽言的心。但现在什么都晚了，顾泽言是一个骄傲的人，越骄傲，爱得就越猛烈。

他从未原谅过外来人的背叛，他只是放不下她，所以隐藏了伤口，选择了忘记，但那份爱意永远都只能停留在百分之九十九。如果外来人从此乖乖跟他在一起，又或者是攻略得顺利，能拿到道具抽走他爱里的独占欲，那这份百分之九十九的爱永远都不会消失。

但她没有，她又一次在同一个地方刺伤了他，像是一种故意的嘲笑，击碎了他强撑的骄傲。他发现她撒谎成性，发现她愚昧无知，发现她糟糕透顶。他不明白自己为什么会为了这样一个女人忍受如此的屈辱。

跟沈牧在大庭广众下打的那一架，就是压死他骄傲的最后一根稻草。

爱是什么？爱是我明知她满身疮疤，仍期望被她抱紧。爱有千万种模样，唯独不能有介怀和质疑。有了，那就是爱到头了。

哥哥眼巴巴地劝了半个多小时，顾泽言终于有了些反应。他踉跄着站起身，没有看我们，只是轻轻说了一句：“走吧。”

我们带着满身酒气的顾泽言来到了医院。

金楚涵虚弱地躺在病床上，脸色惨白，见了顾泽言后立马重焕光彩。她红肿的眼睛哭得全是血丝，即便无泪也惹人怜，嘶哑着嗓子把短短的“泽言”两个字喊出了肝肠寸断的气势：“泽言，泽言，我好想你，你终于来见我了。”

喊出的每一个字都是破音，她虚弱地对着顾泽言伸出缠着纱布的胳膊，每一根手指都绷紧着向前用力，期待着被狠狠握住。顾泽言站在病床前垂着眼，面无表情，丝毫没有回应的意思。

“泽言，你还在生气对吗？是我错了，我不是自愿的。是沈牧趁我喝醉了酒，我以为他是你，我们只有那一次！而且我们没有真的发生关系，我后面发现他不是你，立马就逃走了。之后我真的很后悔，我心里爱的只有你，我对沈牧一点儿感情都没有，我恨死他了！他根本就是在故意报复我！”

金楚涵也想清楚了，沈牧把话说到这种地步，她又有欺骗大家、偷偷跟沈牧同居的前科，系统现在也不会给她道具帮忙，她根本找不出任何证据来证明沈牧说谎。于是她索性就认了，然后把责任降到最低，一哭二闹三上吊，紧跟着再表下忠心，说不定还能有出路。

“你知道吗？”顾泽言突然开口，“在来的路上我就在想，你见到我会是什么样子？我想你肯定会哭得很厉害，会像小孩子一样希望得到一点儿依靠，先把责任都推到别人身上，然后才认错，等着我去给你台阶下。”

“泽言……”金楚涵呆了呆，好不容易挤出来的那滴泪挂在眼角欲掉不掉。

“我第一次知道你的名字，是听别人说，我们学校来了一个父母双亡、家庭贫困却靠着勤工俭学考出极其优异的成绩、被学校以高额奖学金招揽进校的女生，我想那真是一个刻苦努力的人。没几天，我和朋友路过一个露天展会，看到你穿着很劣质的旗袍站在大太阳底下，热得满头大汗，却热情地对着每一个进出的人微笑问好，似乎对这份辛苦的工作充满了热情。朋友告诉我，你就是那个以高额奖学金招进校的女生，我很惊讶，觉得这跟我想象中朴素沉默的模样不同，却又觉得你本就应该是这副充满活力又热情的样子。”

顾泽言说得很平静，像是在讲述别人的故事，可他那绷直的背和低垂的脖子却又显露出可怜来：“我见过很多优秀的人，可你还是很特别。你过得很苦，可就算是一堆破烂的锅碗瓢盆摆在你面前，你也能敲出音乐。你博学健谈，从不输任何人半分。你永远是笑着的、阳光的，没有因为生活不如意变得愤世嫉俗，反而善解人意、体贴他人，好像什么都打不倒你。你那么穷，在学校里格格不入，可你却从来不自卑，从来不试图遮掩这份贫穷，永远大大方方的。我无法自控地喜欢上了你。”

金楚涵可怜兮兮地望着他，艰难地坐起身，伸手去抓顾泽言的胳膊。

顾泽言躲开了。

“当你答应跟我在一起以后，我真的很高兴，但是我家里人很反对，他们越反对，我就越想跟你在一起。那个时候你也受到了一些伤害，明明很不开心，却又怕我知道装作若无其事，我觉得很对不起你。当你回到金家以后，我那么高兴，我看着你重新恢复了笑脸，如同找到了避风港一般，整个人都变得柔软了，学会了撒娇，更多地依赖着我。我知道你以前受了很多苦。不是都说，童年时候得不到的东西，长大后容易产生报复性的补偿心理，所以我一直纵容着你，包容着你。”

说到这里，他长长地吐出一口气。

“可是为什么你会变成现在这样？我在你身上找不到一点儿曾经我爱的模样，你好像变了一个人，因为做错了事情无法收场选择闹脾气，又哭又闹让所有人陪着你折腾。当初的你哪怕面对父母突然的横死，面对那么多的窘迫与困难，都没有想过放弃啊……”

金楚涵的嘴唇猛地哆嗦了两下。她意识到，她在心急之下弄巧成拙了。

顾泽言缓缓地抬起头："金楚涵，我们解除婚约吧，不要再做傻事了。事到如今让我们给彼此留下最后那点体面吧，好自为之。"

他说完这句话，转过身，毫无留恋地离开了病房。

"不！不要！"金楚涵嘶吼着大哭起来，还在做着最后的挣扎。

我跟哥哥沉默地立在原地，谁都没有去挽留顾泽言。

系统没有出现，但我好像听到了大厦倾塌时那缓缓响起的"轰隆"声。

金楚涵还没有出院，顾家就出面解除了婚约。金楚涵知道这个消息后当场昏了过去，妈妈心疼得要命，竟然想亲自出面去找顾家再谈谈，被我和哥哥给拦了下来。

事到如今，金家只能接受这个结果，这样在顾家面前，以及对外对内都还能留下几分情面。我们唯一能做的就是找公关尽量压下这件事对金楚涵的负面影响。

只是明面上大家不谈，私底下那些流言蜚语还是在到处传播，谁都知道顾泽言头上戴了顶绿帽子。如今婚约解除了，也该处理相关事情了。

其实我并不愿意顾家或者金家出面去对付沈牧，不仅仅是怕他们发现我跟沈牧的关系，更多的是怕把沈牧逼急了，他会做出什么玉石俱焚的事情。所以我提出了一个想法——这件事彻头彻尾是我们金家的错误，沈牧不光羞辱了顾家，也羞辱了金家，应该由我们去教训沈牧，也算给顾泽言赔礼道歉了。

顾泽言自然不愿意，他想亲手教训沈牧，但我只需要把沈牧的底细借着他人的口，轻轻往顾泽言母亲那里递一下，他便只能作罢。顾泽言的母亲把儿子视为"易碎品"，这位婚姻不幸的人向来把所有感情都寄托在儿子身上，知道沈牧的底细后，她立刻出面同意了这个提议。

她可舍不得宝贝儿子和沈牧这种危险人物沾上一星半点的关系。

这下主动权就到了我的手里。

接下来我只需要让沈牧回到Q国，让所有人都以为他得了风声逃走了。天高皇帝远，他回了自己的地盘，我们这边想报复他总是要麻烦些，我既可以合理地拖延时间，也可以让沈牧配合我做戏糊弄过去。毕竟我早已经给他安排好了结局，在这之前我不会让任何人去接近沈牧。

只是想让沈牧先回Q国这件事有些难……

“我先回去，然后你留在国内？你是想借此机会摆脱我吧。”还没等我把计划说完，沈牧就生气了。

“我会去找你的。”我耐心地安抚他。

沈牧不吃这一套：“我会信你？别以为我不知道你在想什么。现在你终于利用完我了，打算先把我骗回Q国。天高皇帝远，你以为借着金家的势力牵制住我，就能留在国内高枕无忧了是吧？”

“你最近口语水平长进不少啊，都会引经据典了。”

“你少给我岔开话题！”沈牧突然俯下身来一把掐住我的脸，很用力，他眼里都是狠劲，“要走我们一起走。金宝珠，我陪你玩这一场，图的就是个乐子，除非哪天我觉得没意思了，你才能走，不然你就得留下来。”

我早就料到他不会同意的：“你放心，我没那么蠢，我们可是一根绳上的蚂蚱，把你惹急了，你也不会放过我。只是现在的情况如此，你必须回Q国避避风头，等过段时间我也会去找你的。如果你实在不愿意，可以假装回Q国，只是这样可能会增加一些不必要的风险。”

他捏得我腮帮子又酸又疼，口水都要流出来了，我忍不住掐了一把他的手。

沈牧用力地捏了一下我的脸，松开了手，却仍跟饿狼一样恶狠狠地盯着我：“什么风险不风险的，我不会自己走的，要走我们一起走。”

“那好，这段时间你得老实点，伪装起来，不能被任何人发现，其他事情我会安排的。”

沈牧这下才算气顺了点，哄小狗一样摸了摸我的脸：“这还差不多，你也老实点。”

“嗯。”我看着重新高兴起来的沈牧，沉默了好一会儿，才开口道，“沈牧，等金楚涵这边的事情结束，我带你去看一次盐湖吧，看完我们就回Q国。”

沈牧颇有些意外：“呦，你还记着盐湖呢，我以为你都忘了。说好跟我去看盐湖，又是这又是那的，我连盐湖的边都没看到，你倒是跟贺风玩得够开心的。”

我对着他笑了笑，突然觉得心口有些闷得慌，一时有些提不起劲来。

“怎么，生气了？”

“没有。”

沈牧皱了皱眉，盯着我看了一会儿，脸色变得有些别扭，小声嘟囔：“本来就是你蒙我，说你几句还不行了。”

他抬起手拍了拍我的脑袋，别别扭扭地揉了两下。后来我才慢半拍地反应过来，他这是在哄我。他那双野兽一样的眼睛，不发狠时总是亮晶晶的，带着一种天真。

我觉得喘不过气，忍不住垂下了眼睛：“时候不早了，我得回去了，晚上还要陪金楚涵见心理医生。”

“对了，金楚涵现在怎么样了，真疯了？”

“怎么可能。”

一想起那女人现在的样子，我心里的兴奋一下子就显露了出来，跟夏天的雨一样，说来就来。从前我是这牢笼中的困兽，在走投无路中被逼得发疯，现在换成了外来人来体验这一切。

自从顾家退婚后，她便闭门不出，人人都以为她是被打击到了，只有我能听到那些发疯的嘶吼、咒骂与哀求。

她知道任务彻底搞砸了，可她根本联系不上系统，无论怎么呼唤怎么哭号，都只是她一个人的独角戏。

她时刻记得系统跟她说的最后一句话。

“如果事情搞砸了，我不会带你重启的。”

这句话在系统的失联中不断发酵膨胀，几乎压垮了她。她怕死怕得不得了，像狗一样哀求着系统，甚至在一个午夜偷偷溜出了家门去找顾泽言，哭着纠缠他，让他再抱抱她，结果却被保镖强行送了回来。

顾泽言不行，她就开始纠缠哥哥，她哭闹着说失眠，让哥哥陪她。

那些暧昧的招数因为心机显得刻意了起来，哥哥一连几天都满是不自在，开始躲着她。她像是一个在人群中突然尖叫狂跳的疯子，让人惊讶，又让人觉得莫名其妙。我装作心疼这个受了刺激的妹妹，找了一个心理医生来照顾她。可她却很抵触心理医生，坚称自己没有问题。

怎么会没有问题呢？她只是不愿意面对罢了。她越不肯面对就证明她的问题越严重，需要更好的心理治疗。

一来二去，牵扯的人越来越多。

“金家流落在外多年、刚回归的千金脚踏两条船，翻船被退婚后受了刺激，出现了严重的心理问题”的消息不知道从哪条缝里钻了出去，直接传得满城风雨。

世事就是如此不公平，好的东西如同小心翼翼花上一千天才能搭成的积木城堡，毁掉它却只需轻轻一抽，只要一下，先前那一千天的心血都会崩塌。

现在的金楚涵变成了一盘瓜子，人人都能抓一把，放在嘴里一嗑，把仁一嚼，再把皮往地上一吐，临走再踩几脚。

“啧啧，事情发展到这个地步，她可真翻不了身了，你可真是杀人诛心啊。”沈牧摸了摸下巴，笑得蔫坏。

“她自找的。我们两个之间，不是她落到这个下场，就是我。”

我脑海里突然浮现出那间白色房子。想要对付系统，就必须先把外来人打压到无法翻身，“金楚涵”这个名字和外来人已经死死地捆绑在一起了，一定会被狠狠波及。这一点她应该不会想不到，那等她回到这具身体以后，她打算怎么办……

算了，不想那么多了，这都是之后的事情。只有先解决掉系统，我们才有之后可言。

陪完沈牧，我该去陪外来人了。

她现在整个人压抑到了极点，大概知道一切无可挽回，对我也不像过去那么有耐心，越是这个时候，我就越要表现得温柔：“楚涵，我们去花园里透透气好不好？”

我看着窝在沙发里脸色苍白、有些恍惚憔悴的金楚涵，把“心疼”两个字在言语中揉碎了撒出去。

金楚涵闭紧了眼睛，看都不看我，“不耐烦”三个字明晃晃地贴在脸上：“我不想去！”

我从半开的门缝中隐隐看到哥哥走了过来，连忙端起桌上热好的牛奶往金楚涵的方向递了递：“那你把牛奶喝了吧，你今天都没吃饭呢。”

“我不想喝！”

“喝一点儿吧。”我把牛奶杯递得更近。

“我都说了我不想喝！你烦不烦啊！”金楚涵吼了一声，烦躁地猛推了一把我端着杯子的手。在哥哥进门的那一刻，一整杯滚烫的牛奶被金楚涵推翻，正洒在我手上。

“啊！”我惊呼一声，连连后退，正好撞到迎上来的哥哥怀中。

“宝珠！”哥哥一把抓住我的胳膊，拉着我就往卧室洗手间跑，他紧张地打开水龙头，拿冷水对着我的双手一通猛冲。

“没事，哥哥我没事。”我控制着表情，做出想勉强微笑却又吃痛的样子。

哥哥一脸的怒气，抓着我的手翻来覆去看了好几遍，确认没什么事以后，这些压抑的怒气才对着金楚涵倾泻：“楚涵，你看看你！宝珠好心好意的，你不喝就不喝！不会好好说话吗！”

金楚涵对着哥哥挤出残余的耐心，换上了一贯的可怜模样：“不是，我不是故意的，我是不小心打翻的。对不起，姐姐对不起，我不是故意的，我就是最近心里太难受了。”

“我知道的，楚涵，我能理解，但是你不能一直这么封闭自己。这个牛奶是妈妈给你热的，本来她想自己给你送上来，但是怕你看到她不高兴才让我来的。”

我突然插入的话，让哥哥刚和缓两分的脸色又冷了起来。他看着金楚涵可怜兮兮的表情，皱起了眉，严肃地说道：“楚涵，你不是小孩子了，这件事既然是你做错了，你就应该承担起这份责任。这么长时间了，你一次次地胡闹，大家都纵容着你，全家人都看你的脸色。宝珠这些日子为了你到处奔波，忙前忙后，你难道看不见吗！”

我轻轻地握住哥哥的胳膊拉了拉，小声劝道：“哥哥，没事的，楚涵也是心里难受。失恋的滋味我知道，很难熬的，总要给她一点儿时间。”

这句话直接提醒了哥哥，当初就是金楚涵从我身边抢走了顾泽言。

想起那些往事，哥哥脸上浮现出几分愧意，他瞥了金楚涵一眼，两相对比，他越发恨铁不成钢：“楚涵，你真的该跟宝珠好好学学。我以前总觉得宝珠才是娇气的那个，你更坚强。现在看来，你们两个倒是反着来了。”

金楚涵听了这话，脸色一下变得难看了起来，按捺不住地瞪了我一眼。她现在情绪一直很不稳定，经常跟炸药包一样一点就着。毕竟头顶悬着一把随时会落下来的钢刀，换谁都会变得易怒。

“你瞪她干什么！我跟你说的话你一句也没听进去是不是！”哥哥摆出要好好教育金楚涵的架势，我连忙在旁边明着劝，暗地火上浇油。

金楚涵心里骂声连连，面上忍了又忍，还是忍不住那越烧越旺的怒火，噌地站起来：“我今天真的很累，我想自己安静一会儿！”

“楚涵，你这是什么态度！”哥哥也动了火气。

我不紧不慢地往金楚涵心窝又捅了一刀：“唉，哥哥，毕竟楚涵现在的情况……让她自己待会儿吧。楚涵，你也别太难过，日子还长着呢，还有希望。”

“你闭嘴行不行！”金楚涵不出所料气得跳脚，“你在这儿看我笑话呢，是不是！”

“我没有啊，我不是这个意思，楚涵你别误会，我是关心你啊。”我一边说一边从哥哥看不到的角度对着金楚涵露出居高临下和不屑的冷笑。

“金宝珠，你装什么装！你就是在嘲笑我！”

这些日子，我一直在暗中挑衅金楚涵，她心中的厌恶压抑已久，就跟那洪水流经泄洪口一般，只要泄出一点儿，后面的就再也堵不住了：“你以为我不知道你在想什么吗？我和顾泽言分开了，你很高兴是不是！他就算离开我，也不会要你！他从一开始就不要你，你永远只能捡我的剩饭吃！你以为你赢了我？不，你永远都赢不了我！”

她撕心裂肺地骂着，秀丽的脸庞因为怒气显出某种刻薄的狰狞，就连她叫骂时候张合的嘴，都好像在散发出某种酸臭的气味。

一时间，哥哥被这样的金楚涵惊得愣在原地，直到我假哭出声，他才如梦初醒：“楚涵你胡说八道什么！你怎么这么刻薄？你太让我失望了！”

哥哥痛心疾首，他看着金楚涵像看着一个陌生人：“宝珠！我们走，不要管她了！”

他怒气冲冲地拉着我冲出房间，身后传来金楚涵一阵崩溃的尖叫。这叫声引来了爸爸妈妈，他们迎面就焦急地问起金楚涵的情况。哥哥一五一十地把刚才的事情转述了一遍，仍带着余怒，直指金楚涵现在就是被惯坏了，只知道不分对错地骄纵。

爸爸妈妈的态度却截然不同，他们仍心疼着金楚涵，觉得她肯定是过于难过才会被逼得崩溃，话里话外甚至隐隐指责我与哥哥不够顺着她。哥哥匪夷所思地望着爸爸妈妈，完全理解不了他们为何到此刻还如此纵容着金楚涵，忍不住跟他们争吵起来。

我在一旁冷眼看着，时不时地插入几句劝解。

与哥哥不同，我早已发现父母对外来人那毫无原则的溺爱，似乎只要沾上“金楚涵”三个字，他们平日里所有的理智与成熟都荡然无存。

这是一个小说世界，我想他们两个大概是专门为了疼爱“金楚涵”而生的两个角色。

Chapter 10 雪落无痕

一天天的困兽之争吞噬着外来人的血肉。就在她陷入深深崩溃的某一天，我再一次在睡梦中来到了那间白色房子。

“你做得很好，一切都很顺利。顾泽言和哥哥的好感度一跌再跌，小世界已经被影响了。系统一直联系不到上级，已经彻底着急了。它现在没有吸收能量的渠道，根本不敢拿出能量去维持小世界。再这样下去，小世界跟它都会一起崩溃的。它马上就要重启世界了，这两天你可以留意一下它跟宿主的交流。”

即便已经猜到了结果，可当真听到这个消息的时候，我的心情还是忍不住激动起来。但她的声音却一如既往地平静，不悲不喜，似乎并不在乎此事的成败。我又想起之前的那个问题，她回到自己的身体之后要怎么处理这个烂摊子?

“好，我知道了，我会留意……对了，我一直很好奇，为什么我会听到他们的心声，这个也是你在帮我吗？”

“不，不是我，恰恰相反，是你先动摇了系统，我才有了喘息的机会。”

“不是你？那是谁？”

“是你自己。”

“什么？”

我有些惊讶，心底浮出一个大胆的猜测。

“你是这个世界很重要的角色，你的灵魂也是组成这个世界的一部分。当你一次次被凌辱、被摧毁时，那些不属于原定世界轨迹的痛苦深深地刻在你的灵魂上，让你产生了觉醒意识。不过我想这应该也是小世界的选择吧，让你觉醒后发觉了系统的存在，尽管这只是我自己的推测。”

果然是这样……一时间我不知道该庆幸这份幸运，还是该悲哀这份幸运背后隐藏的血泪。

“好了，你该醒了。等我们下次再见，就不会在梦里了。”

“好，那我们下次见。”

梦醒后，我陷在那份复杂的情绪中久久无法自拔，直到系统的声音再次响起，我才打起精神来。

“宿主。”

“系统！系统你终于回来了！你吓死我了，你这么长时间都没动静，我以为你放弃我了！系统，我错了！是我错了，我不想死！你再给我一次机会，我一定会好好努力，我不想死啊！”

明明只是心声，我却从中听出了连滚带爬的感觉。

“宿主，我最近是忙着去做重启的准备，所以才没理你。唉，虽然你把事情搞砸了，但是这毕竟是你来到的第一个世界，我愿意给你一次机会。有了这一次的经验，我想你下次会更清楚该怎么做。”

“我会好好做的，我一定会好好做的！你放心，我绝对不会再失败的！”

外来人激动极了。她本来因为不想理我而躺在摇椅上假寐，此刻却激动到连假寐的状态都维持不住，整张脸都扭曲到一起，有劫后余生的泪水从眼角滑落。

“好，我需要把你的灵魂从这个躯体中抽离出来，然后带着你重启。只是过程中你会感觉到疼痛。但是你不要害怕，保持放松，不要抵抗，要努力接纳这份抽离感。”

系统那天真可爱的声音，在此刻却只让我觉得彻骨的寒冷。外来人却仿佛得到了巨大的恩赐，眼角滑落的泪水越来越多，嘴角抽搐着，像是想笑又忍不住要号哭的模样。

她像是待宰的羔羊，对自己的命运毫无所察，把刽子手当成养身父母跪拜，一遍一遍流着泪感谢。

真是太可笑了，之前那一任一任的外来人都是如此吧。她们满心欢喜地以为要被系统带去新世界，心甘情愿地把脑袋伸向断头台。

我眼看着外来人在系统的哄骗下做好准备，迫不及待地开始接纳那份“抽离感”。她的脸色变得有些白，眉毛皱在一起，似乎是在忍耐疼痛。随着这份疼痛感越来越重，她的模样越来越扭曲，甚至开始痛苦地呻吟起来。我大声喊着让保姆去叫家庭医生。

家里一下子乱了起来，外来人整个身体都开始抽动了，嘴里无意识地喊着各种字词。我听见她心里断断续续的声音。

“好疼啊！太疼了！系统！你救救我！好疼！”

她撕心裂肺的心声跟嘴上喊出的阵阵尖叫声混在一起，越来越嘈杂。在她狠狠地抽动了一下身子并发出一声响亮的尖叫后，一切像是突然被摁下了暂停键。在众人惊讶的目光下，她的身子猛地软了下去，失去了意识。

“医生！医生！我女儿怎么了！”

妈妈的呼喊声响起，紧跟着的是爸爸和哥哥的惊呼，他们的声音此起彼伏，像是一场荒诞的交响乐。我的心也像是被一只大手狠狠攥住了，喘不上气。

我死死盯着昏过去的金楚涵，下意识地屏住了呼吸。可能过了几分钟，也可能只有几秒钟，这具昏死过去的躯壳猛地睁开了眼睛。

“楚涵，你醒了！你吓死妈妈了！”

“涵涵，你感觉怎么样？到底怎么回事！”

隔着一拥而上的家人，我对上了那双刚刚苏醒却一片清明的眼睛。

心头紧绷的那根弦一下就松了。成功了。

我看着这具曾像傀儡一般的躯壳重新站起身，游刃有余地应对着每一声询问关怀，将这场喧闹重新梳理成平静。直到整个房间只剩下我们两个人的时候，她才微笑着对我说出第一句话。

“又见面了。”

“是啊，又见面了。”

明明还是那具身体，却像换了一个人，她看上去大方端庄，面相坚韧。如同被污泥裹住的荷花，雨过天晴后冲刷出真正的模样。

“金，金楚涵？”我叫出这个名字的时候觉得有些别扭。

她面带清浅的笑容：“如果觉得别扭，你可以叫我伊伊。这是我的养父母、也就是你的亲生父母给我取的乳名。”

“好，伊伊。那我们现在是成功驱逐系统了吗？之后它还会再次出现吗？”

“这个说来话长，不如我们边吃边聊吧。”她看上去十分气定神闲，似乎一切都已经胸有成竹，“吃火锅吧，冬天吃火锅最合适了。”

她自说自话着开始在屋里逛起来，翻找着衣服首饰：“你能帮我化个妆吗？”

我有些吃惊于她的反应，这和我预想的不一样。可我犹豫了片刻还是没说什么，走上前帮她收拾。她一边仰头任我涂抹，一边手上还摆弄着首饰。可我总觉得她看起来有一种浓重的违和感。

为什么她使用这个身体时如此自如？她的灵魂既然一直被囚禁，也就是说之前她应该是处于无实质的状态，现在突然回到了身体里变得有实质了，正常来说应该有个适应期才对。

不太对劲……这个猜测将我刚刚平静下来的心情重新搅乱。

我装作淡定友好，陪她打扮好，一起出门去吃饭。一路上她看到什么都要伸手摸一摸，到了火锅店，她把能点的都点了一遍。打败系统的时候都没见她这么兴奋。

“伊伊，现在可以说了吗？”

“当然可以，只是从哪儿说起好呢？”她摆弄着擦手的热毛巾，似乎被这股子不一样的触感吸引得无法自拔，“谈话之前应该先介绍一下自己的情况吧。我是谁你很清楚，但是我和系统的联系，我还没有彻底跟你介绍明白。”

她说着伸出手指，一个个地掰扯：“让我数数，一、二、三……八，这应该是第八世了吧，往前应该还有一世，只是那个时候还不是循环世界，系统只带了一个宿主做了个任务就离开了，所以我没有任何记忆。我的记忆是从躯体第二次被占据开始的，但我和你这种一世一世的循环是不同的。”

“不同？”

“对，不同。我在循环开始的第一世，毫无察觉地活到十九岁了。突然有一天，我就被囚禁在了那个白色的房子里，之后就是系统带着宿主攻略了。等宿主没用了，系统就会将她们吞噬，带着上级交给它的新灵魂，将时间重置到我被囚禁的那一天。所以，你们的时间线是以世为单位的循环，而我的时间线是从第一世开始就停住了，之后就是无限延长。”

她不紧不慢地讲述着，似乎这件事所带来的痛苦早已随着漫长的时间从她身上剥离了：“我一直都在这个躯体内存在着，系统将我囚禁，以为我陷入了沉睡，它一直在缓慢地蚕食着我的灵魂，但是我一直都是清醒的。我一直可以听到系统和宿主的对话，透过宿主的眼睛看到发生的一切，甚至可以透过系统的角度看到它如何与上级联络，所以我知道很多东西。如果用一句话来形容，我就像是生长在这具身体里的一株植物。”

她话音刚落，服务员敲门端来了锅底，后面跟着一堆人，开始接连不断地上菜。我与她隔着桌子对望，看着这张横在我们之间空荡荡的桌子慢慢被填满，一时不知道该如何去回应她。

整整八世，她却只活了十九年。她过了最苦的十九年，在马上要苦尽甘来的时候被囚禁，眼看着一个个外来人糟践她的人生，度过了这漫长的几百年。

生长在这具身体里的一株植物……我突然被这句话刺伤了。

难怪，难怪之前一次次沟通的时候，我总有些奇怪为什么我从她的语气中找不出情绪波动，连麻木的感觉都探寻不到，只有平静。

因为太漫长了，漫长到一切都被磨碎了。

当痛苦堆积到一定地步时，任何安慰都是无力的。

“你不用这么看着我，都已经过去了。我要谢谢你，我本以为我会永远这样下去，直到被系统吸收掉。但是你给了我另一种结局，你很厉害。”

“不，如果不是你帮我，我早就被系统发现了，我也需要谢谢你，伊伊。在这件事上，我们算得上互相成就了。”

我试图让气氛变得轻松点，但在“伊伊”两个字脱口而出时，我突然有些理解她为什么会让我这么叫她了。

对她来说，“金楚涵”这三个字早就不属于她了。只有那十九年的人生才是属于她的，所以她留下了这个乳名。

“互相成就。”她重复着这几个字，轻笑了一下。

锅底沸腾起来，我与她之间升腾起一层雾气。

“那现在到底是什么情况？系统被你吸收了？你被囚禁了这么久重新回归，可看起来好像没什么不适。”

“可以这么说，系统在不稳定的情况下撕碎宿主灵魂，我趁机回到这具躯体，这种情况会对系统造成很大的反噬伤害。我之前在系统内部动了很多手脚，就是为了等这一刻，将它吞并。我能直接适应这具身体，也得益于这份力量。”

她用词有些隐晦，我却听懂了其中关键之处。

她吸收了系统，得到了系统的力量，现在的她已经不属于普通人类的范畴，她跟系统一样拥有凌驾众生的能力。

“那你接下来的安排是什么？”我斟酌着用词打探她的想法，“你之前说有办法阻止新的系统出现，是什么办法？”

“这个啊，我暂时还没准备好，等准备好会告诉你的。对了，既然知道了这是个小说世界，你不好奇系统出现前这个世界是什么样的吗？”

我知道她在岔开话题，但这个话题实在是诱人，我还是顺着问了一句：“是什么样的？”

“我是从系统的内部发现原世界轨迹的。我进入大学后认识了顾泽言，对他产生了感情，但是因为你们两个人的关系，我并没有接受他，直到我被金家找回去。回到金家后，我得到了父母的宠爱，有了温柔的哥哥，顾泽言更是变成了我的未婚夫。你很不服气，和我明争暗斗了很久，但那些都是大大方方的竞争，我们到最后变成了亦敌亦友的关系，接纳了彼此。你当你的大小姐，我当我的二千金，我跟顾泽言的感情经过了一番坎坷后，最终修成了正果。在这个世界里，于涵担任的是恶毒女配角，只不过像她这种女配角有好几个，所以她没多少气运。”

我等了好一会儿，她都没有继续往下说，反而拿起筷子开始涮肉。

我忍不住开口道：“那其他人呢？”

“你是在问沈牧吗？”

“算是吧。他，还有其他的那些男人，都担任着什么角色？”

“其他男人都是我的追求者，一本言情小说里自然要有很多优质男人围绕着女主转，只是在原先的世界里，这些人只停留到追求这一步为止了，至于沈牧……”她说到这儿又顿住了，探身去拿菜。

“沈牧怎么了？”我见她吞吞吐吐的，有些着急。

她笑看了我一眼：“你有没有发现，你好像格外紧张沈牧，你是不是喜欢上沈牧了？”

隔着雾气，她的笑容看起来有些模糊，就好像“沈牧”这两个字在我心中的位置一样模糊。

我有些语塞，突然觉得有些想笑，却笑不出来："喜欢？什么算喜欢呢？这么久以来，我确实是一直跟他在一起，他帮了我不少，我多少会对他在意几分罢了。"

"是吗？"她的眼神清亮。或许是我的心理作用，我总觉得她似乎看穿了什么，"好了，我直接告诉你吧。如果按角色划分的话，沈牧算是反派。他先是认识了我，觉得我有些意思，跟我有了些纠葛，之后就通过我认识了你。你长得有些像他的母亲，但你很不喜欢他，甚至可以说是有些看不起他，这更加勾起了他心中的暴虐。他想方设法地接近你，将你哄骗到手以后，再将你抛弃，你无法面对众人，远走国外定居了。而沈牧被金家打压得严重，再没来过 Z 国。"

"还真是出乎意料，却又觉得这是他会做出的事情。"

我说不上来此刻心里是什么感觉，好像一口气顶在胸口出不去，下不来。原来我跟沈牧还真是生生世世不得善终的孽缘啊。

"我知道你跟沈牧还有些事情没处理，现在系统已经没了，你大可以放心，我会帮你遮掩的，不会有人发现你跟他的关系。别绷着脸了，尝尝，味道不错，我都忘了食物的味道了，真是很奇妙的感觉。"

她说着往我碗里夹了一大块黄喉，我看着她大快朵颐的样子，仍觉得有些不真实。明明之前经过了那么多的困难艰辛，可真正结果到来的那一刻却还是会觉得，原来这么简单就结束了吗？

这顿饭我吃得味同嚼蜡，伊伊却吃得很高兴，临走前，她在路边看到卖冰激凌的，还打包了几个带回家。

第二天一大早，我就安排了去 W 市的车，沈牧现在的行踪见不得光，就算伊伊说会用系统的力量帮我遮掩，我还是不放心，选择了最保守的房车自驾游。沈牧这几天被我藏起来，早就憋闷得发疯，一听说能出去玩，比谁都积极。

“咱们到哪儿了？”沈牧瘫坐在沙发上打着哈欠，百无聊赖地望着车窗外的景色，“金宝珠，你急着逃命呢。一路上都没停下来几次，自驾游不应该是走哪儿玩到哪儿吗？”

我正在冲咖啡，没理他。他伸直腿拿脚碰了我小腿两下，见我没反应，他站起身走过来，从身后跟朵乌云一样压了下来，两只手撑在桌子上，正把我困在中间。

“我发现你这几天很不拿我当回事啊，怎么？事情办完了，我没用处了，不用讨好我了？”他的脑袋蹭在我的耳朵边，挠得我发痒。

我抬起手轻轻拍了拍他的脸：“别在这儿闹我，没看到我忙着呢？你又没觉得不高兴，闹什么。”

“这破咖啡有什么好喝的，你天天喝。”他不依不饶地从我手里抽走了手冲壶。

“我不是给你带了游戏机跟一堆游戏卡吗，你自己玩去。”

“你敢这么跟我说话？金宝珠，你越来越不把我放在眼里了。”

沈牧嘟囔了两句，把壶往桌子上一搁，扭身又躺回了沙发上。

“你的咖啡要加奶吗？”

“加。”

我冲好两杯咖啡转身想端过去，可车正好进入了隧道，车内突然一暗，我差点撞到桌角。沈牧飞快地拿手在桌角垫了一下，抬起头看了我一眼，隧道灯一下子打过来，把他的眼睛照得很亮。

我端着咖啡杯站在那儿，愣了好一会儿才回过神来。

夜里一直下雨，雨水噼里啪啦地打在车身上，太过密集，像是有什么古怪的生物正紧贴在车边吼叫。我有些睡不着，在床上翻来覆去。

沈牧突然从身后贴了上来，手脚并用地缠着我，昏沉的声音带着睡意，听起来黏黏糊糊的：“你翻得都快掉下去了，雨声太大睡不着吗？”

“嗯，这雨可下得真大，车会不会被淹了。”

“怎么可能，下雨又不是发洪水，别胡思乱想。”他深吸了一口气，脑袋胡乱在我肩膀上蹭了几下，声音迷迷瞪瞪的，听上去困得要命。

“知道了，你睡吧。”

“嗯。”

他含糊地应了一声，抬起手捂在我耳朵上，睡了过去。

他的手掌很热，粗糙而柔软。我在黑暗中睁开眼睛。

W市不远了吧，日子过得可真快啊……

我在黑暗中发了很久的呆，转过身轻轻抱住了沉睡的沈牧。

第二天早上雨还在下，我拉开车窗帘，满眼瓢泼大雨，窗户上都是水雾，什么都看不清楚。我擦了擦玻璃，费劲地盯了好一会儿，才看清外面有很深的积水。我心一突，连忙去开车门。

车门刚一打开，刺骨的寒意夹杂着冷雨扑了我满身，房车的底盘本就偏高，车门到底盘还有一大段距离，可积水却几乎要跟车门齐平了。车门一开，已经有水漫了进来。我连忙将车门关好，一边回身去叫沈牧，一边给去附近宾馆过夜的两个司机打电话。

“怎么了？”沈牧迷迷瞪瞪地坐起身。

“雨太大了，外面积水很深，跟车门差不多持平了。”

我听着电话那头的忙音有些着急，没人接电话。我连着打了三个都没人接，沈牧已经看了一圈回来了，脸色难得有些严肃。

“别给他们打电话了，房车营地地势算不错的了，都淹成这样，他们那边情况也不会多好，一时半会儿肯定赶不过来，我先去发动车子试试。我看这雨势这么大，肯定会越淹越厉害，必须赶紧走。”

“好，你先去开车，我查一下地图，找一下附近地势高的地方。”

沈牧从车内通道钻进驾驶室，尝试启动，却根本打不着火：“不行，水位这么高，发动机可能进水了。”

“那现在怎么办？”

外面的雨还在铺天盖地地下，雨刮器摇摆着试图驱散重重的水雾气，却只是徒劳。到处都是白茫茫的一片，只有不远处的绿化带若隐若无地透出一点儿绿。

我拿出手机搜索着相关信息，已经开始有“暴雨夜袭，多处道路被淹，提醒市民注意安全”的通报了。

沈牧眉头紧锁，思索片刻后说道：“这个雨不知道什么时候会停，而且我感觉比昨晚还大。车发动不了，水位又在持续上升，车一定会进水，我们到时候会被困在这里的。我们得趁现在积水不深，去更高的地方。”

“好，那你看一下有没有什么有用的东西能带上，我再打个电话。”

我真是没想到，不过出来旅个游，昨夜还好好的，今天就发生了这种情况，我心里太不踏实了。

“伊伊，是我，我这边遇到大暴雨被困住了，你能定位我的准确位置吗？”

“能，可以。”她说话声音含糊，像是在吃什么东西，“我一会儿看一下你这边的情况。需要我跟金家说一声，派人去救援吗？”

“不，暂时还不需要。我现在跟沈牧在一起，如果情况有变我会再联系你的，到时候你再去跟金家联系，只要你能一直准确定位我的位置我就放心了。对了，怎么会突然遇到大暴雨，跟系统有关系吗？”

“没有，我一直在监管，如果出现了系统的踪迹，我一定会发现的。你别太担心，这只是自然界的一个天气异相，我会跟踪你的位置的。你保持手机通信，有什么问题第一时间联系我。”

“好，那我先挂了。”

我挂断电话，去后面的休息室找沈牧。他蹲在地上，将车上的矿泉水瓶一个个倒空，拆下一双闲置鞋的鞋带，把这些水瓶都拴在一起，又塞进一个大塑料袋里。

“车上没什么能带的东西，带好手机充电宝，车上没有防水袋，先用塑料袋把它们装好，多缠几个，贴身绑在身上，绑高点，别被冲走了。穿好衣服，别穿棉服泡水会沉，穿那件羽绒服，它是浮水的。”

沈牧在说话间把塑料瓶子都收拾好了，站起身把那一大袋子的塑料瓶塞到我手里，又把塑料袋的系绳缠在我的手腕上：“拿好，如果积水变深了，这个可以当成临时救生圈来用。”

我点点头，也没有多废话，以最快的速度按他的要求把一切整理好，搜索出最近的高地势方向，跟沈牧一起出了房车。从我发现积水到现在不过一个小时出头，积水已经至少上升了二十公分，一开门水全涌进了房车，刺骨的凉，这个速度太惊人了。

沈牧牵住我的手，攥得更紧：“抱紧那包塑料瓶，抓紧手别走散了。”

“嗯。”

我深吸一口气，迈步踏入积水中，这水直接淹到了我腰的位置，雨下得太大简直像是一盆接一盆的冰水浇下来。我站在雨幕中眼睛都睁不开，呼吸都有些困难了。

太冷了，冷得我猛打了几个颤，牙齿不自控地开始发抖。

沈牧把我往他身边拽了拽，从牵着我的手变成抱住我的胳膊，我们互相搀扶着在积水中往外走。

积水太深，又是寒冬，迈开的每一步都极为艰难，我怀中的那一大包塑料瓶漂浮在水面上，无形中阻力更大。我几乎是被沈牧半扯半扶着往前走。雨点太大，打在裸露皮肤上很疼。我看不清前路，感觉耳朵都在进水，浑身上下湿透，那些衣服像是从沼泽里挖出的冰块一样，黏稠冰冷地贴在身上，好像跟我的皮肤粘在一起。

我感觉我在迅速失温，甚至丧失了最基础的方向感和时间感知能力，根本不知道走出了多远，只感觉雨一直在下，像从天上扔下的石头，不把我砸得头破血流、跪地求饶便不肯罢休。

积水一直在缓缓上升，渐渐地淹到了我的胸口。

房车营地在郊区，位置太偏了，附近的建筑物基本都是平层。

导航地图上显示营地不远处有好几个农家乐，从详情图来看都是些两三层小楼，是我们现在最优的选择。只是地图上短短的两公里，现在走起来却像西天取经一样艰难。

积水像河一样奔腾着，冲刷着，想将我化为它的一部分，每往前走一步都是在跟它的力量对抗。

我冷得站都站不住了，大半个身子都压在沈牧身上，不停地打着哆嗦。我艰难地抬起头看了沈牧一眼，雨水让我只能眯着眼睛，隐隐约约地看到他模糊的下颌线。他一直用力环抱着我的腰，跟我十指紧紧相握，走出去的每一步都是有力的，像是洪流中的一块石头。我是挂在这块石头上的浮萍，石头因为我有了生机，我也因为石头有了活下去的机会。一直以来似乎都是这样。

他大概感觉到了我的体力不支，隔着大雨大声地喊了一句："就快到了，到了就安全了。"

我没力气说话，只能用力握了握他的手作为回应。走到后面，我已经分不清是太累还是太冷，脑子都是木的，喘气的时候气管都冷得疼，仿佛只是靠一口气撑着，说不清什么时候这口气就散了，人就倒在雨中。

当我们转过一个路口的时候，积水的动向一下变了。这条路边有一条很深的沟渠，积水冲刷下去像是路边挂起的一条瀑布，侧冲的水流让这段路更难走了。

我们小心翼翼地往前挪动着，眼看要走出这段路时，我却一脚踩空，一下失去平衡往下栽去。

被失重感惊吓到的那一刻，我无意识地松了一下手。仅仅几秒，我立刻失去了支撑，陷入积水巨大的冲刷力中，被裹挟着挣脱了沈牧的束缚，积水迅速将我推向沟渠。

积水湍急，被冲倒后的我根本站不起来，只能死死抱着那袋子塑料瓶避免沉底，拼命往上伸着脑袋，口鼻被呛得生疼，一只手挥舞着想抓住什么。

我视线中沈牧的身影突然也消失在了水面上，可我胡乱挥舞着的胳膊却突然被什么东西扯住，将下冲的势头一下子缓住了。

我根本无神分辨这是什么东西，拼命伸手想要抓住。沈牧突然从水里钻了出来，直接撞在我的肩膀上，他拼命地撕扯着我手腕上缠绕的塑料袋。装满塑料瓶子的袋子被水冲刷出巨大的拉力，一下被扯掉，我顿时轻快了不少。

沈牧站在水里，用一只手在水下抓住我的胳膊，再用另一只手抱住我的腰，帮助我站好。我被水呛得晕头转向，脑子都是空白的，等我缓过神来，才发现我整个人正死死地勒在沈牧身上。

沈牧站在积水冲泄口，被水冲得也有些站不稳："走！先离开这儿！"

他大喊着，半抱半拉着我掉转方向，往原来的路走去。

突如其来的意外几乎是压倒我的最后一根稻草，我浑身发软，没有力气，只能硬咬着牙支撑着酸软的双腿努力往前走，想给沈牧减轻一点儿负担。当我几乎要累晕过去时，一栋灰扑扑的小楼终于出现在视线当中。

这个时候水已经快淹到我的锁骨了。

巨大的狂喜振奋了我，我撑着身子，在沈牧的搀扶下努力朝那个小楼走去。楼前的卷帘门紧闭着，沈牧腾出一只手狂拍卷帘门，那阵阵声音在雨中像是打起的惊雷。拍了很久，二楼窗户才被拉开，探出了一个脑袋，大声向下喊着话："谁啊！"

"避雨的！帮帮忙，我们给钱！"沈牧扯着嗓子回应他。

"等等！"那脑袋缩了回去，窗户也关上了。

我跟沈牧在水里站了好一会儿，卷帘门才猛地从里面被拉开，水一下扑了进去。沈牧拖拽着我迅速冲进门里。开门的两个大哥用力地拽着卷帘门压下来，把里面的玻璃门关好，又从积水中捞出冲到一边去的被子堵住门缝，压上几瓶大桶油，这才腾出空来跟我们说话。

“你们是从哪儿来的？”

屋里的积水也淹到了大腿处，跟冰窟一样，我哆嗦着靠着沈牧，说不出话来。

“我们是来玩的，没想到突然遭到了暴雨，只能弃车求助。大哥，我们身上就一万块钱，都给你们，请问你们这儿有没有被子跟热水？”沈牧说话时有些颤抖，也是被冻得不轻。

他说的话很讨巧，既给了他们好处，又暗中表明这是我们全部的财产，可以规避掉隐藏的风险。毕竟天灾最乱人心。

“热水有，有盖冰箱的被子，不嫌弃的话我给你拿一床。先上二楼吧，一楼都淹掉了。”

两个大哥看上去都是中年模样，他们招呼着我们上了二楼，拿来了棉被、热水，还有两套新衣服，说是店里服务员的工作服。沈牧从塑料袋里拿出手机想给他们转钱，他们几番推拒，最后只收下了一千块钱。这两个大哥合伙开的这个农家乐，今早起来发现暴雨积水，怕店里出问题，跋涉着来到店里，结果也被困住了。

我跟沈牧各自躲在小屋里换下湿透的衣服，穿上有些不合身的工作服回到二楼大厅，抱在一起，裹上旧棉被取暖。

棉被因常年盖在冰箱上有些泛潮且硬邦邦的，还透着股子鱼腥气，却仍然让我觉得无比珍贵。我捧着热水杯，冻透的手上传来阵阵刺痛。我看了看沈牧，他的脸色和嘴唇青白，头发全湿了，睫毛也是湿的，我想我现在看上去应该跟他差不多。

沈牧喝了口热水，脸色和缓了一些：“大哥，有没有酒？我受伤了，那水太脏了，我需要消下毒。”

我心头一惊：“你受伤了？！”

“小伤。”沈牧拉起裤腿，他两条小腿上都是大面积的擦伤，有些地方伤口还很深。

他接过大哥递来的白酒，拧开冲刷着伤口，痛得轻嘶了一声，眉毛紧紧拧着，牙关也咬紧了，硬撑着把一瓶白酒倒干净了。

“怎么搞的……”我心口发紧，呆呆愣住，看着他腿上的伤口不知道该说什么，想起他在水面消失又出现的那一幕。

他没看我，只是低头处理着伤口，声音漫不经心的：“就刚才，你被水冲走了，我是借着水流的助力游过去的。水流那么急，还要抓住你，我怕我一下站不住，正好看到水底下有一块很大的建筑水泥块，一抓住你的手，就拿腿在那水泥块上垫了一下，借着这个阻力在水里站好。”

我张了张嘴想说话，却觉得心里有些无力：“那，我怎么好像没碰到那块水泥。”

“我垫的地方就是边角了，我又是掐着位置拉的你，你自然没碰到了，不然你踩到那块水泥，一下踩不稳，可能真被冲走了。”

他弄好伤口，这才抬起头看了我一眼。他的眼睛很红，眼周一圈都是肿的，我本以为是雨淋的，原来是因为在污水中睁了眼导致的。

我说不出话来，看着他的时候脑子都是空的，好像被人重重地在心口打了一拳，让我觉得很难受，想要蜷缩起来。

那个时候我真的以为我要死了。

从暴雨发生到现在，一直都匆忙慌张的，情绪来不及品尝就被架起来挤压到了一起。如今安全了，那些被挤压在一起的情绪混杂着缓缓弥漫出来。我想开口说句话，却说不出来，我并不想哭，却掉下了眼泪。

“行了，这点小伤，有什么好哭的。”沈牧冷哼一声，似乎对我露出的软弱有些不屑，然而他手上动作却放轻缓，将我轻轻拥入怀中，抓着被子裹紧。

我们两个好像一个茧里的两只蚕。

我被他抱着，脸紧紧贴在他的胸口上。他的衣服很凉，我的眼泪也很凉。可能是太凉了，我的眼泪怎么也止不住，揪着他的衣服克制不住地哭出了声音：“活着真好。”

沈牧听到我这句话似乎笑了一声，抬起手摸了摸我的头发。我哭着哭着有些累了，闭目靠在沈牧怀里，听他有一搭没一搭地跟两个大哥聊天。

听说现在已经发布了暴雨特大灾害的信息，有些地方因为暴雨泄了洪，正呼吁广大市民寻找安全的地点避难，不要乱跑，等待暴雨退去，受灾地区已经派出人救援了。因为暴雨积水，非必要的用电都断了，屋子里很冷，我一直暖和不过来。连绵不断的雨像催命的咒语一样，我又累又冷，不知不觉在沈牧的怀里睡着了，却睡不好，耳朵里还能听到雨声和他们说话的声音，于是蒙眬中又做起了梦。

我也不知道自己在做什么梦，一切都是琐碎嘈杂的。只是在迷迷糊糊间，我好像看到了沈牧在跟我说话。突然，一旁出现了一个金发碧眼的女人，站在沈牧身后对着他掏出了一把枪。

“砰”的一声巨响，我被猛地惊醒，浑身发凉。

沈牧还在跟那两个大哥说话。

窗外雷声滚滚。

那个女人……虽然脸很模糊，但我知道她是那个 R 国女人。

我贴在沈牧的胸口，能感觉到他的胸口在随着呼吸起伏。

还活着……

梦里是我给沈牧挑选的结局。

我恨沈牧，第一次见他的时候我几乎控制不住自己那股喷涌而出的怒意，幻想着总有一天要亲手了结他。所以我选中了那个 R 国女人，我让她去接受精神治疗，等一切准备好以后，我会给她提供一个接近沈牧的机会。

上一世的我没能报仇，只能在屈辱中怀着痛苦死去。

R 国女人就是这一世的我，我愿意给她一个亲手报仇的机会。

为她，为上一世的我，为所有被沈牧伤害的人寻一次解脱。

可是这一世沈牧没有对不起我，他甚至还成了我复仇路上最重要的伙伴。此时此刻，我突然想起沈牧从水里钻出的样子，想起他那双红肿的眼睛，想起他很多很多的样子。

我感觉到了前所未有的茫然。

我们在这栋小楼里被困了两天，水位越来越高，在几乎要涨到二楼窗户时，救援队终于出现了。我们被救援队带到了安全的位置，只是那两个司机一直联系不上。听说他们去的那个宾馆地势很低，附近还有个水库决堤了，不少人都失踪了。沈牧腿上的伤口也有些感染化脓，需要清创包扎。

出现这么多的意外情况，去盐湖的计划只能被再次搁置。

我将司机信息报给官方，由他们去跟家属联系沟通，又单独从外地联系了一支救援队过来，让其帮忙搜寻那两个司机的下落。我跟沈牧在这座陷入水灾的城市待了五天，终于接到了那两个司机的消息。水库决堤后，他们离开了那栋几乎被吞没的矮小宾馆，走进雨里试图求生，却从此消失在了雨中。

接到这个消息的时候我愣了很久。

当初房车驾驶室里本有一张留给司机的折叠床，是我让他们去住宾馆的。如果当时他们留宿在房车上，也许不会发生这种事。事已至此，我能做的只有给他们的家属足够多的经济补偿。

我跟沈牧带着遗憾离开了这座城市，回了家。

我离开不过短短时间，伊伊就胖了一圈。

听哥哥说，她这段日子去了不少地方，胃口也很好，一天到晚嘴都不停。我见到她的时候，她正在吃蛋糕，见我来了，笑着招呼我过去。

“你回来了！正好我有话要跟你说。”她嘴角还沾着点奶油，她每次笑的时候眼睛里都是平静的，像是下过雪的白茫茫大地，“你之前不是问我有没有办法阻止新系统再出现吗？有了。”

“什么办法？”

“我可以利用系统的力量和我自身的灵魂封闭整个小世界。”

“什，什么？你的灵魂？”

"对，我的灵魂。我是这个世界的气运之女，是世界的核心，我借着系统的力量将我的灵魂融入这个世界，将这个世界彻底封闭。这个原理有些复杂，我就不跟你解释了，总之你只要知道我可以封闭这个世界就行了。"

我从未想过她会说出这样一番话，不是好不容易才回来的吗？

"那你岂不是会消失？金楚涵岂不是又会变成一具躯壳？"

"不，不会再有金楚涵这个人了。这件事情不能拖太久，就这几天吧。灵魂消失后这个身体会呈现死亡状态，以后的世界也不会再出现金楚涵这个角色了。"

"可你是世界的主角。如果你消失了，整个故事线不会出现缺口吗？"

"不会，我在封闭的同时会推动世界线去自我修复的，会将你修订成金家真正的女儿。没有金楚涵，没有抱错孩子，金家人会延续之前的设定当疼爱你的家人。像于涵她们那些女配角还是恶毒女配，其他男性角色会变成你的追求者，相当于你的位置变动后，延续了我的人物轨迹。但你还是你，毕竟你二十年前的人生经历几乎是不动的。"

她吃掉最后一口蛋糕，擦了擦嘴，抬头正视着我："只是有两个角色是需要变动的，一个是顾泽言，一个是沈牧。顾泽言是男主角，你当了女主以后，要延续他的男主角设定吗？还有沈牧，他是个针对你的反派，那些情节我猜你也不想再经历了，要把他调动一下吗？"

我沉默了。

"不过这个不急，你可以慢慢考虑，只需要在我临走的时候告诉我就好了，至于我什么时候走……"她微微眯起眼睛在椅子上舒展了下身体，"就明天吧。明天是个好天气，你陪我去中心花园逛逛吧。"

"只有这个办法吗？"

我有些不忍，好不容易才获得自由，就要这样结束了吗？

“你不用这样看着我，或许在其他人眼里这是一个糟糕的结局，但是对我来说是最好的结局。几百年的时间太长了，我看着一世又一世的荒唐，一开始很痛苦，可是时间久了就麻木了，再久一点儿就连麻木都没有了，我只想早点结束这一切，哪怕是被吞噬也无所谓。可现在我能报仇，能阻止她们继续用我的身份作恶，能结束这一切后彻底地解脱，这再好不过了。”

她笑得越轻松，我的心情就越沉重。久久的沉默后，我艰难地开口道：“那你还有什么想做的事吗？”

“没有了。其实自由以后，我吃了很多东西，去了很多地方，但是我并没有因此感到开心，我只是觉得新奇。这种新奇的产生是这漫长枯燥的岁月对我感知能力的剥夺的结果，这些东西并没有撼动我寻求解脱的心情，甚至让我更加迫切了。”

她站起身拍了拍我的肩膀：“明天上午十点陪我去一趟吧。”

“好……”我除了这个词也不知道应该说什么。

“对了，沈牧你打算怎么处理？你们俩现在这样，他应该不会随便放你走吧。你真的要跟他回Q国？”

提到这件事，我心虚地垂下了眼睛：“还没想好。”

“其实你也不用太紧张他。按照一开始的结局，他会在32岁的时候身亡，即使后来系统改变了他的命运轨迹，他也会在35岁的时候因为意外去世。”

“为什么要去惹事？”

我上一世死得太早，从未想过沈牧的结局，我以为会是阖家欢乐的情况。

“大概是无聊吧，他那个人本来就不太正常。”

这句话一直在我耳边回荡，直到我离开这个房间都未散去。

中心花园的花坛都是按照季节更换花植，即便是深冬，仍然姹紫嫣红一片，就算是光秃秃的大树，上面也缠着彩色的装饰。天气正好，阳光充足，公园的人也很多，嬉闹声一片。我陪着伊伊逛了半个花园，最终在一处僻静的长凳上坐下。

“天气真好啊。”她手里举着刚买的棉花糖，没吃，只是抓在手里捏来捏去，“怎么样，你考虑好了吗？”

“嗯，想好了，顾泽言就按照青梅竹马好朋友的轨迹生活下去吧。他的个人感情会自动补上吗？”

“会，但是具体会怎样，会是谁，我也不知道。毕竟现在大家都是活生生的人，如果是金家父母这种戏份浅的配角，只要给他们一个程序设定，不管遇到什么情况都会按照着这个设定进行。但是主要角色自主意识很强，已经是一个活生生的人了，只能给他们设置一个背景和故事发展，比如金家千金身份带给你的东西会让你如何，再比如顾泽言父母不和，父亲强势，母亲溺爱，这种成长环境又会让他变成怎样的性格。”

“好，那我就放心了。”

“那沈牧呢？”

我视线里，有个孕妇正在散步，她长得并不漂亮，却浑身散发着一种慈爱。

“沈牧他……除了被绑架虐待，还有被父母抛弃这件事以外，是不是还有什么其他不好的经历？”

“有，我在系统内部看到过资料。只不过这一部分对攻略沈牧来说无用，因此系统没有告诉过宿主。”

“是什么？”

“这个要涉及他的母亲，一个很漂亮的Z国女人。她去国外演出的时候爱上了一个外国人，不顾一切地嫁给了他。在沈牧小的时候，他们一家人有过很甜蜜的时光。可沈牧八岁时，他的母亲遭遇了严重烧伤，虽然后来花大价钱修复了，还是毁了容，从此消沉了下去。很快，他父亲就出轨了。”

难怪他说他记不太清母亲的样子了，原来在他那么小的时候，他妈妈就毁容了。

“他的母亲深爱着丈夫，无法接受这个结果，就开始用尽办法想要挽留他的父亲。沈牧眼看着他的母亲被困在无望的爱里，发疯发狂、失去自我、卑躬屈膝，他的父亲又很无情冷酷。后来他被绑架，他父亲选择直接放弃他，他的母亲那时候为了挽回丈夫卑微到了极点，自然他说什么就是什么。”

“她不是我妈妈，她是一个可笑的女人。”

我还记得沈牧说这句话时候的神情，满是疲惫。

“后来，他好不容易逃回来，为了报仇还要装成乖儿子的样子，讨好着父亲。他的母亲为丈夫的无情痛苦万分，却还要照顾着这个家庭，性格开始变得越来越扭曲。这个时候沈牧慢慢长大了，他跟他父亲长得很像，特别是那双眼睛。他的母亲在痛苦之下把沈牧当成了丈夫的替代品，开始折磨他，但她同时又会为这份折磨而内疚，所以时常伴随着发疯，干出各种疯狂到无法想象的事情。再往后的故事你也知道了。”

她平静的话语却在我的眼前勾勒出一幅幅画面。

原来沈牧就是这样被一点点击碎，击碎到无法回头，击碎到只能靠发疯来发泄这份疼痛的。

“这就是沈牧的故事，怎么样？你的想法有改变吗？”

“其实在来这儿之前，我就已经想好了，只是我不确定这样做有没有用。现在听了这些，我更坚定这个想法了。”我远远地看着那个慈爱的孕妇坐在长椅上摸着肚子，似乎在跟腹中的孩子说话，“沈牧的父母都是小配角，和我的爸爸妈妈一样，都是可以设定程序的吧？我希望他们做一对恩爱一生的夫妻，一对疼爱孩子、教育有方的父母。这样沈牧生生世世都不会再被伤害，他可以正常长大，也不会再去伤害别人。”

“你真的喜欢上了他？我一直以为你恨着他，在等待着报仇的机会，不然你也不会安排那个 R 国女人了，不是吗？”

喜欢吗？

这是第二次听到这个问题了。

我没有回答她这个问题，只是想说一些给她听、也说给我自己听的话："我的确应该恨他，但他这一世帮了我很多，还救过我的命，我欠他的。上一世的仇恨与这一世的救命之恩，恩怨相抵。当你告诉我他会在 32 岁死的时候，我就放弃了那个 R 国女人的计划。反正那些改动都会从下一世开始，这一世他还是会重复既定的命运吧。"

"对，那这一世，你要救他吗？"

"不，这是他应有的结局。他害了太多的人，就让一切恩恩怨怨在这一世画上句号吧……"

"哦？"伊伊挑了挑眉，"那你需要我的帮助吗？"

"不用了，你已经做得够多了，我会自己处理的。你就好好享受今天的阳光吧。"

她短促地笑了一声，手中的棉花糖已经被她捏成了小小的一块。她捏着这块小小的棉花糖久久地望着喧闹的人群、碧蓝的天空、热闹拥挤的花坛。

"天气真好啊。"

她说完这句话便闭上了眼睛。我扶住她瘫软的身体。直到这一刻我才突然发现，这具身体的发型发色是外来人最喜欢的，她身上穿的衣服、戴的首饰也是外来人挑选的。

我突然有些难过，早知道该带她去选一件自己喜欢的衣服，可是她可能已经没有分辨喜好的能力了吧。

"金楚涵"猝死的这个消息像是平地惊起的一声雷，惊得外界鸡飞狗跳，也搅得家里不得安生。

爸爸妈妈是最无法接受此事的人，他们甚至倔强地把"金楚涵"送去尸检，直到看到确定的尸检报告，才在崩溃中接受了这个事实。他们大病一场，甚至在葬礼上晕了过去。金楚涵的身后事基本都是我和哥哥来料理的。顾泽言也来了，葬礼结束后，他一个人在遗像前站了很久很久才离开。

她的离开太过仓促，像一个匆忙的句号，让一切恩恩怨怨有了结尾，留给我们的只有深深的怅然。

葬礼之后，我陪沈牧回了一趟Q国。圣诞节快要到了，到处都很热闹。

沈牧买了一棵很大的圣诞树放在家里，都快跟屋顶一样高了。他叉着腰站在茶几上指挥着保姆和用人布置房间，把家里搞得像个圣诞主题的游乐场一样。他不知道从哪里搞来一只超大的火鸡，烤好以后拿绸带五花大绑，还给它的两条腿上捆了两串宝石项链，把这只火鸡当作圣诞礼物送给我。

"我的礼物呢？"他端着这个看上去有些好笑的火鸡，就好像端着什么不得了的东西，又骄傲又嚣张。

我从口袋里拿出一个小小的丝绒盒子。

"这么小？"他很嫌弃地皱了皱眉，但手上动作却相反。他飞快地把火鸡放下，把盒子接了过去，迫不及待地打开。

里面是一串手工编制的红绳，绳子末端坠着一个小小的长命锁。

沈牧拿起来在手上晃了晃："这是什么东西？看着好土啊。"

"长命锁。"我从他手中拿过那根红绳套到他的手腕上。

他嘟嘟囔囔的："真的好土啊。"

我看着他戴着那根小长命锁跑去拿别的东西。过了这个年，他就26岁了，离32岁没几年了。

下一辈子吧，下一辈子长命百岁，无灾无难，当一个普通人。不被人伤害，也不去伤害他人。

"金宝珠！快过来！放烟花了！"他站在院子里拿着一大捆烟花，回身冲着我招手。

夜已经深了，这间罪恶的院子此刻挂满了各种各样的彩灯。他站在那里，笑得像个孩子般天真。

“来了。”我向他走过去。

我曾抗拒过走上这段路，但我装作若无其事。我纠结犹豫，却又一次次狠下心来。

这段路太黑暗，太孤独了，只有他站的位置是亮的。

烟花绽放的天空下，沈牧牵着我的手，低头说：“圣诞快乐。”

“圣诞快乐，沈牧。”

圣诞节的第二天，下了一场大雪，气温骤降。

沈牧怕冷，一整天都没有离开过卧室。我去找他的时候，他正躺在厚厚的地毯上拿飞镖扎墙上的一个标本。

“沈牧，我有话跟你说。”

“说啊。”他漫不经心地打了一个长长的哈欠。

我走到他身边坐下，斟酌了一下还是直接开了口：“我要回国了，我们的关系到此为止，结束吧。”

沈牧瞥了一眼：“就知道你不会这么老实。除非我腻了，不然你别痴心妄想。”

我心平气和地和他交涉：“如果我铁了心要离开呢？你可以囚禁我，但是你也知道，我是不会屈服于这些暴力手段的，我宁愿鸡蛋碰石头。你留下我，无非是因为我能让你快乐，可如果我们真的撕破了脸，你什么都得不到。”

沈牧坐起身，脸色冷淡：“你在威胁我？”

他静静地和我对视了一会儿，恼怒缓缓爬上了他的脸——他知道我是认真的。

“你真以为我没办法对付你是吧？谁管你心里怎么想，只要你好好表演出让我快乐的样子，就够了。你不愿意演，我有的是办法逼你演。”他有些气急败坏，眼睛开始充血。

“你打算怎么办？”

他像动物一样歪了歪脑袋，眼睛直勾勾地盯着我，似乎在考虑着什么。片刻后，他露出一个笑容，像是找到了最适合撕咬的位置："我可以把你背后搞出来的那些事捅出去。现在金楚涵死了，只要引导一下，让他们知道你一直在背地里害金楚涵，让他们觉得你逼死了金楚涵，到时候金家会放过你吗？"

"不会，但这不重要。金楚涵不是我杀的，警方也出具过尸检报告，就算你把一切都捅出去，我得到的惩罚无非是被金家赶出去、被打压。我早就预想过这个结局了，已经在暗中做了准备。就算离开了金家，我也能活下去，还可以过自己的人生。"

"过自己的人生？"沈牧冷笑一声，"你想得倒好。没了金家庇护，你一旦落到我手里，还不是我想怎么样就怎么样？"

他明晃晃地威胁着我，我却觉得可笑。

"沈牧，你应该知道我的脾气。我想做的事情都已经做完了，换作之前，哪怕断手断脚，我也要撑着一口气完成复仇计划。但现在我已经安排好了一切，没有后顾之忧，我可以宁为玉碎，不为瓦全。"我终于可以对着沈牧说出这句话了，"你可以践踏我，伤害我，但是我不会因此向你屈服的。你摧毁我的肉体，却不能摧毁我的灵魂。无论你如何折磨我，我都不会让你得偿所愿。"

沈牧的表情凝固了一瞬，随即变得茫然。片刻后，他怒火滔天，可这情绪又被他强行压了下去，在他脸上混杂出一种诡异的嘲弄感。

"金宝珠，你现在说得这么大义凛然，这么讨厌我，但你以为我不知道吗？你早就对我动情了吧？"

"我没有。"我冷静地看着他。

我不会承认的。

哪怕没有上一世的恩怨，我也不会承认的。

沈牧可以是任何样子。他哪怕是个聋子，是个瞎子，是个丑八怪，我都认了，唯独这个不行。

他太坏了，他实在是太坏了。

我知道他改不了，我也知道我忘不了他的恶，我无法捂着耳朵，闭上眼睛，不去看他做的那些事。

这是我与他注定的结局。

我拼命回忆着那些痛苦的事情，让冷漠更深地从我的眼睛中流露出来。沈牧直勾勾地注视着我，他仔细地在我眼中搜索着什么。

他的表情从一开始的嘲弄变得疑惑，再到更深的愤怒："不可能！你当时在积水里，在那个小楼里，你的眼神我不会看错的！这不可能，你明明就是爱上我了！"

"我没有。"我把每个字都咬碎了再吐出来，"你这么在意这个干什么？这不是一场游戏吗？难道，你对我也动了情？"

这句话一出口就如同点燃了炸药的引子。

他一把掐住我，将我摁倒在地毯上，绿色眼睛因为愤怒变得充血通红。

"金宝珠！"他说话的声音因为愤怒带着嘶哑，"你真以为我不会动你？"

他的手掐在我的脖子上，很痛。我艰难地对着他说："我信。但是沈牧，你就算毁了我，你也得不到我，你自己知道的不是吗！"

我拼尽浑身的力量向他喊："你动了那么多的人，你得到过他们吗？你自己不知道吗！"

"你闭嘴！"他愤怒到了极点，下手越来越重。

我很痛苦，但是我只能硬逼着自己直视着沈牧，压下那些被死亡逼出来的痛苦哀求，只露出坚定的冷漠。

沈牧连牙关都咬紧了，脖子上爆出了青筋，面上愤怒的赤红让他看起来像是在燃烧。

我知道他在找、在等，等我开口哀求，露出软弱，露出恐惧，就像那些人一样。

他恨啊，他恨他的父母。他恨他们为什么抛弃他，为什么虐待他，为什么不能跟以前一样疼爱他。

他想要重新得到那份疼爱。可是没办法做到，所以他恨到极点。他看着他们哀求恐惧，他觉得他赢了。他得不到爱，但可以得到恐惧，无论如何他已经凌驾在他们之上了。他以为这样就能解脱了，却只剩下无穷无尽的空虚。

祈求没有了，恨也没有了，什么都没有，只剩下他自己一个人。

他不知道该怎么办，只能告诉自己这样做没错，这样就不会痛苦了。

所以，当他发现我也要将这份疼爱收回去的时候，他也装作想要毁了我，等我像那些人一样恐惧哀求。只要我跟那些人一样，他就可以彻底毁了我。

因为他一直都是这样做的，他觉得这样做是对的。他从我身上得不到爱，还能得到别的东西，自始至终我都是被他捏在手里的玩意儿，他就不会输了。

可我偏不。我早就知道他会这样，所以我绝对不会露出这些情绪给他。我要让他看到，就算他毁了我，我也不会向他屈服，他什么也得不到。

他喉咙里发出因极端愤怒而引起的低吼，手下越来越用力。就在我以为我真的要死在这儿的那一刻，沈牧猛地松了手。

新鲜的空气争先恐后地涌了进来，我咳得几乎要断了气，耳朵阵阵嗡鸣。

沈牧大吼一声，一脚踹翻了标本的展示柜，他像个疯子一样打砸着这些标本。我捂着喉咙，眼泪都咳出来了，看着他在那里发疯。

我突然想起伊伊问我的问题。

喜欢吗？这也算喜欢吗？即便是到最后一刻，我仍在算计着他。

他将能砸的东西都砸得稀烂，好像这些死去的标本活了过来，跟他进行了一场搏斗，满地狼藉。

他手上的伤口鲜血淋漓，站在那儿喘着阵阵粗气，眼睛绿得阴沉，像是受了伤的野狼。

“金宝珠！”他咬牙切齿的，似乎恨不得将我嚼碎了吞进肚子里。

我知道我这步棋走对了。我赢了，他拿我没办法。

就像凭着积水中的那一眼，他认定了我对他动了情。当他从水中救我的那一刻，我也知道他对我动了情。

他是个聪明人，知道如果强留我，不仅得不到想要的，还会把我变成像他母亲那样，支离破碎到他连怀念的情绪都没有，只剩下恶心。

所以他毁不了我。

他第一次发现什么叫束手无策，所以他在发疯。

我以前以为摆脱沈牧是一件很难的事情，原来不难。我只需要让他爱上我，然后抓住他心里的缺憾就可以了。

疯子是靠情绪活着的，情绪才是真正能左右他们的东西。

我艰难地站起身，说话的时候嗓子很疼，疼得好像我对他说出的每一句都剜掉了我自己的血肉：“沈牧，我要走了。你也明白的吧？我就这样走了，你还能留下一份完整的东西，有一份好的回忆是真的属于你的。”

沈牧没有说话，他只是站在那儿看着我。

我突然很想问问他，你是不是真的爱我，可是我问不出口。

我想起我曾经跟沈牧一起看过的电影——《少年汉尼拔》。当汉尼拔对着紫夫人说出“我爱你”的时候，紫夫人问他：“你的心里还有什么是能留给爱的吗？”

是啊，还有什么呢？不管是他还是我，我们还有什么是能留给爱的吗？

“我走了。”

我站起身往门外走去，他没有拦我。他站在那儿没有动，也没看我，好像站着死去了一般。

我穿过昨夜热闹今日冷清的满屋装饰，穿过了门外的积雪，离开了这栋庄园。

雪还在下，纷纷扬扬，很快将我留下的脚印掩盖了，仿佛我从未来过一般。

雪停以后，我回了国，爸爸妈妈因为始终接受不了丧女的打击远走国外养老。哥哥比计划中更早地担任了挑大梁的任务。而我一毕业就进入了金家的企业，帮着哥哥打理生意。

顾泽言消沉了很长一段时间，但后来，他还是振作了起来，按照从前的规划做了一个合格的继承人。他始终没有从心里接纳我与他的婚约，就是因为他受够了事事被家里安排。他年轻气盛，想要反抗，想要自由，可如今大概是想通了，按部就班地跟家里安排的对象订了婚。

我们三个有时还是会聚一聚，像是老朋友一般，只是谁都没有再提起“金楚涵”这个名字。

我也没有再去过Q国，没有再见过沈牧。

我刻意地避开了一切能知道他消息的途径。

直到很多年以后，我才知道，他没有活到32岁。

他在29岁那年的圣诞节，酒醉后溺死在浴缸里了。

不过没关系，下一世我们都会好好地活着，我不记得他，他不记得我，我们都不会再被人伤害。

〈完〉

番外合集

Extra Chapter

Extra Chapter 01 爱恨皆空

顾泽言从小就觉得不快乐，但他从没有跟任何人说过，因为不快乐对他来说像是一种错误，他不该如此。

他生得好，长得好，大部分人一辈子都渴望拥有的东西，他一出生就有了。

可又有谁能规定快乐的界限呢?

再亮堂的地方也找得出几块暗角。

他的暗角都在家人身上。

那对感情不和却为了利益无法分开的父母。

明明是夫妻却对彼此恨之入骨、百般提防，关了门恨不得掐死对方，一开门又挽着胳膊笑意盈盈。

而他作为家中独子，是这对夫妻棋盘上最重要的筹码。他一直活在被拉扯的命运中，谁都想霸占他，谁都想让他走自己的下一步棋。

他就在这样一步又一步的争夺中，按照父母的安排走完了小半个棋盘。

金宝珠就是他要落下的重要一格。

他跟金宝珠从小就认识，毕竟金字塔顶就那么小，能站在上头的人也少。

小时候他还是很喜欢金宝珠的，她长得就像捏出来的小娃娃，性子也乖巧，总跟在他和金成一的身后。

那时，他总是会想——金宝珠要是他妹妹就好了，所以他常常在私下里嫉妒金成一。

只是这种心情在他十三岁生日的时候被彻底埋葬了。

顾泽言并不喜欢过生日，从小到大，他的生日都是顾家用于人际来往的一座舞台。他是主角却又不是，所有人都透着他看向他的父亲。

那天他一如往常地站在人群中心，熟练地应对着各类人，还抽空对金宝珠兄妹使了一个眼色——他们约好了在生日结束后偷偷去放烟花。

正在心里念叨着“生日会怎么还不结束”的时候，他突然看见父亲挽着母亲款款走到小台上，笑着敲了敲手中的香槟杯，整个会场便安静下来。下一刻金家父母也上了台。

顾泽言的心里突然升起一股不好的预感。

他瞪大眼睛，死死盯着台上的人，随着他们笑着说出“金顾两家定下婚约”的消息时，顾泽言觉得胸口像被人塞进了一块石头，又沉又痛。

他茫然慌乱地扭头去找金宝珠的脸，却看到含羞带怯的一抹红。

顾泽言突然明白过来，今晚不开心的只有他一个人。

他有些记不清那天后来发生的事情了。大概是像往常一样把情绪嚼碎了咽回去，正常地聊天，去看烟花，真正想说的话只能放在心里一遍一遍地喊，喊到筋疲力尽。

后来的那些年里，他跟金宝珠兄妹一如既往地亲密，但他没承认过自己是金宝珠的男朋友，只做着她名义上的未婚夫。

他试过去喜欢金宝珠，可是不行，心动的感觉不是努努力就能拥有的。他只能尽力对金宝珠好，尽力地做一个合格的未婚夫。

只是有时候他看着金宝珠的脸，仍然会忍不住想——为什么一定要做夫妻呢？就和小时候一样不好吗？

也许是因为无法掌控命运的无力和愤慨，他对金宝珠的感情越来越复杂。

他本以为自己如同命运棋盘上的棋子，会在这个棋盘上一格一格地落下，直到他遇见了金楚涵。

说起来很俗气，但金楚涵就像是一块突然落下的石头，砸向他这潭死水，泛起了涟漪。

不，不是石头。石头太过沉默，不足以凸显她的灵动与轻巧。

她更像是一只雀，一只小小的毛茸茸的雀鸟。她轻轻转着脑袋，左右看着，点了一下水面，又一跃飞上了高高的天空，清脆嘹亮的声音落了下来。

那模样自由鲜活到让他觉得不能理解——她只是一只雀，一只风吹雨淋的雀，她不应该是垂头丧气的吗？

他忍不住想要凑近点，再凑近点好好看看，究竟是为什么。

可看多了后，他却又觉得这只雀那么小，小到好像随时会死去，他想拿手把她拢起来护住，不让她被任何人伤害。

他真的这么做了，这也是他这辈子做的最离经叛道的一件事。

离经叛道就意味着要付出代价。

他要迎来的第一个代价，就是金宝珠的质问。

他是愧疚的，是痛苦的，可这些情绪很快便随着金宝珠对金楚涵的针对欺压转变成了愤怒，愤怒又因为顾家人气势汹汹的插手变成了逆反。

一夜之间，他和曾经亲密的身边人之间好像筑起了一道铜墙，这墙里只有他和他小小的雀鸟。

他发誓会好好保护她，让铜墙外那些风风雨雨都无法伤害到她。

可时间长了，他却开始分不清，他是为了保护这只雀才建起这道墙，还是为了这道墙本身而建墙。

但他知道，这是他第一次孤注一掷地想去打破被安排的命运，他不能认输。

哪怕后来发现这只雀是蛊惑人心的精怪，他也回不了头。

可他还是输了，输得一败涂地，输得头破血流。

直到那一刻，他才彻底发现他有多愚蠢。可什么都晚了，这是他的选择，多惨他都得认。

顾泽言知道自己对不起金宝珠，也想过很多弥补的办法，却又不敢。毕竟伤害过后的弥补在很多时候只是再次打扰。

就在他觉得情况已经够一塌糊涂的时候，更糟的事情又像石头一样朝他砸了下来。

金楚涵死了。

“死亡”这两个字太沉太重，能压断所有的恩恩怨怨，只有美好和遗憾的瞬间会被死亡一次次标记。

有很长一段时间，顾泽言都陷入了一种混乱的思绪。

他有时候很想念金楚涵，有时候又很恨金楚涵，有时候又会后悔，在最后一次见面的时候，他不该把话说得那么狠，但更多的时候他会觉得没劲。

不管是爱恨还是遗憾，都只有在人活着的时候才有意义，不然都是一场空。

他慢慢地从这场虚空里爬了出来，重新回到了棋盘上，不再试图反抗。也许是年纪到了，他突然觉得，留在棋盘上没什么不好，不知道有多少人想上棋盘都上不了。

人这一生，注定无法活得自由自在，总是会被什么东西绊住。他得到了一些东西，势必要为此付出一些东西。

想通了以后，日子就变得顺了起来。

他进入公司，逐步学着去接手顾家的生意，在家里安排下认识了新的女人，彼此都还算合得来，门当户对，没两年就结婚了。

谈不上什么开心不开心，学会了知足就容易幸福。

他偶尔会见到金宝珠。金顾两家本就一直有生意上的往来，关系断不了。

他大概也知道金宝珠这几年在干什么，她在金氏公司待了没几年就出去自立门户了，他还在暗地里借着金成一的手帮了她一些忙。

他不知道金宝珠有没有发现这些事情，只是有一次他们在招标会上碰见的时候，她隐隐跟他提了一嘴“公司现在一切步入正轨，可以独自稳步发展”的状况。

他猜这也许是暗示，但也可能是想多了，总之他也没有挑明什么，只是恭喜了几句，寒暄完就各自投入了工作。

招标会结束后，他在停车场又遇见了金宝珠。她一个人站在车边，似乎想上车却又被什么东西吸引了眼神。

顾泽言顺着她的方向看过去，什么也没有。他又转头去看金宝珠。

初秋的天，她穿了一件黑色的长风衣，风衣下摆露出半截孔雀绿的丝绸裙，头发半绾，站在停车场的白炽灯光下，身形愈发单薄。

今天会上，来来往往的人基本都带着司机和助理，她好像是自己一个人来的。这几年好像每次看到她，她都只有一个人。

他有心过去说几句话，金宝珠却突然弯腰开门上了车。

顾泽言刚迈出的脚又收了回来，站在原地看着金宝珠独自一人开车离去，很快拐过一个弯就看不见了。

他心里升起了一种奇怪的感觉。

好像他和金宝珠的命运交集注定就是如此，拐过那个弯就看不见彼此了。

顾泽言垂下眼睛，突然想不起现在的金宝珠该是什么样子。

他记忆里有九岁的金宝珠，有十九岁的金宝珠，却没有二十九岁的金宝珠。他对她的印象早就停留在了九年前，再往后的金宝珠，他很陌生。

顾泽言收拾着这些溢出的思绪，也准备回公司。只是在上车的那一瞬间，他突然想起了一件往事。

是去年吧。去年金宝珠的父亲过寿，他去祝贺，酒过三巡后去花园透气，看见了金宝珠。

她坐在排椅上和一个客人的小孩说话。

孩子年纪不大，说自己有一个好朋友，前段时间突然之间就转学搬家了，临走前来家里找过自己一次，可自己刚好不在家，错过了。这些天她都觉得很难受，总是在想，那天朋友找她想要说的是什么呢。

孩子絮絮地说完，扭头去问金宝珠的想法。

他还记得金宝珠当时沉默了很久，随着沉默她也变得越来越落寞，很久很久才开口。

她说："这世界上很多事都是想不出结果的，特别是去想另一个人，想那个人经历了什么，发生了什么，是什么样的心情，这些都是没有结果的。因为那个人已经离开了。"

这段话让他想起了金楚涵，所以他记得很深。

顾泽言曾以为金宝珠这么多年都独身一人，是因为他曾经造成的伤害。

可不知道为什么，如今想着刚刚站在灯下的金宝珠，再把这句话在心里咀嚼几遍，他突然觉得或许不是因为他，或许让金宝珠独身多年的人从来都不是他。

Extra Chapter 02 圣诞挽歌

01

夜里突然起了风，吹得满院子的树呜呜地叫唤，惊醒了沈牧。

他睁眼在地毯上躺了一会儿，突然起身出了房间，穿过长走廊的时候，月光透过窗户一格一格地从他赤裸的胸膛上流过去。

他一路来到了地下室，像只捕猎的豹子静悄悄地进了门。

地下室很暗，暗得有些黏稠，明明应该什么也看不见，但沈牧的视线却久久地落在一个位置上。

他知道那个女人就在那里，那个像蛇一样的女人就躲在这间屋子里，窥视着她的敌人。

他在黑暗中伫立了很久，却什么也没做，只是像来时那样无声无息地离开了。

在走廊最后那扇窗户前的时候，他停了一下，侧头看了看外面，有一棵很高的棕榈树挡住了月亮，树影张牙舞爪。

算了，再留她一段日子吧。

02

沈牧新得了一只动物标本，喜欢得不行，特地定了个新展台，却摆来摆去都觉得不满意，他火气上来，一脚把这宝贝标本给踹翻了。

金宝珠把视线从书上挪出来给了他几秒钟，平静地问道：“你想要摆出什么样的感觉？”

沈牧有些烦躁，眉心拧成一个包，也不说话，视线在标本和旁边的羊皮之间扫来扫去。

金宝珠把书合上，出了客厅。没一会儿，她带着两个用人回来了。用人手里抱着些枝条草堆，一看就是在院子里现割的。

金宝珠走到沈牧身边，拍了拍他的手背。沈牧闷着脸瞥了她一眼，后退了几步。

金宝珠指挥着用人把展台的位置挪到了墙角，摆好动物标本，再用枝条草堆把展台墙角和动物的半个身子都盖住，羊皮挪到了黑豹正对的视线处。

这个墙角就变成了被撕开的一片丛林，林里藏着一只因捕猎而跃出半个身子的豹。

“是这样吗？”金宝珠回头招呼沈牧过来看。

沈牧没吭声，眉头却渐渐舒展开了。

金宝珠拿出手机咔嚓咔嚓地对着这个展台拍了几张照片：“那我找人一比一定制这样的假枝假草，这个先临时用一下。”

她利索地把事情处理完，一扭脸又回沙发上看书了。

沈牧叉着腰站在标本前，用余光圈了圈金宝珠的侧影，笑了两下，又好像觉得不过瘾，转身大步流星地走到金宝珠面前，弯腰盯着金宝珠的脸看了几遍，笑得很开心。

金宝珠没搭理他，语气却也带着笑：“往旁边让让，挡着光了。”

沈牧歪着脑袋不动，突然说：“你明天回国吗？”

“嗯，我先回去后安顿好了，你再过去就行。”

"哦——"

沈牧拉了个大长音，眼睛骨碌碌转了一下，没说行，也没说不行。

03

沈牧做了个梦。

梦里他被人捆在柱子上，身上到处都疼，眼眶像碎了一样肿胀疼痛，抬不动眼皮，血流下来的重量都觉得沉甸甸的。

可即使这样他还有精神，因为他闻到了饭香味。

他好久没吃过饭了，胃像是被人拿铁刷子狠狠刷了好几遍，酸痒痛麻什么滋味都有，一闻到饭菜的味道，就要变成一张嘴号叫着破肚而出。

他好像是使劲朝着饭菜的方向探了探身子，也好像没有，他疼得已经感觉不到身体的存在了，脑子里全被那股饭香气塞得满满的，越满越痛苦。

最后他承受不住痛苦，从梦中惊醒，却没能从这份痛苦中醒来。

这痛苦捏得他浑身的骨头嘎嘣嘎嘣地响，他需要发泄出去。

等他彻底清醒过来以后，整个别墅能砸的东西都让他砸了。

他看着这一片狼藉越发觉得胸口烦躁。

他突然想起了金宝珠。那个说好给他找乐子，却天天待在外头不回来的女人，那个整天把他耍得团团转的女人。

他一定要好好教训这女人才行!

沈牧把这句话在心里狠狠地摔来摔去。

他没了睡意，在屋里待着也烦，索性去了花园透气等天亮。

等到了天亮，也等来了金宝珠。

他咬着烟头横了这个虚伪的女人一眼。

呦，还知道回来。

04

沈牧坐车容易犯困，特别是长途旅行，所以大部分时间里他都躺在房车的床上犯迷糊。正睡着呢，车不知道压到了什么东西，突然颠簸了几下，他被颠醒，一晃眼看见了金宝珠。

她坐在窗边的餐桌上戴着耳机在听什么，手指半屈在桌子上虚虚地敲着，阳光像一双手把她包了起来。

“金宝珠。”没来由的，沈牧叫了她一声。

金宝珠没听见，沈牧却突然笑了起来，抬手盖在脸上，轻轻地又重复了一遍金宝珠的名字。

不知道什么时候能到W市……他想到他会和金宝珠一起站在盐湖边上，突然觉得这车开得真慢啊。

05

雨势渐渐小了，屋里的温度却一直上不来。大家都在休息，只亮了一小盏灯，室内模模糊糊的。沈牧抱着金宝珠，两个人挤在一床被子里，沈牧能听到金宝珠平稳的呼吸声，他想她是睡熟了。

腿上的伤口灼烧般地疼，到处都是潮湿的腥气，冷得皮肤都发紧。

这些感觉让沈牧很不舒服。

他睁眼望着昏暗的天花板，手无意识地摩挲着金宝珠的胳膊。

他想：我得把金宝珠带回Q国，得带回去。

06

沈牧用鞋敲着地板，小幅度地扭动着身体——他喜欢这家店放的爵士乐。

“嘿。”他对着角落里瑟瑟发抖的女人屈了屈手指，“这首歌叫什么？”女人抖得说不出话，沈牧面无表情地看了她一会儿，拿起一个酒瓶子砸了过去。

女人尖叫一声，哭得更厉害了。她只是一个小小的服务员。这个男人本来在跟老板谈事情，不知道发生了什么，突然就动了手。整个店里乱成一团，她甚至都不知道躺在地上的那些人情况如何了。

沈牧看着这个已经哭得快失声的女人，本来想再逗逗她，却又觉得无趣。

腕上的平安锁和柜台磕碰了一下，发出一声脆响。

他翻了下手腕，垂眼看了看那个小锁，突然伸手把它扯下来扔了。

他迈步出了店门，没走出多远，突然折返回去，把扔掉的平安锁又捡了起来。

07

又是一年圣诞节。

沈牧独自躺在浴缸里喝酒，偌大的房子空无一人。

他知道现在所有人都害怕他，害怕他越来越阴晴不定的做事风格，所以他很久不在身边留人了。

他对着月亮晃了晃手里的酒杯，他喝得太多了，有些醉。

他看着空荡荡的手腕，视线始终无法聚焦，脑子里含糊地念着一句话：去哪儿了呢？那个锁到底扔到哪里去了，就扔了两次，怎么就丢了呢？

算了……不重要。他仰头靠在浴缸边沿上，醉意渐渐弥漫开来，不知怎的，他感觉好像看见了金宝珠湿漉漉的脸。

他想伸手摸一下，酒杯从松开的手中滑落，“咕咚”一声掉入了浴缸里。

这一声叫醒了沈牧，可他的意识却慢慢散在了月光下，散在了金宝珠的眼睛里。

Extra Chapter 03 人生独行

这几天城里一直在下暴雨，天昏得像是倒过来的沙漠，瓢泼的雨就是落下的沙，将城市掩埋。

自从前几年经历过那场雨灾后，在这样的天气里，金宝珠从不出门。金成一电话打过来的时候，她一个人窝在沙发里听着窗外的雨声，已经快睡着了。

“宝珠，你在家吗？”

“嗯，怎么了？”金宝珠说话声音有些含糊，睡意未散。

“没什么，楚涵的忌日要到了，但是最近一直下暴雨，爸妈飞不过来，就在邻近城市落了地。我看预报说明天就雨停了，打算去接他们，你要一起吗？”

金宝珠沉默了一会儿，才开口：“不了吧，明天公司有两个线上会议。”

“好，那你先处理工作。等我把爸妈接回来，我们在老宅聚吧。”

“好。”话音刚落，金宝珠没忍住打了个哈欠。

金成一在电话那边似乎是笑了两声：“我是不是吵着你睡觉了？

那你先休息吧。对了，我给你买了点东西，这两天一直下雨没来得及送过去，明天我让小陈送到你家吧。”

“什么东西啊？不会又是什么补品吧。”

金宝珠有些无奈，也许是因为年纪大了，金成一在这两年突然迷上了养生，还试图带着金宝珠一起参与进来，各种补品像流水一样往家里送。

金宝珠有时候笑他像古时候痴迷长生不老的皇帝。金成一听了只是附和着笑几声，然后叮嘱金宝珠一定要记得吃，要注意休息，不要为了公司的事情太操劳。

其实金宝珠心里明白，他会这样，是因为当年金楚涵的猝死给他留下了一道抹不掉的伤痕。俩人寒暄了几句，金成一挂断了电话。

金宝珠闭了闭眼睛，外面的雨声好像小了一些。再睁开眼后，她有些恍惚。

快六年了吧，日子过得可真快啊。想想头两年，金楚涵的死讯就像这场雨一样突然又猛烈，把所有人都困住了。

但雨早晚都会停的。

金宝珠在心里盘算着公司最近的事情和忌日的安排。

对于金楚涵的忌日，她一向很上心。但是和所有人不一样，她祭奠的不是金楚涵，而是伊伊。

这是伊伊曾存在世上为数不多的痕迹，也是金宝珠内心世界和这个世界的唯一关联纽带。

她曾经在书里看到过一段话，她忘记了那本书的名字，但这段话却一直留在她的心里，甚至随着时间越来越清晰。

大概意思是：谁让你非要读书，又知道了村子以外还有个大世界？如果你就在村子里待着，跟乡亲们一样生活，娶个媳妇，生个大胖小子，就能成为一个出色的庄稼汉。但不幸的是你没有，你知道得太多了，思考得太多了，因此才有了无法被理解的苦恼。

金宝珠就有这种感觉——她知道的东西太多了，她就是自愿留在楚门世界中的楚门，伴随她的只有浓烈的孤独感。

可即便如此，她也在非常认真地过好每一天。

她忍受了那么多痛苦与屈辱，举步维艰，就是为了能够摆脱提线木偶的命运，像一个真正的人那样活下去。

她绝不会辜负这来之不易的结果。

雨声渐稀，金宝珠的睡意散得一干二净，她起身走到窗边。趴在飘窗上的猫掀起一边眼皮扫了她一眼，又打了个长长的哈欠，翻身换了个姿势。

金宝珠伸手摸了摸猫。当年它被金楚涵送走后，金宝珠就找人一直偷偷养着，事情尘埃落定以后便把它接了回来。现在它也一把年纪了，皮毛变得粗糙了很多。

金宝珠一边摸着猫一边看着窗外的绵绵水雾，突然想知道，沈牧现在在干什么。

这些年，这句话就像是海上的浮漂，在生活的间隙里时不时地翻起落下。如同一根藏在心口的针，时不时地扎上那么一下，她的心就会密密麻麻地疼上一会儿。

明明闭上眼睛还是能回忆起前生前世的那些羞辱践踏。

明明沈牧每一世的所作所为都是她最深恶痛绝的。

明明她这一生都在执着一件事，就是将那些被人打碎的骨头捡起来，拼回去。

可到头来，她却对曾打碎了她的人动了心。

她不懂，一颗已经千疮百孔的心怎么还会焕发出爱意。

金宝珠收回手摁了摁隐隐作痛的太阳穴。

她这几年总是头疼，医生说是她睡眠不好引起的，开过一些药却都没什么效果。她还是会时常在半夜醒来，心里头空荡荡的，说不出是个什么滋味。只觉得心空到沉痛，睡意薄得像是层雾，散了就聚不起来了，只能枯坐到天亮。

医生说，心病还需心药医。

金成一知道这件事后，觉得是因为之前金楚涵回到金家发生的那些事在她心里没拔干净，所以便找她来道歉，来谈心。

时间大概真的是万物的解药。曾经那些走不出、看不透、不理解的事，只要隔个几年再回头看，却可以拆出什么是皮，什么是骨了。

金宝珠知道金成一是真的愧疚，但有些东西来得太迟，迟到连当初的怨都没了，便对此再生不出什么情绪了。更何况那些事，她是真的放下了。倒也谈不上原谅，只是觉得算了。

算了。前生也好，今世也罢，她都太蠢。蠢到被系统牵着鼻子走，一步步发疯，一步步打碎所有人对她的好感，一步步变成恶毒的标签去衬托对方的纯善。

论起来，金家人也好，顾泽言也罢，谁也没真的动手去推她一把，但仅仅是感情上的亏欠就足够让人崩溃。可亏欠这种东西，越在乎才越崩溃，不在乎了，便一切都云淡风轻。

所以她面对金成一的道歉，也只是笑着接受，一笔勾销。

横竖而言，早就不是小时候了，大家都长大了，各自有事业忙碌。金成一也成了家，他们一年也聚不了多少次，装一装也花不了几分心神。人嘛，本来也避不开这些无聊的交际往来。

金宝珠心绪涣散地想了很多东西，才慢慢觉得心口那阵密密麻麻的疼沉了下去。

日子便又在这些起起伏伏的心绪里滚过了一天又一天，一直滚到金宝珠 28 岁这一年，突然又慢了下来。

这一年，沈牧就 32 岁了。

这一年，金宝珠的失眠症格外严重。

她总是做梦，断断续续的，无论梦里看到的还是梦醒时想起的都是模糊的。

她只能记得那双漂亮明亮的绿色眼睛，别的都看不清。

金宝珠知道，她已经开始忘记沈牧的长相了。

那一年朝夕相处的日子放在人生的长河里总是太短，那张没有影像图画可以怀念的脸，已经在她刻意回避的记忆中渐渐褪色了。

那句“沈牧现在在干什么”渐渐变成了“沈牧还活着吗”。

她等啊等，从离开沈牧的那一年，她就在等待所爱之人的死期到来。随着新年的到来，她在心里为这个男人等来一个句号。

她再也不去想这个名字，仿佛一切都结束在了新年的第一个清晨里，只是她夜半醒来枯坐的时间却越来越长。

又过了几年，她在一个很偶然的机会下得知了沈牧的消息。

这么多年，她都在刻意地回避所有能知道沈牧消息的办法，也再没有踏足过Q国一次，但这个名字时隔多年还是再次出现在她的人生里。

她这才知道，沈牧不是死在32岁，不是死在这个世界给他的既定结局里。

他死在了29岁那年的圣诞节，喝醉了溺死在一个小小的浴缸里。

伴着这个消息，她脑子里只有前所未有的空白。

想凑一凑都凑不出沈牧死前那几年的痕迹。

那天，金宝珠一个人在窗前站了很久很久。

她知道沈牧水性好，也知道沈牧从不放任自己醉到意识模糊，就如同野兽永远不会放松最后的警惕，因为丛林里随时可能出现危险。

然而，最不可能出现的结局却要了他的命。

她不知道沈牧这几年是怎么过的，也不知道他喝醉那天都发生了什么，溺死在浴缸的时候是不是又看到了什么。

她那天想了很多，却什么也想不出来。

想啊想，想得好像心肝脾肺都熬空了，只留下一具空荡荡的皮囊。

往后那几十年里，这具皮囊便再没能填补起来。

但她依然好好地活着。

她没有结婚，没有恋爱，无儿无女，一个人操持着公司，认识了一些人，也送走了一些人，就这样活到了八十岁。

在冬日里，一个安静的夜晚，她独自躺在床上，渐渐感觉到了生命的流逝。

她并不为此悲伤痛苦，反而感觉到了轻盈的快乐。

她终于走完了这一生。

没有辜负曾经的努力，没有让伊伊白白牺牲。

她很好地活到了终老，如今终于迎来了结局。

她近乎欣喜地闭眼，等待着死亡的到来，却又突然想起了沈牧。

于是伴随着压抑了几十年的眼泪，那个被她埋藏了几十年的名字，在她生命的最后一刻再次浮了出来，最终又随她一起，缓缓地消失在了世界上。

〈番外完〉

图书在版编目（CIP）数据

我本以为我是女主角 / 喵太郎著.
—武汉：长江出版社, 2023.12
ISBN 978-7-5492-9137-3
Ⅰ. ①我… Ⅱ. ①喵… Ⅲ. ①长篇小说—中国—当代
Ⅳ. ①I247.5
中国国家版本馆CIP数据核字(2023)第180937号

我本以为我是女主角 / 喵太郎 著
WO BEN YIWEI WO SHI NVZHUJUE

出　　版　长江出版社
（武汉市解放大道1863号　邮政编码：430010）
选题策划　漫娱图书　解天予　雷雨薇
市场发行　长江出版社发行部
网　　址　http://www.cjpress.cn
责任编辑　罗紫晨
特约编辑　胡丽云　陈雪琰
总 策 划　嗑学家工作室
装帧设计　吴　彦　罗　琼
印　　刷　武汉鸿印社科技有限公司
版　　次　2023年12月第1版
印　　次　2023年12月第1次印刷
开本　889mm×1230mm　1/32
印张　9.5
字数　264千
书号　ISBN 978-7-5492-9137-3
定价　42.80元

电话：027-82926557(总编室)　027-82926806（市场营销部）